그와 그 사이

그와 그 사이

2009년 11월 17일 초판 1쇄 인쇄
2009년 11월 25일 초판 1쇄 발행

지은이 | 최창수
펴낸이 | 孫貞順
펴낸곳 | 도서출판 작가
　　　　서울 서대문구 북아현3동 1-1278 (우-120-866)
　　　　전화 | 365-8111~2　팩스 | 365-8110
　　　　이메일 | morebook@morebook.co.kr
　　　　홈페이지 | www.morebook.co.kr
　　　　등록번호 | 제13-630호(2000. 2. 9.)

편집 | 김이하 손순희
디자인 | 오경은
영업 | 손원대 설동근
관리 | 이용승

ISBN 978-89-89251-89-7 (03810)

* 잘못된 책은 구입하신 서점에서 바꾸어 드립니다.
* 지은이와의 협의 하에 인지를 붙이지 않습니다.

값 10,000원

그와 그 사이

최창근 소설집

작가

차례

그와 그 사이

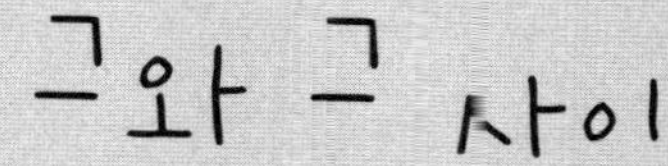

1

갑작스럽게 사내가 주먹을 휘둘렀다. 한 남자가 길바닥에 쓰러졌다. 화가 난 사내는 허리를 숙여 그를 몇 대 더 두들겨 팼다.

"너, 똑바로 살아. 알았어? 똑바로 살라구."

사내는 그의 목을 바짝 끌어당겼다 놓으며 소리를 버럭 질러댔다. 손아귀에 잡혀 있던 그의 목에서 무엇인가가 툭, 떨어졌다.

"내 목걸이. 목걸이 어디 갔어. 너 친구가 이래도 되냐, 이 새끼."

그 와중에도 그는 자기 목걸이가 떨어졌다며 허둥거렸다. 그런 광경을 보자 사내의 입술 사이에서 차가운 치아의 모습이 길게 드러났다.

"야이 새꺄! 내가 뭘 잘못했어? 뭘 잘못했는데! 내 목걸이‥."

그의 얼굴엔 물건을 잃어버린 안타까움 외엔 다른 것은 나타나지 않았다. 주변을 지나가던 사람들은 아무런 참견도 하지 않겠다는 듯 모르는 체 스쳐지나가기만 했다. 사람들이 자취 없이 사라지고 사내만 남자 그는 잔뜩 튀어나온 입을 씨부렁대며 징징대는 소리로 말했다.

"쓰발. 너는 친구도 아냐. 고소해 버릴 거야."

그는 핸드폰을 찾아 눌러댔지만 핸드폰은 이미 사용 중지 상태로 되어 있었다.

"친구 좋아하네. 그래 내가 손찌검 좀 했다 치자. 술주정하고 욕이나 거짓말이나 펑펑 해대는 널 그래도 친구로 생각한 건 누군데? 경찰을 부를 테면 불러, 임마."

냉담한 사내의 반응에 그는 터진 입을 씨부렁거리면서 슬그머니 일어섰다.

"잘났어. 그래 공부 많이 한 너 참 잘났다…."

사내는 그가 절뚝거리며 삼천동 상가 골목에서 큰길 버스정류장 쪽으로 비실비실 걸어가는 것을 보았다. 좁은 길에서는 택시들이 뒤엉켜 있었고 젊은 여자가 보자기에 커피를 싸들고 사내를 스쳐 지나가고 있었다.

시월의 마지막 밤쯤이었을까? 사내가 그를 본 날이 아마 그쯤이었을 것이다.

2

"혹시 중촌동 살인사건이라고 들어봤나?"

그의 말에 사내는 목을 잔뜩 움츠리고 나서 주변을 조심스럽게 둘러보았다. 선풍기가 천장에서 시끄럽게 돌아가는 음식점이었는데, 초저녁이었고 몹시 더운 날이었으므로 식당 안에서 그의 말에 귀를 기울이는 사람이 아무도 없었다. 술잔을 기울이던 그가 느닷없이 허리를 낮추며 그의 귓가에 대고 살인사건의 전모를 밝히기 시작했다.

"너한테만 말하는데 그거, 내가 주범이야. 하도 귀찮게 하는 사끼가 있어서 몇 대 때렸는데 말이야. 쌍, 잘못 맞아서 뒈졌어."

사내는 그가 '황'이라는 성을 가진 친구로 알고 있었지만, 이름은 커녕 그의 성조차 정확한 건지 도무지 생각이 나지 않았다. 다만 고등학교를 다닐 때 한 번인가 같은 반을 했던 것이 생각이 났을 뿐이었다. 어제 우연히 길에서 몇몇 친구들과 함께 있는 그를 만났고 그가 오늘 꼭 다시 보고 싶다고 해서 전화번호를 핸드폰에 찍어주고 대학가 식당에서 만났었다.

그는 담배에 불을 붙이더니 큰 눈알을 고정하며 말을 이어나갔다.

"술집에서 그랬으니까… 경찰은 술 먹다 생긴 우연한 싸움질로 그 새끼가 뒈진 줄 알지만…싸가지 없어서 내가 패 죽인 거야."

사내는 그의 말에 실린 살기에 기가 질렸다. 가슴이 움찔했다. 사내의 기억에는 학교다닐 때 그렇게 흉악무도했던 친구는 없었다. 그래도 사람은 변할 수 있는 것이라서 사람을 죽일 정도로 포악한 친구가 되었다면 어제 괜히 전화번호를 일러줬구나 싶기도 했다. 사내는 빨리 자리를 떠나고 싶었지만, 그가 화를 낼 것 같아 언제 그 자리에서 일어서야 할지를 몰랐다.

"내가 모시는 형님이 있는데, 이 새끼가 형님 욕을 하는 거야. 그래서 내가 좀 씹었더니, 군대도 안 갔다 온 좀만이를 시켜서 막 날 잡아먹으려고 하더군. 내가 누군데? 나 특전사 출신인 거 모르지? 그 사끼가 그걸 모르더라고. 군대에서 배운 짓이 사람 죽이는 것이었는데 말이야. 나무젓가락 하나로 내가 몇 놈 눈깔을 파낼 수 있는지 아냐? 그 새끼들, 하하, 내가 처음엔 맞아주는 척하니까 좋아서…나중에 그냥 해치워버렸지. 믿기 어렵겠지만, 사실이다. 제대하고 그 형님 밑에서 있을 때였으니깐 이제 한 이 년쯤 됐나? 몇 개월 잠수 안 탔으면 지금 빵에 가서 썩고 있을 거야. 그 형님에게 연락하면, 룸 쏘실 건데. 한 턱 쏘라고 할까?"

사내는 펑퍼짐한 황태찜 냄비에 남은 생선 대가리 몇 개를 젓가락으로 조심스레 건드리며 '황'의 기분을 상하게 하지 않고 자리를 뜨는 방법에 골몰했다. 그럴수록 '황'은 더 술잔을 부딪치기를 원했고 웃음이 크게 섞인 말을 했으며 더 친밀한 것처럼 굴었다. 사내는 마지못해 잔을 부딪치며 담배를 빼물었다. 친구가 그런 큰 사건에 연루되어 있다는 것 자체가 놀라움이었다.

사내가 화장실에 다녀오고 나서 얼마 후, '정'이 도착했다. 사내와 '정'은 서로 그다지 친하지는 않았지만 '황'과 사내가 대화 중에 우연히 '정'이 끼어들었기 때문에 아마도 '황'이 불러낸 듯했다.

셋이 만나자 술잔은 더욱더 빨리 돌았고, 진지하게 자기 과거를 들추고 있던 '황'은 '정'의 믿지 못하겠다는 표정에 잠시 말을 끊고 '정'을 노려보았다.

'황'의 표정이 굳어진 것을 사내는 견디기가 어려웠다. 잘못하면 무슨 일이 곧 벌어질 것 같아서 너무나 불안했다. 하지만, '정' 역시 아까와 같은 표정을 유지하고 있었다.

다시 잔이 돌자 '황'은 굳어 있던 표정을 풀고 화려한 과거 이야기로 침을 튀겼다.

"아까 말한 형님은 지금 잘 나가는 중촌동파에서 둘째 가는 사람이야. 내가 제대하기 전에 그 형님 친동생이랑 같이 근무했거든. 그 자식 덕분에 알게 됐지. 내가 주먹 좀 썼잖냐? 형님이 사람 알아보셨어. 사람 죽이기 전엔 몰랐는데, 사람 목숨 너무 쉽게 가더라."

'정'은 혼란스러워하는 표정이 가득했다. '황'은 아무도 모른다는 살인사건에 대해 또 열을 올리고 있었다. 사내는 별로 집중을 하지 않았고, '정'은 그저 그를 바라보고 있었지만, 주인 아주머니가 그 말을 듣고는 갑자기 들고 있던 컵을 놓쳐버렸다. '황'이 상황을 짐작하고 두리번거리고는 사이 사내가 눈치 빠르게 현장을 수습했다.

"아줌마, 농담이에요, 농담."

세 사람 모두 과장된 목소리로 크게 웃었고, 웃음 끝에 '황'이 콕소리를 낮추며 정색했다.

"너, 지금 내가 장난치는 줄 알지?"

"장난이래도 좋고 사실이래도 좋은데…친구끼리 왜 또 얼굴 붉히고 그래?"

"하긴 친구끼리…나 술 마시면 자주 이러니까 이해해라."

사내는 오늘 정말 재수가 없는 날이라고 생각했다. 친하지도 않은 친구를 만나 술을 마시고 듣고 싶지 않은 이야기를 듣고 있어야 한다는 것이 싫었다. '정'도 그런 점에서 사내와 비슷한 것 같았다. 어찌 보면 '정'보다 사내의 성격이 더 우유부단해서 이럴 때 망신을 당하는 일이 많은지 몰랐다.

'황'은 황태 안주 한 접시에 소주 세 병을 바닥내고 맥주 한 병을 추가했다. 사내는 술값을 헤아리느라 술이 확, 깨는 느낌을 받았지만 취한 '황'이나 뒤늦게 나온 '정'이 술값 계산을 하지 않을 거라는 것을 알고 있었다.

"너, 쟤 싫어하는 거 같은데 어떻게 만난 거야?"

"어제 길에서 봤는데…굉장히 반가워하더군. 우린 고등학교 동창이니까, 피할 것 없잖아? 술 한잔 하자 기에 나왔더니 이 모양이야."

사내는 겁이 많았지만 솔직했다. '황'이 잠시 자리를 비우자, '정'은 비웃으며 말했다.

"정말 이거 많이 변했군. 예전엔 안 그랬는데. 저 녀석, 같이 독서실 다닐 땐 바퀴벌레도 무서워했던 놈이야, 참나."

공무원이라 항상 업무에 시달린다는 '정'의 딱딱한 목소리에는 '황'에 대한 의심이 잔뜩 묻어 있었다. '황'이 맥주를 마시다가 오줌을 참지 못하고 자리를 비우자, 사내에게 '황'에 대한 사적인 정보를 물어왔다. 사내는 '황'에 대해서 아무것도 알지 못했다. 생각해보면 그의 이름은커녕 '황'인지 '함'인지 '한'인지 기억이 가물가물했다. '정'도 사내 앞에서 그의 이름을 시원하게 부르지 않았고 '야', '너'라는 말로 썼기 때문에 알 수도 없었다. 그렇다고 해서 한참을 같이 술 마시다가, '너 성이 뭐더라? 이름이 뭐였지?' 하고 묻는 것도 이상했다. 사내는 그의 이름이 무엇이건 그리 중요하지 않다고 생각했다.

"걔는 주먹질하던 애가 절대 아니다."

사내는 '황'이 화장실 문을 열고 나와 바지의 지퍼를 끌어올리며 식탁 앞에 앉는 동안 '정'의 이야기가 달라지는 것을 보았다. '정'의 말은 분명히 '황'에 대한 의혹으로부터 시작되었는데도 불구하고 그가 나타나자 난데없이 다른 쪽으로 기울어가는 것을 느꼈다. '정'은 황이 없을 때와는 다르게 즐겁게 말을 했고 재빨리 아까의 흥분을 가라앉히고 있었다. '황'은 주위를 두리번거리며 이야기를 듣다가 '정'의 이야기가 끝나기 무섭게 어떤 제의를 했다.

"니들, 여기서 계속 죽칠래? 저기, 러시아 미녀가 즐비한 나이트클럽이나 한번 가자. 내가 아는 형님이 경영하고 계시는데 화장실서 전화 안부 때렸더니 오늘 쏘신 덴다. 여기 우리 아우들을 위해서 말이지."

'황'은 나가자며 대신 술값을 계산해 달라고 했다. '정'은 시계를 보며 마지못해 따라나서는 분위기였고, 사내는 어리둥절하면서도 나이트라는 말에 조금 자극을 받아서 지갑을 열었다. 러시아의 미녀들이 사내의 손을 잡고 엉덩이를 흔드는 영상이 잠깐 사내의 눈앞을 스쳐 지나간 탓도 있었다. 술값은 '정'이 조금 보태었다. 사내가 맨 마지막에 나왔을 때, 그와 '정'은 식당 앞에서 택시를 잡아두고 있었다.

"유천동, 코란도 나이트클럽. 앗싸, 오늘 한 번 질펀하게 느는 거야."

'황'은 유쾌하게 말했다. 차는 곧바로 방향을 틀고 남쪽을 향해 줄곧 달렸다. 사내는 그의 추임새에 맞춰 어깨를 두어 번 들썩거렸지만, '정'은 묵묵히 차창 밖을 내다보고 있을 뿐이었다. 밤 아홉 시가 넘어서 그들은 유천동 일대의 유흥가를 택시로 돌아다녔다. 유천동의 윤락가 쇼윈도에는 아슬아슬한 차림의 아가씨들이 지나가는 남자들을 유혹하고 있었다. 말소리는 들리지 않았지만 놀다가라고 외치는 입 모양으로 알만했다.

그 때, 한 손으로 운전대를 잡고 창밖으로 왼손을 휘저으며 가던 택시기사가 말했다.

"이봐, 아무래도 여기엔 없는 것 같은데. 혹시 역 근처에 있는 거 아닌지 모르겠네….”

순간, '황'의 얼굴에 깔린 미소가 걷혔다. 사내가 언뜻 보기에 '황'은 왠지 모르게 궁지에 몰린 듯한 표정을 짓고 있었다. 반면 '정'은 머리를 뒤로 젖히더니 더 굳어진 표정으로 계속 한숨을 쉬었다.

결국, 그 쭉쭉 빵빵 미녀가 가득하다는 '코란도'를 찾은 것은 대전역 근처에서였다. 문제는, 그곳이 그냥 나이트가 아닌 '카바레'라는 것이었다. 게다가 '황'은 거기에 가서 형님이 계신 걸 확인하겠다며 들어갔는데, 한동안 아무 소식이 없었다. '정'은 쓴웃음을 지으며 그냥 가자고 했다.

"왜? 조금만 기다리면 안으로 들어오라고 할 거잖아.”

"그 새낀 안 나와. 절대로 안 나온다.”

"너 왜 사람을 못 믿냐?”

사내의 물음에 '정'은 손가락으로 입구를 가리켰다. 사내는 한숨을 내쉬고 자기가 한번 가보겠다고 했다. '정'은 밖에서 기다리기로 하고 사내가 입구 쪽으로 걸어갔는데, 주위를 둘러보니, 바닥에 구정물이 흐르고 시장 특유의 쓰레기가 나뒹구는 너절한 곳이었다. 까치발을 한 상태로 몇 걸음 다가서니 '카바레'라고 쓴 네온사인의 글자가 문 위에 선명히 들어왔다. 출입문으로 배 나온 아줌마들과 개기름이 번쩍이는 중년 남자들이 팔짱을 끼고 비실비실 들어가고 있었다. 그 속에서 웨이터가 쟁반을 들고 문 앞을 지나가는 게 사내의 눈에 띄었다.

"혹시 백 칠십오 센티 정도의 키에 깍두기 머리를 한 검은 줄무늬 티를 입은 남자를 봤습니까? 방금 이쪽으로 간다고 하고 왔는데….”

“모르겠는데요.”

사내는 컴컴한 홀 안을 기웃거려 보았지만 한껏 낮춘 조명 속에서 희끗희끗 움직이는 모습으로는 사람을 찾을 수가 없었다. 사내는 두어 번 맴돌기를 하고나서 ‘정’이 있는 곳으로 맥없이 돌아왔다.

“눈 씻고 찾아봤지만, 없어. 그 새끼가 우리에게 거짓말 한 걸까?”

“글쎄. 우리가 사람을 믿고 따라온 게 잘못이지. 어쩌겠나?”

사내가 ‘정’과 이야기를 나누며 돌아가는 길에 사라졌던 ‘황’이 나타났다. 그는 건널목이 없는 차도를 가로질러 와서 자기가 거기서 금방 나올 수 없었던 이유를 늘어놓기 시작했다.

“사장실에서 조금만 기다리라는 거야. 여직원이 커피를 타 주면서 기다리라 길래 그렇게 했더니, 쓰바, 삼십 여분이 지나서야 사장님이 급한 일로 어디 갔다나? 그 형님이 날 피할 리는 없는데… 통화할 땐 한잔 쏘겠다고 했잖아. 다시 전화를 걸었더니 계속 안 받지 뭐야.”

사내는 반신반의하면서 그의 장황한 연설을 들어주었다. 그 사이 ‘정’은 ‘황’의 말에 참던 중 화가 머리끝까지 났는지 택시를 세웠다. ‘정’이 차를 세웠을 때 ‘황’이 같은 방향이라며 함께 타고 가자고 했는데, 믿을 수 없었던 것은 그가 단호하게 택시에 동승하려는 ‘황’의 탑승을 밀어내고 가버렸다.

사내는 길거리 어디쯤에서 ‘황’과 언제 헤어졌는지 생각이 뚜렷하지 않았다. 그날 대전 극장 통 골목의 어느 포장마차에서 소주 한 병을 더 마시면서 지갑을 툴툴 다 털어낸 것을 보고서야 ‘황’이 집으로 들어갔던 것만 기억이 났다.

다음 날, 사내는 ‘정’에게 걸려온 전화를 받았다. 두 사람은 고고 시절에 서로 몇 반을 했으며 누구와 친하게 진했는지 좀 더 구체적으로 이야기했다. 동창이긴 했지만 평소에 친한 것이 아니었으므로 앨범을 놓고서라도 서로 정확히 확인할 필요가 있다고 여긴 것이었다. 졸업앨범 속에 '황'은 없었다. '황'이 정말 동기 동창일까?

"어제 걔가 한 말, 걔가 정말 사람을 죽였다면 지금 저러고 돌아다닐 수 있겠냐? 왜 그러고 다니는지 알 수가 없어. 난 걔하고 초등학교 때부터 알고 지냈는데 인상을 팍 구기면서 그런 과격한 말을 한 건 처음이거든, 혹시 걔 정신과 다닌 적 있냐?"

"그런 건 몰라. 나도 하나 묻자. 믿지 않는다면서 넌 어제 왜 그런 거짓에 신경을 썼지?"

"친하진 않았어도 그냥 친구니까… 그런 말 안 하던 애가 그런 말을 했다는 것도 그렇고."

'정'은 '모르겠다'라며 전화를 끊었다. 사내는 수첩을 열어 알만한 친구에게 전화를 했다. 수소문하여 몇 개의 정보를 얻어낸 것은 그로부터 일주일이 지나서였다.

정확한 '황'의 이름은 한우훈이었다. 며칠 전에 만나 이야기를 하고 그와 같이 술을 마셨던 사내나 '정'은 '한'을 '황'이라고 기억했으니 정말로 우스운 일이었다. 이름조차 제대로 모르면서 아는 사이라고 말한 게 정말 웃긴 일이었다. 아마 학창시절에는 '한우' 어쩌고 하다가 '황소'로 불렸거나, '황소'라고 하다가 아예 황이 되어버렸거나 해서 그렇게 기억되었는지도 모를 일이었다. 어쨌거나 좀 헷갈리게 그 스스로 '황'이라고 말한 것도 같고 '한'이라고 한 것도 같았다. 이름도 제대로 모르는 친구지만 그는 대체로 착한 애였다는 것이 타인으로 부터 사내가 전하여 들은 공통된 정보였다. 특전사를 나왔다는 이야기도 사실인 것 같았다. 어떤 애의 이야기로는 한우훈이 너무 착해서 그의 아버지가 돈을 써서 특전사로 보냈다는 이야기가 있기도 했다. 군대도 돈 써서 보낼 수 있는지 사내는 방위 근무를 해서 모르지만 얻어낸 정보로는 그러했다. 아무튼 현재 한우훈은 변해 버렸고, 더 이상 착한 애가 아니었으며, 자기를 돋보이기 위해 어깨를 부풀리기도 하고 거짓말을 할 수 있는 사람이라는 것이었다. 맞짱을 놓다가 사람을 죽였거나 특전사를 나와 나무젓가락 하나면 사람 목숨도 거덜 낼 수 있는 인물이라고 해도, 그럴만한 사람이라면 입방정은 떨지 말아야 한다고 사내는 생각했다. 힘 있는 놈은 절대 입으로 방정을 떨지 않는다는 말은 '정'이 전화를 끊기 전에 해준 말이었다. 사내는 다시 전화가 걸려온다 해도 절대 한우훈의 장난과 술주정과 거짓말을 받아 줄 생각이 없었다. 친구 자격이 없는 이에게 믿음이란 요란한 사치이고, 그런 이에게 진실이란 돼지 목에 걸린 진주 목걸이와 같은 것이기 때문이었다.

3

'정'과 함께 통화 한지 보름쯤 지나 밤늦게 '정'과 다시 만날 기회가 생겼다. 사내는 밤늦게 만나자고 할 만큼 친한 사람이 별로 없었다. 사내의 뇌리엔 사는 동안 항상 늑대처럼 외롭고 힘들었던 기억만 쌓여 있었다. 그러던 참에 '정'과의 만남은 조금 새로운 구석이 있었다. 한우훈 때문이긴 하지만 마음에 안 드는 친구를 같이 씹거나 마음으로 걱정해주는 놈이 생각났던 때문이었다. 사내는 통화 중에 자신도 모르게, '그럼 거기서 만나자'고 했다.

그런데, '정'은 혼자가 아니라, 용케도 한우훈을 데리고 나왔다. 전번에는 한우훈이 '정'을 불러냈다면 이번에는 '정'이 한우훈을 불러낸 것이었다. 사내가 술값이나 밥값을 자신의 주머니에서 꺼내는 일이 없게 하려고 만년교 근처 모텔 앞에서 만나자고 한 탓에, 셋은 길 위에서 반가운 음성을 나누며 악수를 했다.

한우훈은 얼룩무늬가 박힌 군복 비슷한 바지를 입고 진한 잿빛이 담긴 티 차림이었는데, 터프하게 보이려는 듯 목에 힘을 준 그는 정말 전쟁을 마치고 돌아온 용사 같아 보였다.

"어디 가서 목 좀 축이자. 지난번에 내가, 무슨 잘못을 한 건 아니지? 형님이 쏜다고 하셨는데 바빠서 빵꾸 낸 거니까 이해 좀 해라."

"야, 그 때처럼 말도 안 되는 헛소리 그만 해라."

한우훈은 '정'에게 으르렁댔다. '정'은 그의 퉁명스러운 말을 위트 있게 넘겼다.

그날 사내는 가뜩이나 없는 형편에 술값을 내느라 지갑을 비우고 택시비도 없이 유성으로 걸어와야 했었다. 집까지 걸어오며 다시는 그를 만날 일이 없을 것으로 생각했었는데 다시 만났고, 이상하게도 그를 만나기만 하면 일이 꼬이기 시작하는 것이었다.

"얼마 전 어떤 모델이 나에게 사귀자고 했는데 난 한 여자만 바라볼 생각이라 때려 쳤다. 내 여자가 정숙 해야하니까 곁눈질이 싫은 거 있지. 너 소개 시켜달라면 해줄께, 말해 봐."

사내는 한우훈의 말이 믿어지지 않았다. 모델을 소개 해준다고? 개구리 같은 얼굴과 그런 성격에 어떻게 미인이 사귀자고 한다는 말인가. 게다가 자기 마음대로 소개를 해줄 수 있다? 어리둥절해 있는 사내에게 한우훈은 입술을 씰룩거리며 말을 이었다. 정은 들은 척도 하지 않았지만 사내는 그의 말을 듣고 머리가 점점 혼란스러워졌다. 사기꾼이 아닌 이상 한우훈이라는 친구에게는 특별한 능력이 있는지도 모르지… 사내의 마음속 깊은 곳이 조금씩 허물어져 가고 있다는 생각이 들었다. 어쩌면, 친구가 차지할 수 없는 여자를 대신 만날 수도 있을지도 모른다는 생각이 자꾸만 들고 있었던 것이었다.

갑천변 근처의 길가 포장마차에서 그들은 술을 마셨다. 사내는 모델의 이야기가 한우훈의 입에서 다시 나오게 하려고 자꾸 술을 권했고, 그럴 때마다 '정'은 눈살을 찌푸리며 사내의 옆구리를 꼬집곤 했다. 어묵과 김밥에 소주를 한 병씩 비운 뒤 그들은 둔치로 내려갔다. 꽤 늦은 시간이었지만 사람들이 조깅코스를 따라 부지런히 걷거나 혹은 뛰고 있었다. 그들은 한동안 말없이 느린 걸음으로 개천 둘을 거슬러가는 방향으로 발을 옮겼다.

"사는 게 쉽지가 않네… 돈 좀 벌어서 내 마음 대로 한번 써보고 싶다."

'정'이 깜깜한 하늘을 바라보며 말했다. 그 말에 한우훈이 담배를 꺼내며 씨부렁거렸고, 누가 시키지도 않았는데 셋은 개천을 바라보며 땅바닥에 주저앉았다.

"세월 참 더럽다."

한우훈인지, '정'인지, 그 말은 사내의 귀 안에서 빙빙 떠돌았다. 사내는 그들처럼 급한 쪽은 아니었다. 가정이 어려웠던 '정'은 학교를 마치고 제대 직후 공무원 시험에 돌입해 합격했지만, 누구에게도 자신이 어느 부서에 있다는 것은 가르쳐 주지 않았다. 사내는 그와는 반대로 일명 '향토 장학금'을 계속 조달할 수 있을 정도의 가정의 지원으로 유일하게 자신의 앞길이 되어버린 공부에 목을 매고 있었다.

때마침 학과에서 사내에게 연락이 왔다. 스승은 자네라면 못할 것도 없지. 학문이란 말이야, 자네처럼 끈기 있는 사람이 해야 돼. 자기 페이스를 유지하며 달리는 마라톤 같은 거지. 전에도 그랬지만 자넨 할 수 있어. 스승의 조언에 사내는 용기를 내어 시험을 치렀고, 박사 코스 시험에 합격했다. 가족들은 우리 집안에도 박사가 나오게 되었다고 좋아했다.

"너 이번 학기에 박사 한다고 했냐? 아무튼 축하한다…."

'정'은 잠시 길가의 잡풀을 뜯어 냇가로 던졌다. 그 사이 한우훈은 멀찍이 떨어져서 어딘가로 전화를 하고 있었고, 사내와 '정'은 그의 목소리에 드문드문 섞여 있는 여자의 음성을 듣지 않을 수 없었다. 그래… 알았다니까…관둬. 난 몰라.

한우훈이 급하게 핸드폰 폴더를 닫았다. 둔탁한 소리와 함께 잘라 먹힌 여자의 목소리가 사내의 귀에 맴돌았다. 나, 몰라. 어둠 속에서 한우훈과 통화한 여자는 아무래도 모델이라고 말한 그 애 같았다.

"방금 통화한 애, 나이트에서 노래하고 춤추는 애야. 내가 돌봐주고 있지."

"제발 그만 해. 네가 뭘 갖구 돌봐 준다고 하나?"

'정'이 또 시비를 걸었다. 이 말에 한우훈은 화를 내지 않았다.

셋은 너무 늦은 시간이라는 사실을 깨닫고 그만 헤어지기로 했다.

‘정’이 먼저 가고 또 한우훈과 사내가 뒤에 남았다. 사내는 길을 따라 걷다가 빈 택시를 세우려고 했지만 한우훈이 손을 저어 택시를 돌려보냈다.

“돈 있냐? 저기 가서 자고 가자. 씨바, 아까 걔가 일 끝나면 온다고 했단 말이야. 내가 소개해 준다고 했잖아.”

그가 갑자기 목에 힘을 주며 말하는 통에 사내는 불안을 느꼈다. 그가 모텔 운운했던 것은 바로 나이트 걸을 두고 한 말이었을 게 분명했다. 사내는 그의 말을 믿어야 할지 말아야 할지 결정할 수가 없었다. 밤늦게 여자를 기다리고 그녀와 한방에서 잠을 자게 된다면 그것이 무엇을 의미하는가. 누군가를 만나고 싶은 마음이 매일매일 간절했다. 하지만, 키가 작고 제멋대로 생긴 얼굴이 번번이 기회를 가로막았다. 한우훈이 말하는 여자가 늦은 밤길을 허겁지겁 달려올 리 만무라고 사내는 생각했다. 그래도 사내는 한우훈이 믿지 못할 말을 하고 있다는 것을 알면서도 두 개의 방을 잡았다.

“걔가 오면 네 방에 들어가라고 할 거야.”

그가 몇 번이나 반복해서 그렇게 말했지만 사내는 귀담아듣지 않았다. 만나보면 뻔질나게 어딘가로 전화를 했고, 그의 전화기 벨 소리가 수시로 울렸다. 직장도 없는 놈이 무슨 일로 저렇게 바쁜 건지…사내는 그가 두렵기도 하고 한편으로 측은하기도 했다.

한우훈을 다른 방에 들여보내고 사내는 불을 껐다. 머릿속은 계속 복잡했다.

어릴 때부터 사내는 항상 뭔가 만드는 것에 취미가 있었다. 그는 컴퓨터 게임을 좋아해서 공대에 지원했다. 컴퓨터 게임은 그에게 인생이요, 종교였다. 대학 일 학년 때 어떤 게임 프로그램을 만들어 친구들로부터 부러움을 받기도 했다. 알고 보니 그의 수준은 병아리였다. 그보다 훨씬 재능이 많은 선배들이 과에 넘치고 있다는 것을 알고, 그는 프로그램 대신 시나리오에 대한 관심으로 방향을 바꿨다. 덕분에 문학회에 들어가, 다른 대학 친구들과 함께 동인 활동을 했는데, 결국 그 때문에 전공 쪽은 재미를 잃어 학적을 포기하고 말았다. 사내는 이듬해, 문과로 다시 입학해서 어렵사리 공부를 마쳤다.

사내는 누워서 그동안 만난 사람들에 대해 정리를 해보았다. 한우훈은 고등학교시절 일 학년 때 한 반이었는데, 그에게는 한 가지 문제가 있었던 것이 기억났다. 그는 '언청이' 여서 항상 자신의 얼굴을 감추고 다니고 싶어 했다. 초등학교 시절에 수술을 받았다고 했던가? 그는 스스로 친구와의 접촉을 피했다. 집중을 하니 기억이 밝아지면서 그에 대해 좀 더 많은 생각이 났다. 그는 친구들에게 '씨불이', '괴물' 로 불리었다. 발음이 비틀린 걸까? 그가 말할 때마다 발음이 조금 새는 것 같아서 그를 그렇게 부르며 놀렸던 것 같다. 또 한 사람, '정' 은 항상 드러나지 않는 학생이었다. 그에 대한 기억조차 없었다. 다들 특징이 있기 마련인데, 그 역시 요즘 따라 더더욱 사내를 불안하게 만드는 요소였다. '한우훈' 이 행여나 해치기라도 하면 뒷감당을 어찌하려고 할까? 그를 도발해서 치료비라도 뜯으려는 수작인가?

그 밤은 그렇게 지나갔다. 한우훈이나 그의 여자친구에게서나 아무런 소식이 없이 그 밤이 지나갔다. 사내는 뒤척이다가 잠들었다. 그런데 그것으로 끝난 일이 아니었다. 아침이 되자, 간밤에 어떤 일이 있었는지 사내 앞에 카운터 여자가 모습을 드러냈다.

"그 사람, 오징어 안주랑 맥주 몇 병을 더 시켜먹더니 아침어 507호 가서 돈을 받으면 된다고 했어요. 지갑은 친구가 가지고 있는데, 잠을 깨울 수가 없다나…손님이 오니까 빨리 술이나 달라고 해서…."

사내를 더 분개하게 한 사실은 한우훈이 그 뒤에 몰래 다녀갔다는 말이었다. 카운터 여자의 말에 의하면, 그 남자는 아침 일찍 그곳을 떠났다. 사내는 화가 잔뜩 났고, 그래서 아무것도 모르는 모텔 카운터의 여자와 한참을 싸우고 나서 그곳을 나와야 했다.

4

사내는 한숨을 내쉬며 침대에 누워 있었다.

"나다. 형님 목소리도 못 알아 보냐? 미안하다. 네 방으로 들여보내려고 했는데, 너무 늦어서 그랬다. 개가 처음 보는 사람 깨우기 싫대."

한우훈이었다. 그는 여전히 거드름이 가득한 목소리로 사내에게 나오라고 했다. 그 때의 일이 있었던 이후로 사내는 크게 배신감을 느끼고 있었는데, 한우훈이 부르는 술자리에 안 나갈 수도 없었다.

술집에서 만난 멤버는 전과 똑같았다. 이미 '정'도 나와 있었다. 한우훈은 뭔가 달라져 있었다. 담배 피우는 모습과 옷차림과 몸짓이 전보다 훨씬 더 부드러워졌다는 것이 느껴졌다. 한우훈은 와이셔츠의 세 번째 단추를 풀면서 고개를 조금 빼었다가 다시 집어넣는 자세를 취하더니 웃으며 말했다.

"내가 옛날에 형님 모실 때가 참 편했는데 말이야. 하하하!"

그 말끝에 '정'은 순간적으로 되받았다.

"이봐, 그런 형님들 모신다면서 군대는 왜 갔냐? 문신 한 번 하고 가면 걸려서 부적격자로 갈 필요가 없었을 텐데 말이야."

'정'의 한 마디에 그는 눈을 크게 뜨더니 순간적으로 고개를 돌리며 말했다.

"우리 집 꼰대가 나 정신 차리라고 해서 그랬다. 왜? 늬덜이 꿈도 못 꾸는 특전사 출신이라 꼽다는 거냐? 사람만 죽이지 않았어도…잠수 탄 뒤로 형님이 자꾸 피하길래 관뒀다."

말이 끝나자마자 그는 또 거드름을 피우며 담배를 빼물었다. '정'은 기가 차다는 듯이 그를 노려보더니 입술을 실룩거리며 말했다.

"훗, 너 같은 살인전과의 똘마니가 필요한 곳이 조직 아닌가? 깡패 새끼가 아무나 되는 건 줄 아나. 썰은 그만 풀고, 그래 그 잘 나간다는 형님을 한번 데려오지?"

'정'은 완벽하게 그를 무시하고 있었다. 정말로 한우훈이 조폭이면 어떻게 할까 하는 생각이 들어 사내는 불안했다.

"너 지금…네가 뭘 모르나 본데. 나에게 한 대 맞으면 넌 죽어."

'정'은 그의 거만스러운 말투에 눈 하나 꿈쩍도 하지 않고 조소를 띠며 말했다.

"모르긴 뭘 몰라. 누구한텐 너 중딩 때부터 조직 생활을 했느니 어쩌니 했다며? 그렇게 썰 풀고 다니는 것 자체가 웃기잖아? 그 정도면 지금쯤 무언가는 되어 있어야지. 그 정도면, 넌 그쪽 일을 하면서 우리한테 한잔 쏘면서 폼 잡을 수 있어야 정석 아냐? 그런데 왜 항상 우리만 이렇게 이용하려는 거지?"

‘정’의 말이 끝나자 한우훈은 갑자기 목소리를 드높이더니 맥주병을 치켜들었다가 그만 바닥에 떨어뜨려 깨트려버렸다. 그는 화가 머리끝까지 나서 그에게 손가락질해댔다.

“정말 한 대 맞고 싶냐? 내가 한 번 치면 죽어, 임마!”

“아이고~무서워라. 쳐 볼 테면 쳐 보라지, 구라치는 놈에게 맞아 죽는 놈 본 적 있나? 사람 너무 순진하게 봤군그래?”

“에이 왜 그래, 다들 그만 해라. 좋다고 만났는데 친구끼리 싸우면 되냐?”

사내는 험악한 분위기를 무마하려 두 사람을 앉히고 잔을 권했다.

“새끼, 한 번 봐준다. 씨바…그런 의미에서 한잔하자?”

‘정’은 봐준다는 말에 흥분해서 한우훈의 얼굴에 술을 끼얹었다.

“이게 마지막 경고다, 지금이라도 쳐 볼 테면 쳐 봐라, 너 같은 녀석에게 맞을 일도 없고 더는 필요 없다. 맞짱 뜰 테면 떠보자고. 내가 밖에서 기다리지.”

그리곤 밖으로 나가버렸다. 한우훈은 주위 사람들이 말리는 것을 못 이기는 척하며 별다른 행동을 하진 않았다. 사내는 한우훈에게 ‘정’과 싸우지 말고 화해하라며 다독이고는 ‘밖으로 나가’ 정’을 설득했다. ‘정’은 더 이상 사기꾼을 보기 싫다며 자리를 떠버렸다.

5

한의 ‘중촌동 살인 사건’ 고백 이후, 사내는 어처구니없는 상황에서 두 친구를 만났고, 약간 다투기도 하고 오해도 하면서 몇 번 전화가 온 뒤로 연락을 주고받다가 조금씩 더 친해지게 되었다, 다 합쳐도 석 달이 채 안 되는 기간이었는데, '한'보다는 모질게 했던 '정'이 더 각별해진 것 같았다. 아직도 사내가 알 수 없는 점이 있다면 '한'과 '정'이 어릴 적부터 알았던 불알친구처럼 독하게 트집 잡고 욕을 해대면서도 서로 친구로 생각하고 있다는 사실이었다. 사내가 보기에 '정'은 '한'을 무시하고 있었다. 오히려 그를 무시함으로 답답한 기분을 시원하게 풀어버리는 것 같았다. 그렇기에 '정'은 '한'을 만나고 싶은 것일까.

그들이 마지막으로 만난 장소는 둔산동 법원 근처였다. 시월의 마지막 밤이었고 조금 늦은 시각이었다. 사내는 조심스레 지갑에 있는 현금 액수를 확인해보고 나서 가벼운 청색 점퍼차림으로 둘을 만나러 나왔다. '한'은 여전히 거드름을 피웠고, '정'은 늘 보던 대로 퉁명스러운 얼굴을 했다. 좁은 술집에서 이런저런 이야기를 나누던 중, '한'이 또 룸살롱에 가자고 했다. 사내와 '정'은 별로 가고 싶어 하지 않았지만, '한'이 한사코 설득해서 가기로 했다.

"오늘은 내가 쏜다. 걔가 거기서 일하거든, 이 형님이 데리고 있는 애 앞에서 늬덜 콧대 한 번 세워줘야 하지 않겠냐? 기분 나면 이쁜 애들도 소개해 줄 게."

사내는 조금도 이해가 되지 않았다. 어떤 때는 데리고 있던 애라고 하고, 어떤 땐 여친 같고, 생각하기에는 여친이 이런 곳에서 일 한다고 치면 보통사람 같으면 도시락 싸들고 다니며 막았겠지만, '한'은 그런 생각이 전혀 없는 듯했다.

'한'은 시정건설사 근처의 번쩍거리는 룸살롱으로 사내와 '정'을 안내했다. 그는 잠시 들어갔다 오겠다며 문 안으로 사라졌다. '정'은 별로 신뢰가 가지 않는다는 표정과 고민 섞인 눈으로 주변을 둘러보고 있었다. 사내는 전과 같은 일이 또 있을 수 있기에 긴장하고 있었다.

"나 저 자식 정말 믿어야 하는지 모르겠어. 오늘도 거짓이면 저놈과 영원히 끝이다."

십 분이 지났다. 룸살롱에 들어간 '한'은 나오지 않고 있었다. 사내는 '한'이 과연 믿을 만한 존재인가 속으로 물었다. '정'이 툴툴거리며 사내에게 말했다.

"이 새끼, 또 사람을 밖에 세워두고 뭐 하는 거야?"

그 룸살롱은 그다지 좋은 장소는 아니었기에 둘은 걱정이 되었다. 괜히 기골로 행세를 하다가 어디 끌려가서 맞는 건 아닐까? 특전사 출신이니 그렇진 않겠지. 사내는 불안한 생각을 떨치려고 애를 썼다. 그때 '정'이 입구 쪽으로 움직였다. 사내가 어디 가냐고 묻자.

"무슨 일이 있더라도 친구는 친구 아니겠어? 뭐 어떻게 돌아가나 확인은 해야겠지."

어느덧, '정'이 룸살롱 안으로 들어 간지 십 분이 넘어가고 있었다, 전화를 걸어볼까, 생각에 사내는 핸드폰을 들었고, 전화를 걸려는 순간, '정'이 달려나왔는데 표정이 좋지 않았다.

"그 녀석, 룸에 없어. 망할 개자식…들어가서 물어봤는데, 프런트에서 멀뚱멀뚱하게 서 있기만 하더니 뒷문으로 나가더래."

어이가 없었다. 화장실도 아니고 프런트에서 그냥 서있기만 했다니, 사내는 황당했다.

"마담이 왜 그러고 서 있냐고 물었더니, 자기 애인이 여기서 일해서 얼굴 보려고 나왔다나…기가 막혀서 말이 나와야지.”

화가 많이 난 ‘정’은 사내의 손을 잡아끌며 말을 이어나갔다.

“여기에서 일하는 그 녀석의 애인이 없다는 거야. 걔 이름을 물으니까 그런 애 모른대.”

미친 사람도 아니고… ‘한’은 그럼 대체 무엇을 하러 이곳까지 사람을 끌고 온단 말인가. 사내는 속이 부글부글 끓었다.

둘이 룸살롱에서 나왔을 때 어디선가 ‘한’이 또 나타났다. 뭔가 낌새를 알아차린 그는 고개를 푹 숙이고 한숨을 쉬기부터 했다.

“걔, 오늘 바쁜 일 있나본데. 미안하다. 그냥 우리끼리 어디 가서 한잔 마시자.”

세 사람은 또 가까운 포장마차로 들어가 먹장어와 소주를 시켜 연거푸 마셔댔다. 물론 ‘한’은 입을 닫았고, 사내는 그것조차 불쾌하게 바라보고 보고 있었다. 밤 열두 시가 넘자 그들은 자리에서 일어섰다.

“벌써 십일월이군. 우린 도대체 뭐 하러 오늘 만난 거야?”

사내가 짜증 난 얼굴로 ‘한’에게 물었다. ‘정’은 취기가 잔뜩 올라서 길모퉁이에 쪼그려 앉아 있고, ‘한’은 시무룩한 표정으로 사내를 내려다보고 있었다. 그는 주머니를 뒤져 또 어딘가로 전화를 했다. 할수 있다니까…알았어…응, 응.…그래, 알았으니까 기다려봐…응…응…함께 있는 사람들을 제쳐놓고 전화를 오래하는 것은 아무리 사랑에 푹 빠진 연인이라도 힘든 일인데, 한은 여전히 통화 중이었다. 사내는 그의 통화소리에 예민하게 귀를 세웠다.

순간 사내의 명치 끝 위로 묘한 기운이 치밀어 오르기 시작했다. 그의 귀엔 영어와 한국어가 뒤섞인 다음과 같은 말이 반복해서 흘러나오는 것을 들을 수 있었다.

'없는 국번이오니 다시 확인해 주시고 걸어주시기 바랍니다…다이얼링…플리즈…워롱…'

그럼에도 불구하고 한은, '응, 응 알았다니까…그래… 니가 기다리라면 그러지 뭐.'라고 지껄여 대고 있었는데, 사내는 그런 '한'을 등 뒤에서 물끄러미 바라보았다. 사내는 자기가 잘못 들은 것이라고 믿고 싶었다.

"야, 걔가 오늘 만날 수 있다는데, 한번 만나 볼래?"

사내는 씁쓸하게 웃었다.

"아니…난 아무도 만나고 싶지 않아. 그리고 너…."

사내가 갑자기 몸을 돌려 틀어쥔 옷깃이 북, 하니 찢겨 나갔다. 어느새 '정'은 사라져 버렸고, 사람들은 그들을 피해 상가의 불빛 속으로 사라지고 있었다. 갑자기 뻗은 사내의 주먹에 몇 차례 가격을 당한 '한'은, 반격도 하지 못하고 쓰러졌다.

"이 새꺄, 내가 뭘 잘못 했어? 뭘 잘못 했는데? 씨, 내 목걸이…."

6

이틀 전 사내는 모처럼 고등학교 동창회에 나갔다. 그들 중에는 같은 대학교에 다닌 친구도 있었다. 다들 모인 자리에서 사내는 그들이 이 학년 때 전학 갔다는 친구 '한'의 소식을 들었다. 나쁜 이야기도 흘러나왔지만 사내의 생각과는 전혀 다른 이야기도 있었다. 놀랍게도

‘한’ 이 감방에 가게 되었다는 말도 있었다. 그 순간, 야비한 ‘한’ 의 얼굴이 떠올랐다.

“빌어먹을, 그 망할 자식 이야기는 집어치워!”

사내의 맞은 편 식탁에 앉은 ‘정’ 이 욕을 섞으며 그를 비방했다.

“그만 해라, 친구 가지고 그런 식으로 말하는 거 아니야.”

사내는 ‘정’ 에게 그날 있었던 일을 말하진 않았다. 그는 이미 사라져 있었고, 사내가 ‘한’ 에게 어떻게 했는지 알지 못했던 것이었다.

“내가 틀린 말 했냐? 그놈은 어쩔 수 없는 구제 불능이야!”

동창들은 그의 태도에 굉장히 불쾌했는지 그만 하라고 계속 권유했지만, ‘정’ 은 계속 그에 대한 비방을 멈추지 않고 있었다.

“그만해, 임마. 네가 걔에 대해 뭘 안다고 큰소리야?”

순간 그에게 소리를 지른건 ‘김’ 이라는 친구였다. 사내도 그나마 참고 있었는데 ‘김’ 의 말에 주변이 썰렁하게 언 듯했다.

“그럼 넌 그놈에 대해 얼마나 알기에 함부로 소리를 지르나? 그런 사기꾼을 옹호하다니, 혹시 너도 같은 굴비 아니냐?”

“내가 말 안 하려구 했는데…네가 걔에 대해 전혀 모른다는 거야.”

사내는 ‘김’ 의 말에 놀라 눈이 휘둥그레졌다.

“우훈이 그놈 그럴 수밖에 없었던 애야. 일찍 결혼했다가 마누라도 나가서 혼자 사는데 그럼 그렇게라도 살아야 하지 않겠냐?”

‘김’ 의 말이 끝나자 ‘정’ 은 그를 보며 눈을 떼지 않았고, 다른 동창들은 서로 숙덕 거렸다.

“거 참 우훈이 그거 웃기는 놈이네? 사지 멀쩡한 놈이 왜 사기를 치고 다니는데? 혹시, 딴살림이라도 차린 게 아닐까?”

"너희들 말이야, 아주 세상을 잘 못 살고 있어. 사람을 두고 그따위 상상이나 하고…살면서 자기가 처하고 싶지 않은 상황에 처해코면 그제서야 알겠지."

사내는 모임이 끝날 때까지 한우훈에 대해 풀리지 않는 의혹에 사로잡혀 있었다. 그렇게 삶이 어려운 녀석이라면 어째서 '살인사건의 주범'이 자기라고 떠벌리고 다녔으며, 건달 조직 형님을 운운하며 쓸데없이 목과 어깨에 힘을 주었는지, 특전사 운운하며 주먹 한방이면 죽을 거라던 녀석이 사내에게 두들겨 맞으면서도 비굴하게 굴었는지 이해가 되지 않았다.

"걔 마누라가 주유소 일하다가 만났는데, 애를 밴 거야. 아무런 준비도 없이 우훈이는 살림을 차려야 했고, 그나마 비정규직으로 다니던 회사에서 해고되고 나니까 아이 데리고 마누라는 나가버려서 걘 지금 쪽방을 전전하고 있어. 그래서 난 걔 얘기가 입방아에 오르는 게 싫었던 거야. 걔에 대해 아는 것도 없이 욕이나 하면 되겠냐?"

그 말을 듣고 '정'이 난감해하는 표정을 지었다.

"하지만, 그 새끼 너무 장난친 거 아냐?"

"요즘 같은 세상, 사람 믿기 어렵잖아. 우훈이가 그러더라, 맨 밑바닥에 가서 보니까 사람 본 모습이 그냥 보이더라고. 그 자식 정말 웃기지? 하하"

사내는 '김'의 쓴웃음소리에서 매우 어지러운 느낌을 받았다. 하지만, 아무도 모르는 가운데, 한우훈이 사내와 '정'과 몇몇 친구의 우정을 두고 유쾌하지 않은 실험을 했다는 것이 그리 썩 달가운 느낌이 들지 못했다. 그는 더 오래 생각하고 싶지 않았다. 어쩌면 '김'도 그 달

갑지 않은 일에 끼어 있었을지 모른다는 생각에 미치자, 사내는 뒷덜미가 화끈거렸다.그 때, '정'이 사내를 따로 불렀다. 뭔가 단단한 결심이 선 느낌이었다.

"무슨 할 말이라도 있냐?"

"너, 술 취했어도 이 말은 결코 누구에게도 해선 안 된다."

'정'의 얼굴은 한우훈이 사라진 직후부터 계속 심각해 보였다.

"한우훈이는 내가 잡아넣었다. 사기 공갈 협박 혐의로 말이지."

순간, 난 '정'의 얼굴을 뚫어지게 쳐다봤다. 두 사람 사이에 무슨 일이라도 있었던 것일까?

"한우훈이…친구 된 입장에선 사회의 피해자 맞다. 그렇다고 사회의 가해자로 살아가는 건 묵과 할 수 없는 일 아니겠나? 아무리 불쌍해도 죗값은 치러야 하지 않겠나?"

"니가 무슨 권리로? 대체 무슨 일이 있었던 거냐? 니가 그와 원한이라도 있었던 거냐?"

고개를 숙인 '정'은 담배를 꺼내더니 불을 붙였다. 허공에 구름을 뱉어내는 그의 표정은 한없이 굳어 있었다.

"끝까지 밝히고 싶진 않았지만, 난 소위 말하는 '짭새'다. 그렇기에, 어쩔 수가 없었다."

순간, 뒷머리가 다시 따끔해져 왔다. 왜 그동안 '정'이 그를 집요하게 추궁했는지 깨달을 수 있었다. 하지만, 친한 친구인 그를 꼭 잡아넣었어야 했을까.

"너도 나에 대한 의심이 많았던 건 이해해. 하지만, 빛이 있으면 어둠이 있는 게다. 친구여, 날 용서해다오. 우훈이를 대신 부탁한다."

　담배를 끄고 '정'은 조용하게 사라져 갔고, 동창회는 노래방에서 유쾌하게 끝났다. 다들 그날 최고의 이슈였던 '한'은 끝날 때까지 그곳에 나타나지 않았다. 분명한 건, 그날 이후 사내의 기억에서 '사회의 부적응자' 하나가 지상에서 사라졌다는 것이었다. 영원히.

706, 707

1. 706호

　이십 육 평짜리 빌라에 살면서 요즘 내가 겪는 불안에 대해 말하고 싶다. 이것은 내가 읽는 소설 '골락기骨樂記'에서나 들을 수 있는 민감한 소리가 하루에도 몇 번씩 틀리기 때문이다. '서걱서걱' 마치 칼을 가는 쇳소리가 날 미치게 한다. 이 소리가 며칠째 오른쪽 벽 너머에서 들려온다. 인터넷 게임을 할 때 들려오는 효과음은 얼마든지 켜놓아도 영향받지 않은 내가, 이웃집에서 들리는 잡음에 왜 이렇게 덜덜 떨어야만 하는 것일까. 그것은 나의 마비된 후각을 자극하며 마치 시장에서 식욕을 떨어뜨리는 홍어를 삭힌 암모니아 냄새, 아니 어쩌면 다른 것이 썩고 있을지도 모르기에 더더욱 불안했다. 신경을 안 쓰기 위해 책을 읽는 것이 오히려 낫다는 생각마저 든다.

　여기에 입주한지 얼마 안 되어, 짐은 별로 없다. 컴퓨터와 비닐 옷장. 간이침대가 전부인 내 방은 주방집기조차 변변치 않다. 빨리 집에서 물건을 보내줘야 하는데. 어디선가 풍기는 썩는 냄새 때문일까. 개운하지 않은 기분에 세수를 하러 화장실에 들어갔다.

하나 남은 비누로 얼굴을 씻는다. 부스스한 머리에 며칠 동안 깎지 않은 수염이 내 얼굴을 어지럽히고 있다. 제대한지 얼마 안 되어 아직 피부는 새까맣다. 내 외모는 정말 답답하다, 작은 뱁새 눈에 여드름이 아직 가시지 않은 얼굴. 정말 누가 봐도 호감 가지 않는다.

책 읽기를 그만두려곤 했지만, 그러기 전에 읽는 이 책은 지금 내 신경을 긁고 있는 저 소리를 넘어 더더욱 머리로 파고든다. 이토 준지만큼이나 괴이한 호러 작가 최재혁, 그는 분명히 제대로 된 인간은 아닐 것이다. 지금 이 소설에서도 지옥도地獄道를 그려내고 있었다. 산 사람의 살가죽을 벗기고 몸속에 있는 혈관 하나하나에 신경을 진단하는 바늘을 꽂아 인간을 실험한다는 내용이다. 비록 소설이지만, 영화화된다면 아마 국내에서 개봉되긴 어렵지 않을까. 여러 차례 청소년 유해도서로 낙인찍힌 그의 소설은 오히려 그것을 훈장 삼아 롱런하고 있다. 아쉬운 점이 있다면, 최재혁의 팬클럽과 독자들은 많았지만 정작 그에 대해 알려진 것은 아무도 없었다. 언론에서 취재 하려 해도 그는 결코 그것에 응하지 않았다. 시상식장에도 한 번 나타나지 않으며 신비주의가 아니냐는 말이 있지만, 누구에게도 마음을 열지 않는 사내.

그에 대해 상상을 해본다. 얼굴에 수북하게 나있는 수염과 퀴퀴한 어두운 이미지 혹은 장작처럼 삐쩍 마른 체격에 안경을 쓰고 인상이 날카로운 편집증적 인간. 둘 중 하나일 것이다. 아니면, 신체적 결함이 있어 사람 만나는 것을 굉장히 꺼린다거나.

얼굴조차 알려지지 않은 그가 쓴 소설에 푹 빠져 있다. 비위가 약한 사람은 읽기조차 꺼리는 글이 유일한 도피처이기 때문이다. 1년 6개월 동안 군에 가 있는 동안, 처음에 답장을 잘 해주던 친구들은 어느 순간 사라져 버렸고. 2년 동안 캠퍼스 커플로 지냈던 그녀마저도 다른 남자의 품에 안겨 있는 것을 백일휴가 때 보고 술에 찌들어 있다가 보낸 것이 엊그제 같다. 개 같은 년, 내가 군대에서 빡세게 있으면서도 지를 생각하면서 참았는데. 다른 남자를 껴안고, 입 맞추고, 내가 이십년 동안 지켜온 소중한 동정을 바친 계집애의 자궁에 다른 사내가 물건을 집어넣고 좋아하는 꼴을 생각하자니 미칠 듯이 역겹다. 내 핸드폰 속에는 한 때 같이 즐겼던 셀프 동영상이 있으니까. 언제든지 전송한 번 해주면 최고의 카타르시스를 느낄 수 있을 것이다. 인터넷 공유 사이트에 뿌리면서 이름 석 자를 새겨주면 최고겠지.

주둥이를 자른 1.5 리터짜리 병에 담배꽁초를 넣었다. 이미 절반은 채워져 역한 냄새가 코를 찌른다. 컵라면과 콜라병, 디스 플러스 담뱃갑이 방바닥에 굴러다니고 있다.

내가 사는 칠백육 호에는 미니 냉장고, 라꾸라꾸침대, 이불, 컴퓨터가 전부인 방은 창문에 커튼 하나 처져 있지 않았다. 복학할 때까지 여전한 분위기는 지겹다.

오늘도 레벨 업을 위해 [비바 파이터]에 접속하여 몬스터를 사냥하고 레어 아이템을 얻어 그것을 비싸게 판다. 모든 몬스터는 그 년이다. 쌍년아 죽어라, 평생 배신이나 당해야 할 망할 년아 사나이의 검을 받아라! 내가 곧 정의고 너는 악이다. 신나게 모니터를 향해 키보드와 마우스 질을 할 때, 벽 너머로 시끄러운 메탈음악이 들렸다. 개새끼, 또 혼자 있나 보군. 정말 옆집 칠백칠 호 사내가 너무 싫다. 대체 뭘 하는 놈일까. 이웃 생각도 해줘야지!

옆집 칠백칠 호 에는 부부가 산다. 여자는 몇 번 마주쳤는데, 웨이브 진 단발에 가는 눈, 오똑 솟은 코와 작은 입술. 하얀 목덜미. 지적으로 생긴 모습은 삼십 대 초반으로 보인다. 이십 대들에게 쉽게 느낄 수 없는 성숙미가 미묘하게 성욕을 자극하고 있다. 조심스럽고 예의 바르고 지적으로 보이는 이 여자의 남편은 누구인지 정말 궁금하다.

그녀를 처음 본 건 쓰레기를 들고 밖에 버리려 나가려다가 칠백칠 호의 문이 열리는 소리에 고개를 돌려 마주쳤던 때로 기억한다. 하얀색 블라우스에 검은색 치마를 입고 핸드백을 어깨에 멘 그녀도 가득 담긴 쓰레기봉투를 밖으로 내놓고 있었다. 문 안으로 "다녀올게요"를 말하면서 문을 닫고 가다가 나와 마주치자 목례를 했던 것으로 기억한다. 이상한 점이라면 그 집 남자는 한 번도 본 적이 없다. 그에 대해 물어보면 그녀는 살짝 미소를 지으며 답했다.

"우리 그이는 일하느라 바빠요. 정말 눈코 뜰 새 없이 바쁘죠."

그러면서 출근을 하거나 혹은 집안으로 황급히 들어가는 경우가 많다. 바빠 보이지만, 가끔 저녁때 디저트나 먹을거리를 한 접시 가지고 오는 때도 있다. 이웃사촌이라서 그런 것일까.

남편은 자주 출장이라도 다니는 사람인 걸까? 아니면 야근을 자주 하는 사람일까. 야근을 많이 한다면 게임으로 밤을 새우는 내가 모를 리 없다.

옆집 사람들에 대해 의심이 간다. 정말 부부가 맞는 것일까. 요사이 벽 사이로 들려오는 젊은 남자의 목소리가 겹쳐서 들리기에 더더욱 불안하다. 좌절감에 울기도 하거나 혹은 재잘거리기도 한다. 가뜩이나 조용한 것을 좋아하는 나로선 밤마다 들려오는 요사스러운 목소리가 너무 싫다. 지금도 옆집에서는 듣기 싫은 소리가 들려온다.

"여전하네, 넌 정말 마약 같아. 묘하게 날 애태우는 재주가 있어. 나 정말 너 생각나서 미치는 줄 알았거든, 정말이야. 일도 손에 안 잡히니까. 그냥 와버린 거야."

옆 집 여자다. 평소 그 정갈하면서도 살가운 그 목소리가 아니었다. 기묘하게 매혹적인 톤을 지닌 소리다.

"자기, 그렇게 날 가지고 싶었어? 정말 못 말리는 사람이야."

처음 듣는 사내의 엣띤 목소리다, 달콤하고 부드러운 느낌으로 머릿속에 전해져 온다. 저 집 남자는 아닌 것이 확실하다. 미칠 거 같다, 벽 너머로 들려오는 소리는 가끔 혼자 있을 때 보는 야동에서 나는 스리와 다를 바가 없었다. 중추신경과 성욕을 자극하는 오디오 음란 드라마. 저 집 여자는 정말로 유부녀일까? 아니면 두 집 살림을 하고 있는 거 아닐까? 그러는 와중에도 어디선가 흐느끼는 소리가 들려온다. 게다가, 썩는 냄새가 나서 살 수가 없다. 수면제를 먹고 자든가 해야지.

2. 707호

오늘 늦어요. 무슨 일 있으면 전화해요. 아내는 핸드백을 내려놓고 화장을 하고 있었다. 달콤한 향을 좋아하는 그녀의 몸에서는 나가 좋아했던 꽃향기가 코끝으로 전해져 온다.

또 마감이에요? 침대에 누워 있다가 일어나면서 물었다. 응, 짧게

답한 아내는 표정 관리라도 하는 것일까. 어떠한 표정도 짓지 않고 파운데이션을 바르고 있다. 이어서 아이라인, 아이새도, 립스틱을 바를 것이다. 여성으로 살아가는 것은 여러모로 힘든 일이다. '시선'이라는 것에 평생을 신경 써야 하는 게 말이지. 생각해 보면 남자든 여자든 가릴 필요도 없지만, '시선'이란 것은 여간 부담스러운 게 아니다. 내게 있어서도 타인의 시선은 두렵다.

잘 다녀와요, 일은 오래 걸릴 거 같아요? 라며 출근하려던 아내 앞에 서서 물었다.

"원고 보다가 여기저기 뛰다 보면 밤샘은 기본인 거, 잘 알잖아요." 아내는 답문이 끝나자 내 뺨에 키스 하고 나갔다. 문밖에서 어떤 남자와 주고받는 이야기가 들린다. 처음 듣는 목소리의 주인공은 누굴까? 가까운 걸로 봐선 옆집인가.

아내가 나가고 난 뒤, 거울을 본다. 턱 사이로 작은 수염이 돋아나 있다. 면도기를 꺼내어 하나하나 정성스레 다듬는다. 머리와 은밀한 곳만 빼고 제모를 해버릴까 라는 생각을 여러 차례 했었지만. 어차피 바쁘니까, 집을 비워 놓기도 그렇고 말이지.

바깥에 나가기 싫어하는 나에게 있어 지금 이 생활은 천국일지도 모른다. 홀로 있는 시간이 많다는 것이 부담스럽다는 게 문제지만. 내가 하는 일은 별다른 것은 없다. 현실에서 이루어질 수 없는 것을 생각하고 자판을 두드리는 것일 뿐. 그 속에서 나온 것들이 사람들을 놀라게 하고 잠 못 들게 하는 것이 전업 작가로 사는 재미다.

꿈속에서 산더미처럼 쌓인 수백 톤의 원고지에 파묻혀 깔려 온몸이 으스러지기도 하고. 활자들이 돌처럼 굴러오기도 하는 꿈에 놀라 깨어나 보면 자판을 베개 삼아 자고 있었다.

이렇게 살고 있는 내게 독자들이 있다는 게 믿어지진 않는다 한 번도 그들 앞에 서본 적이 없었다. 사람들 앞에 서는 것은 너무나 두렵기 때문에 그냥 이대로가 좋았다.

냄비 속에 오백 밀리짜리 우유를 따라 넣고 약한 불로 끓이면서, 생크림을 넣었다. 그것을 수저로 아주 천천히 젓는다. 냉장고에서 레몬을 꺼내어 잘라내고 그것을 짜냈다. 투명하고 연 노란색의 시큼한 맛이 느껴지는 내용물은 한 종지에 차여 있다. 얼마나 시간이 지났을까. 보글보글 하얀 거품이 난다. 레몬즙을 냄비에 붓고 소금을 약간 넣었다. 가끔 커피를 마실 때 여러 가지 디저트부류의 음식을 만든다. 이런 거라도 만들어야 살맛이 나기 때문이다. 이것도 다른 블로거의 요리법이 적힌 블로그를 보고 따라 하는 것이지만. 내가 좋아하는 일을 하고 산다는 것은 어쩌면 진정한 행복이 아닐까.

"My every attempt to evade, The end of the road and my end…."

메탈 그룹 [Slipknot]의 노래 [Before I Forget]을 틀었다. 혼자 있을 때는 볼륨을 크게 해놓고 듣는 것은 스트레스를 해소 할 수 있는 해결책이다. 티브이에서는 후지TV 채널의 방송이 나온다. 위성방송을 신청해 놓았기에 한국방송을 보는 일은 극히 적은 편이다. 별로 알고 싶지도 않은 일들이 가득한 새 소식은 일만 하는 내게 있어 방해만 되기 때문이다.

아내의 친구 중에도 그런 사람이 있는데, 그녀도 나처럼 머릿속이 복잡하게 꼬인 사람이다. 게임 프로그래머? 아니지, 게임 잡지 기자였던가. 몇 달 전, 남자친구가 죽은 이후로 일에만 매달려 있고 전혀 사람들과 소통을 하지 않는 그녀가 아내에게 전화로 홀로 여행할 곳을 묻기에 거제도를 얘기했는데. 행여나 같이 가자고 하면 수영을 하기 싫어하는 나로선 걱정부터 앞선다. 어제도 고등학교 동창이었던 '범생이' 수현이 모교였던 제일 고등학교 선생으로 근무하면서 잠깐 피로를 달래고자 팔월에 동호회 후배들과 놀러 간다면서 장소를 추천해달라고 부탁했는데. 거제도 몽돌해수욕장을 말해버렸다.

얼마나 시간이 지났을까, 반죽에 가까운 내용물을 면보자기에 넣고 묶은 다음 냉장고에 넣었다. 굳어지면 담백한 치즈 완성. 이런 것이 반복되는 일상에 있어 작은 행복이다.

내가 살아가는 것에 있어서 그놈에게 감사한다. 모든 이들이 악마라고 불렀어도 너를 절대 버리지 않으리라. 누가 널 어떻게 보든지 나에게 있어서는 최고의 친구였어.

어디서 이렇게 썩는 냄새가 나는 걸까? 화장실 청소를 해야겠다.

3. 706호

쓰레기 분리수거를 하는 것은 너무나도 귀찮은 일이다. 집에 쌓아두면 폐인이라는 것을 대놓고 증명하는 것밖에 안 되기에 어쩔 수 없다.

비가 오는 날은 더더욱 나오기가 싫지만. 집에 쌓아두면 둘수록 한 달에 한 번 어머니가 오실 경우 잔소리는 심해진다. 더군다나, 곧 복학할 건데 이 정도는 해놓아야 담배와 단백질, 라면 냄새에 도망가는 여학생들도 없겠지.

아파트 단지의 아침은 자동차를 주차하거나 한 두 사람이 오갈 정도다, 하지만 오늘은 비까지 와서 사람이 거의 보이질 않는다 혼자 끙끙거리면서 쓰레기봉투를 옮기러 나왔지만. 쓰레기차는 저 멀리 사라지고 없다. 또 하루가 지나야만 해결될 문제인 것 같다.

분리수거 봉투를 쓰레기통에 넣고 돌아서자 순간 놀랐다. 나 말고도 비가 내리는 날에 쓰레기를 버리러 나온 사람을 볼 줄이야. 내 앞에 서 있는 검은색 비옷 차림의 사내는 쓰레기봉투를 들고 있었고 안에는 지저분한 검붉은 색 걸레가 담겨 있었다. 비가 내리는 날씨임에도 붉게 일그러진 걸레는 비릿하고 썩은 냄새를 풍기면서 봉투를 물들이고 있었다.

그것에 눈을 떼지 못한 나 자신이 둔감하다는 것을 급히 깨달아야만 했다. 시선이 붉은 봉투에 꽂혀 있는 동안 그 사내도 나를 보고 있었다. 빨간 입술을 실룩거리며 검은색 비옷과 어울리지 않는 하얀 피부에 가늘지만 색기色氣가 있는 눈과 가녀린 눈썹, 조각 같은 코, 계란형의 얼굴, 마른 체형을 하고 있었다. 어렴풋이 봤을 땐 이십 대 초반쯤으로 보인다. 그의 얼굴은 묘하게 내 머릿속을 부여잡고 있었다.

시선을 다른 쪽으로 돌렸다. 사내가 무슨 말을 걸어올지 모르기에 불안하다. 그는 어떠한 행동도 취하지 않고 그대로 지나쳐 가버렸다. 굉장히 긴장했는데 다행히도 겨우 지나가버렸다. 사람과 다주치는 것은 좋지 않은 일이다.

집으로 돌아가려고 돌아서려 하는데, 발밑에 뭔가 걸리는 느낌이 들어 몸을 굽혀보니 수첩이 물기를 머금으며 젖어가고 있었다. 그것을 집어 들었다. 옆집 남자가 떨어뜨린 것일까. 아니면 옆집 여자의 비밀스러운 일기장? 쓰레기를 버리고 올라가며 칠백삼 호 근처쯤에서 썩는 냄새가 코를 찌른다. 하루 이틀도 아니고 누군가 청소를 제대로 안 하는 것 같다. 이런 일은 사람들이 주민신고를 해야 하는데 아무도 나서질 않아서 미치겠다.

집에 들어오자, 벽 너머로 굵은 목소리가 들려왔다. 옆집 남자인 것 같다. 정말 옆집 여자는 남편 몰래 외도를 하는 것일까. 그렇다면, 어제 저녁에 들었던 목소리는 누구?

주워온 수첩을 집어 들었다. 겉이 약간 물에 젖어 있긴 했지만 읽는 것에는 문제가 없다.

'이름: 어둠 속에 사는자. 주소: 오뉴 빌라 칠백칠 호.'

수첩에 쓰인 필적은 아주 어지러운 필기체로 되어 있었다. 이런 악필은 처음 본다.

'3월 24일/ 이젠 숨통을 끊어 놓고 싶다. 반쯤 썩어 문드러진 살아있는 너의 살덩이가 덜렁거리는 꼴은 이제 너무 지겨우니까. 보면 볼수록 씹어 먹어야 겠다는 생각에 잠을 못 이루고 있지.'

이 사람은 무슨 생각을 지닌 것일까. 굉장히 비뚤어져 있다. 앞장을 넘겨보았다.

'3월 14일/ 모두가 사탕을 들고 고백하지, 사탕 같이 둥그란 내 눈알을
빼어내 네게 바친다.'

칠백칠 호의 여자는 유부녀일까? 이런 이상한 글을 쓰는 사람과 어떤 관계일까? 부적절한 애인? 바쁜 남편?

여러 생각을 하는 동안, 벨이 울렸다. 도어폰으로 확인해 보니 옆집 여자다. 무슨 일로 찾아왔는지 궁금했다.

"택배가 왔었더군요, 집에 안 계시기에 남편이 대신 맡아 놨어요."

집에서 보낸 물건들이다. 얼마나 크게 보냈기에 내가 직접 가져가야 할까. 옆집에는 처음 가본다. 현관문을 열고 거실에 들어서자, 5.1 채널 사운드 시스템이 갖춰진 사십 인치쯤 되는 티브이가 눈에 들어왔다. 색색으로 꾸며진 수납장은 아기자기한 느낌마저 든다. 결혼사진은 걸려 있지 않다. 정말 이 부부는 애정이 없는 사람들인가. 내 눈에 띈 광경은 애완용으로 기르는 것으로 보이는 전갈 여러 마리가 잘게 썰린 고깃덩이를 탐하고 있었다. 분명히 여자가 키우는 것은 아닐거야.

여보, 옆집 사는 분이에요. 그녀는 방문을 두드리자 남자가 나왔다. 드디어 그녀의 남편을 볼 수 있는 것인가. 그의 얼굴을 정면으로 보고 놀랄 수밖에 없었다. 어제 비가 세차게 내리던 아파트 주차장 쓰레기통 앞에서 그 검은 봉지 속의 이상한 쓰레기를 들고 있던 그 청년이 거꾸로 된 별이 그려진 반소매 티셔츠와 청바지를 입고 내 앞에서 목례하고 있었다. 나는 잠시 동안 멈춰 있다가 그에게 목례 했다. 저 새파랗게 어린 녀석이 옆집 여자의 남편이라고?

나, 들어갈게요. 낮은 목소리의 옆집 남자는 인사를 받자마자 몸을

뒤로 홱 돌더니 다시 방에 들어 가버렸다. 뒤도 돌아보지 않고 손님이 오든 자신과는 상관없다는 것인가. 살다살다 저런 개새끼는 처음 보겠네! 라고 욕이 나올 뻔했다.

"남편이 사람을 좀 가리는 편이에요, 평소에 바빠서…피곤하니까 이해하세요."

그녀는 멋쩍은 미소를 지으며 지난번과 같은 말을 되풀이하고 있다. 고개를 끄덕이고 문 앞에 있는 커다란 박스를 가져갔다. 그녀는 냉동실을 열더니 하얀색으로 된 뭔가를 꺼냈다.

"이거, 빵이나 차하고 같이 드세요. 디저트로 괜찮을 거에요."

그것을 받아들고 집으로 돌아왔다. 박스는 열지도 않은 체 컴퓨터에 앉아 그것을 한 입 베어 물었다, 굉장히 맛있다. 시중에서 파는 슬라이스 치즈와는 전혀 다른 맛이다.

옆집 사내가 미웠다. 이렇게 음식 솜씨도 뛰어나고 성격도 좋은 아내를 두고도 냉동실에 얼려놓은 얼음처럼 행동하다니. 너 모르지? 그러니까 니 마누라가 외도 하는 거야, 버릇없는 녀석.

지난번에 주웠던 다이어리가 생각났다. 어쩌면, 저놈은 자기 아내 몰래 사람을 해치는 게 아닐까? 표정도 어둡고, 분명히 놈은 이상한 놈이다. 매일매일 시끄러운 음악을 크게 틀고 뭘 하는 거냐고! 저런 놈을 데리고 사는 여자가 너무 불쌍하다.

담배를 태우러 바깥에 나갔다. 수위 아저씨는 코를 크게 골며 졸고 있다. 바람에 떨어진 벚꽃은 바닥에 어지럽게 널려 있다. 여기 청소하는 사람들, 처음에는 벚꽃이 피면 굉장히 좋아하면서도 치울 때는 얼굴을 구긴다. 그럴 바에는 뭘 하려고 나무와 꽃을 심는담.

수도계량기가 빨리 돌아가고 있다. 이 정도의 속도라면 수십만 원은 넘게 나올 텐데 어째서? 칠백칠 호만 유독 그렇다. 다른 집은 느린 속도로 돌아가거나 나처럼 아예 안 돌아가는 집도 허다하다. 어쩌면 그 사내가…라는 생각이 잠시 들었다. 나의 어이없는 추측일 수도 있지만. 아까 한 행동으로 보나, 별로 마음에 들지 않는 것은 사실이다.

아직 수거차가 가져가지 않은 쓰레기통을 뒤졌다. 칠백칠 호의 쓰레기봉투에는 락스통이 무려 두 개나 있다. 붉게 물들어 있는 걸귀가 썩은 암모니아 냄새를 풍기며 코를 자극한다. 아무리 생각해도, 그놈이 분명해.

4. 707호

일요일이다. 휴일이지만, 아내는 교회에 갔다. 여러 번 함께 종교 활동을 하자는 이야기를 들었지만 내 머리와 손에서는 어둠, 죽음, 피, 공포가 묻어 나온다. 이것은 나의 자유롭고 기괴한 생각들에서 나왔지만, 일반인이 보기에 흉측한 생각을 지닌 내가 7일 중 하루에만 교회에 가서 죄를 씻는 것은 나에게 있어 위선에 불과하다. 달력 위에 그려진 빨간색 날. 다른 사람들은 쉬는 날이나 공휴일이겠지만 나에게 있어 일을 보는 것들이 정지되는 때라서 전혀 좋지 않다. 오히려 검은색 날이 사람 만나기에도 편하다. 만나는 사람들 역시 지인들이나 출단사 정도로 한정되었어도 그들의 만남 속에서도 최재혁은 없지만.

서재에 들어가 본다. 책상 위에 교정지가 쌓여 있다. 이가 갈릴 정도로 밑줄과 잘못된 말들이 그어져 있다. 하나하나 수정해야 한다. 세상에 완벽한 사람이 없다 해도 최선이 아닌 차악이라도 되어야 안심할 수 있기에 내가 새겨놓은 세상은 또다시 파괴와 죽음, 재생으로 살아나는 과정을 반복하며 이야기의 종결과 새로운 악을 기다린다.

내 블로그에는 여전히 사람들이 많이 들어온다. 그들의 말과 질문은 여전히 같다. 블로그에 올려졌거나 출판된 소설을 읽고 작품을 쓴 작가인 나라는 인간의 얼굴을 확인하고 싶은 사람들의 애교 섞인 안부 글이다. 읽어 보면 무서운 생각이 더 들었다. 원하지도 않았는데 동물원의 원숭이가 되어 있는 것은 역겨운 일이다. 아직도 사람이라는 존재는 두렵다.

처음 작가활동을 시작하기도 전, 블로그에 올렸던 호러소설에 달린 댓글을 보고 난 뒤부터 더욱 두려움은 심해졌다.

[댓글]- 타인에 대한 인신공격 성 리플은 삭제됩니다.
Nimiral 면상이야 뻔하지 뭐. 다크서클이 가득한 또라이 아니면 오타쿠 ㅋ
Alert 안경돼지는 19禁 전문이고 이거 쓴 사람 실제로 보면 이상한 놈 일거 같아
MADHEAL 재미있긴 한데 사상이 의심스럽다, 뭐 이렇게 뼛속까지 잔인해?

호러소설을 쓴다고 해서 살인마가 아닌데, 내가 저런 취급을 받을 필요가 있을까 라는 생각이 들어 거울을 봤다. 흑발에 큰 눈과 붉은 입술, 하얀 피부를 가진 갸름한 얼굴의 남자가 오른손에 밀크티가 담긴 찻잔을 든채 미소 짓고 있다. 당신들이 그리는 작가 최재혁의 실제 모습은 이렇다, 실망하겠지만 사실이지.

입가에서 실없이 웃음이 나왔다, 정말 한 번 만나줄까? 관두자. 내가 비록 슬립낫(Slipknot)멤버들처럼 음악성으로 승부하느라 얼굴을 보여주지 않고 가면을 쓰는 것은 아니지만. 가상사회에서 사람을 가지고 저런 식으로 상상하거나 유추하는 사람들에게 굳이 내 고습을 보여주면서 책 한 권 팔자고 가식을 떨긴 죽도록 싫었다. 글 쓰는 게 좋아서 시작한 일이다. 그 시작은 놈 덕분에 원하지 않게 진행되었지만.

냉동실에 넣어둔 치즈를 꺼내려 문을 열었는데 치즈가 없다. 상관없다, 어차피 다시 레시피대로 만들어 먹으면 된다. 그러고 보니, 어제 칠백육 호 남자가 왔을 때 먹을 거라도 내줄 걸 그랬나? 피곤해서 그냥 인사만 하고 지나쳤지만, 옆집에 사는 이웃인데 내가 심했다는 생각이 어렴풋이 든다. 그 남자를 어디선가 본 것 같긴 한데 기억이 나지 않는다. 옷깃만 스쳐도 인연이라지만, 사람과 마주하기 어려운 내게 있어 힘든 일이다.

이렇게 소심한 내가 아내와 만나서 결혼 한 건, 행운일지도 모른다. 출판사 사장이 호러 소설가 러브크래프트(Lovecraft), 클라이브 바커(Clive Barker)매니아 였던 것은 나에게 있어 행운이었다. 그저 적는 게 좋아서 블로그에 하나씩 단편을 올렸던 게 사장의 마음에 들었다는 것이 의외였다고 해야 할까. 다른 사람들도 재미있게 읽고 호응도가 좋아서 연락했다는 것에 망설였다. 조회 수를 보면 나쁜 것 같진 않았기에 망설이다가 새로운 시장인 호러 문학 개척이라는 사장의 의견에 책을 내기로 했다. 문제가 있다면 내 글은 사람들을 두렵게 하는 재주는 있었지만, 작문 시간에 졸았던 탓인지 글이 매끄럽지 못했다.

출간 전, 원고 수정이 이루어졌다. 그 과정에서 내가 원하는 표현도 조금씩 매끄럽게 되어갔다. 그 과정에서 만나게 된 사람이 아내다. 편집자답게 사무적인 얼굴과 미소는 처음에 내 머리와 몸을 얼어붙게 하기에 충분한 인물이었고, 원고 수정에 있어서도 내 의견을 존중하면서도 틀린 점에 대해 편집자로서 입장이 확고했던 아내는 커리어우먼답게 근성이 넘쳤다. 나중에서야 안 일이지만, 원고 수정 과정과 탈고까지의 모든 일은 작가가 책임을 지고 마무리해야 한다는 것이 당연함을 깨닫는데 시간이 걸렸고. 나 자신이 블로그에 글을 쓰면서 작가라고 생각 했던 게 얼마나 무지했는지 반성하는 계기이기도 했다.

처음 서로 마주 앉았을 때의 느낌은 어린애처럼 보이는 글쟁이와 성숙미가 가득한 커리어우먼. 이런 느낌 때문에 함께 일할 때는 어딘지 모르게 어색한 느낌을 지울 수 없었다. 내가 부족한 탓에 글을 볼 때마다 부끄러운 느낌이 크게 들었지만 정작 상대에 대한 불쾌감은 없었다. 오히려, 초보작가인 나를 생각 해준다는 점에 고마웠다.

작업이 끝나고 나면 혼자 맛집을 찾았다. 수제 케이크 집 같은 곳에서 블루마운틴 한 잔과 케이크 한 조각을 베어 물어 먹는 것만큼 이빨 사이에서부터 혀끝으로 전해지는 달콤함을 느끼는 순간은 너무 행복했기에 혼자만의 시간을 가졌는지도 모른다.

노트북을 꺼내어 놓고 원고 작업을 하면서 시켜놓은 디저트를 먹는 것은 이빨 속을 갉아먹는 충치의 원인이기도 하지만 달콤한 순간을 기억하고 싶을 뿐이었다.

그날도 그랬다. 스트로베리 타르트 케이크를 이촌동에 있는 가게 [C4]에서 먹고 나올 때였다. 지하철을 타려고 길을 건너려고 했을 때. 눈앞에 누군가 내민 조그만 '가그린' 병이 보였다. 손의 주인공은 바로 아내였다. 아무 말도 하지 않고 내민 손에 들려 있는 '가그린' 병을 들었고. 뒤돌아서서 가글을 했다. 감사 인사를 해야 하는데, 방금 먹은 케이크 찌꺼기가 낀 입속을 보여줄 수는 없지 않은가. 고기를 돌려 아내를 보고 말없이 목례를 했다. 아내는 나를 보면서 활짝 웃었다.

짧은 연애를 뒤로 하고 결혼한 직후에는 출판사 업무에 바쁜 아내를 위해 요리나 디저트를 만드는 것이 취미가 되었다. 가끔 수제 케이크 집에 가긴 하지만 결혼 전에 먹는 그 느낌은 아니라는 것이 좀 아쉽다. 학사 졸업하고 블로그 질이나 하면서 괴상한 글이나 올리던 내가 이렇게 훌륭한 아내와 결혼 했다는 것은 내가 생각해도 놀라운 일이다.

간만에 화장실 청소를 하기로 했다. 가뜩이나 요즘 썩는 냄새 때문에 살 수가 없는데. 어쩌면 청소를 제대로 하면 없어질지도 모른다. 락스를 바닥에 뿌렸다. 사흘에 한 번씩 하는 화장실 청소는 고역이다. 락스 냄새는 피부를 상하게 하는 성분이 있어서 독하다. 아예 한 통을 다 써버리는 게 기본이 되어 버렸다.

부엌, 거실, 베란다, 마지막으로 애완용 전갈이 있는 수조의 먼지와 얼룩을 하나하나 제거했다. 청소를 하다 보면 시간이 많이 간다. 청소를 멈추고 수조를 봤다. 놈에게 선물 받은 전갈이 어느덧 짝을 지어 낳은 새끼까지 포함해서 가족을 이루고 있다. 분양을 하자는 아내의 이야기에 언젠가는 내놓아야겠지만. 전갈을 볼 때마다 대학생활을 함께 보낸 놈이 떠올라서 쉽사리 처리하지 못하고 있다. 대학을 다닐 때, 아내는 영문학과를 졸업하고 석사 과정을 들어간 문헌정보학과에서 박사 과정까지 도달해 있었고. 아내의 존재를 전혀 알지 못하고 일어일 문학과에서 고등학교 동창이었던 놈과 함께 수업을 들었다. 에도가와 란포江戶川亂步, 요코미조 세이시橫溝正史의 작품을 권해준 것도 놈이다. 어찌하여 내게 그것을 권했냐고 물어보자 웃으며 말했다.

"그날 말이야, 반짝인 네 눈에서 속내를 알았어. 복잡한 너에게 제일 적합한 것 말이야."

놈이 웃을 때면 고교 시절 학교 땅바닥을 붉게 물들이며 흩어지고 깨진 파편 덩어리와 흐르던 핏물이 생각난다. 놈은 고교 시절 같은 반 급우와 싸우다가 옥상에서 떨어져 죽자 어떠한 이유인지 자신도 자살을 기도했지만 요행스럽게도 살아남았다.

내가 놈을 기억할 수밖에 없었던 것은, 체육 시간에 친구들과 함께 운동장에서 농구를 한 게임 뛰고 들어오는 도중, 발 앞에 거대한 물체가 떨어졌다. 떨어진 사람은 나와 같은 교복을 입고 있었던 학생이었다. 이미 인간이 아닌 고깃덩어리에 불과했지만. 쓰러진 덩어리는 산산이 부서진 머릿골 속에서 흐르는 뇌수와 터져 나온 눈알, 짓이겨진 피부와 신체 곳곳에서 흘러나온 붉은 피가 바닥을 적시고 있었다. 그것을 보고 놀란 아이들과 교사들이 우왕좌왕하고 있을 때, 아이들 머리 위로 뭔가 또 떨어졌고, 그것은 바로 놈이었다.

그날 이후, 아이들은 그를 피했고 반대로 나만 놈과 어울리게 되었다. 무슨 생각으로 그런 짓을 했던 걸까. 대학에 간 직후에도 놈은 빨간색 머리에 얇은 눈썹, 창백한 피부, 커다란 눈의 동공은 누가 봐도 서클렌즈를 낀 것처럼 보이지만 오랫동안 마주치고 있으면 위압감이 느껴질 정도로 매서웠다. 감촉 자체가 말라 있는 입술은 주위가 터 있었고. 무엇보다 놈을 돋보이게 한 것은 가죽으로 된 점퍼나 바지가 아닌 팔목에 무수히 나있던 상처로 기억된다. 고교시절에 놈이 일으켰던

56

그날 사건 이후로 피나 죽음을 보고도 어떠한 것도 느낄 수 없었기에 어둠의 이미지나 악마, 고문 같은 그로테스크한 것을 익숙하게 묘사하는 것이 간단하게 느껴지는 것이 아닐까. 창작에 있어 그 부분만큼은 놈에게 감사하고 있다.

또 한 편으로는 놈에게 원망이 느껴지기도 했다. 그날 이전에는 사람이 다친 것만 봐도 몸서리를 치던 내게 죽음의 이미지에 관련된 것들에 대한 두려움이 영영 사라져버렸기에.

나를 두렵게 만든 것은 이미지화된 초자연적인 것들이 아닌 놈과 같은 인간과 독자들의 댓글이었다.

그 일 직후에도 불안했기에 차후에 있을 놈의 무모한 행동을 막아야겠다는 생각에 내가 아끼는 책을 읽고 한 권을 더 사서 주었지만, 녀석은 얼굴을 찡그렸다.

"뭔 소리인지 알아들을 수 없네. '무소유'를 읽고 감동해서 스님이 되라는 이야기냐?"

제멋대로 살던 놈은 작년 크리스마스를 앞두고 자살했다. 극도의 고독을 이기지 못했던 탓이리라. 그가 죽었다는 소식을 들었을 때 며칠 동안 어떠한 일도 할 수 없었다.

놈과 함께 들어간 대학에서 전공인 일문학 수업을 들었고, 그 과정에서 글을 읽고 쓰는 재미를 붙여 블로그에 죽음의 과정과 악마를 부르는 글을 썼다, 얄궂게도 그 결과물이 몇 년 동안 쌓이고 쌓여 네티즌의 입에 오르내려 출판사까지 가게 되어 버렸다.

그 때부터, 사람을 무서워하기 시작했다. 누군가 내게 조그만 것이라도 물어보려 하면 그 자리를 피하고 싶었다. 출판사 사장과 지인들은 작가와 함께하는 팬 미팅이나 여러 학회에 나가보라고 했지만, 사람들과 얼굴을 맞대는 것은 너무 싫었다. 이렇게 타인의 시선을 피해 있는 나 같은 인간을 사랑해 준다는 점에서 아내에게 감사한다. 원고 정리가 끝나고 나서 초코머핀을 만들어 보기로 했다.

그 때, 벨이 울렸다. 문을 열자 낡은 점퍼 차림의 사내 두 사람이 서서 내게 말했다.

"경찰입니다. 조사할 게 있으니 서까지 동행해 주시겠습니까?"

경찰이라니, 느낌이 좋지 않았다. 살면서 나쁜 짓 하나 한 게 없는데 무슨 일로 온 것일까.

경찰서에 도착하자, 곧장 조사가 시작되었다. 내 자리 옆에는 셔츠가 찢어지고 얼굴에 멍이든 사내가 있었다. 어디서 두들겨 맞은 것인지는 모르지만 심한 편이다.

자기는 면접에 갔다가 우연하게 시위 현장에 있어서 억울하게 끌려왔다면서 내일 첫 출근이라고 사내는 호소하고 있었지만 자신의 앞에 앉은 형사에게 서류철로 머리를 얻어맞았다.

"성명 최재혁, 주민등록번호 8…, 부친은 최창수崔昌秀, 배우자 강미은姜美恩…직업은?"

형사가 내 직업을 묻는다. 대답하긴 싫지만, 작가라고 답하자 형사가 미소를 띠었다.

"그럼, 최재혁 씨는 직업이 작가라는 겁니까?"

고개를 끄덕였다. 부끄럽지만, 인터넷 쳐보면 많이 나올 겁니다. 그 말에 형사는 잠깐 자판을 두드리다가 몇 분간 컴퓨터 화면을 보더니 멋쩍은 미소를 띠었다.

형사가 수첩을 내밀었다. 쓸 것이 없어서 며칠 전에 버린 것이다.

"이 수첩이 최재혁 씨 본인 것 맞습니까? 말씀해 주시죠."

형사에 말에 맞다고 답했다, 설정이 낡고 재미가 없어서 폐기된 콘티인데 어느새 쓰레기통까지 뒤진 것일까. 형사의 질문에 글을 쓰는 사람이라서 콘티가 될 만한 것은 적어 넣기에 이것보다도 더 과한 부분도 있으면 적어 넣는다고 답하자 형사는 다시 물었다.

"댁 근처 어디선가 썩는 냄새가 난다는 제보가 있었습니다. 조사를 하던 도중에 보니까, 최재혁 씨댁만 물을 많이 쓰더군요. 물을 많이 쓰는 이유라도 있습니까?"

그 냄새라면 지독해서 아파트 관리소에 직접 신고했었다. 관리인이 게으르다는 말은 차마 못 하겠다, 그런 얘기를 해봤자 불쌍하고 늙은 노인만 해고될 거 아닌가. 평소 생활도 이야기해야 하냐고 묻자 형사는 고개를 끄덕였다. 살림하고 글 쓰는 이야기, 창작 과정까지도 설명해야만 했다. 어디선가 날아온 냄새가 하도 심각해서 화장실과 배수구 청소를 하면서 락스를 썼지만, 냄새가 가시지 않아서 고생했다는 말을 하자 형사는 머리를 긁적였다. 몇 시간 동안, 조사는 계속 되었고 도중에 아내와 출판사의 사장이 왔다. 사장은 이 사람이 무슨 잘못을 했느냐며 그는 그럴 사람이 아니라며 손사래를 쳤다. 아내도 도무지 이해할 수 없다는 표정이었다.

그 때, 동료 형사로 보이는 남자가 오더니 말했다.

"김 형사님, 칠백오 호에서 시체와 유서가 발견되었습니다. 사인은…."

형사들은 귀엣말을 나누었고, 형사는 곤란한 표정을 지으며 말했다.

“이거, 죄송하게 되었습니다. 수사에 착오가 있었습니다, 그만 가셔
도 됩니다.”

아내는 걱정하는 눈으로 보고 있었고, 사장은 빨리 가자며 나를 잡
아끌었다. 경찰서 현관으로 발걸음을 옮겼다. 살인범으로 몰렸다는 것
이 너무 분했지만, 그보다 더 기분이 좋지 않았던 것은 누군가 나를 가
까이서 보고 있다는 것이다. 인터넷상에서도 내가 쓴 글 말고는 단 한
번도 드러내지 않았던 실제 모습을 누군가 봤다는 것이 너무나도 원망
스럽다.

현관에 다다르자, 문밖에서 많은 기자들이 플래시를 터트리고 있었
다. 제일 먼저 얼굴을 가리고 싶었지만, 수많은 눈이 정면으로 나를 노
려보고 있었다. 옆에 있던 아내가 나의 팔을 잡아주지 않았다면 그 자
리에서 주저앉았을지도 모른다.

5. 706호

옆집에서 음악 소리가 들리지 않는다. 지금쯤 경찰들에게 추궁받고
있겠지. 시체만 발견되면 모든 것은 끝이다. 놈은 어딘가에 아내 몰래
시체를 유기해뒀을 거야. 꼴 보기 싫은 놈이었는데 속이 다 시원하다.
통쾌함에 웃음을 머금고 있었는데, 경찰서에서 전화가 걸려왔다.

“경찰입니다, 살인사건 신고하셨던 강재철 씨죠? 그 사건은 없던 것
으로 하게 되었습니다. 강재철 씨가 신고했던 그분, 아주 유명하신 분
이더군요. 큰 실수 하셨습니다.”

유명하다니, 무슨 말일까. 떨리는 목소리로 물었다.

"요즘 괴기 소설로 인기를 끄는 그 누구더라? 최재혁 씨? 바로 그 사람이더군요. 그분 혐의를 풀려고 관련 출판사 사장이 오고 난리가 아니었습니다."

눈앞이 캄캄해졌다. 그 냉소적인 살인마 놈이 작가 최재혁? 그럴 리가 없다.

"본인의 부탁으로 최대한 이번 일을 언론에서 이슈화하는 것을 막느라 이번 사건은 없던 것으로 하고 끝냈습니다만, 경찰서 바깥에 기자들이 몰려와서 한참 시끄러웠지요. 본인의 글로 인해 범인으로 억울하게 몰려 경찰서까지 오는 작가 양반은 처음 봤습니다."

그 썩는 냄새는 무엇이었냐고 묻자 형사가 말했다.

"선생의 옆집. 칠백오 호에 사는 박성후 씨가 목을 매고 죽었는데, 한 며칠 되었습디다. 죽은 박성후 씨는 대출 빚에 시달렸는데, 원금은 둘째 치고 이자마저 갚을 능력이 안되자 유서를 남겨놓고 자살했더군요. 여름이라 부패가 쉽게 되는 터라 아마도 선생께서 시체 썩는 냄새와 최재혁 씨의 집에서 들린 소리를 잘못 듣고 신고를 하신 것 같습니다만. 선생께서 범죄예방 차 신고하신 것도 좋은 일입니다만. 그러기 전에 이웃도 믿고 살아야지요. 안 그렇습니까? 무고죄로 고발되지 않은 것을 다행으로 아십쇼."

형사는 전화를 끊었다. 칠백칠 호 사내가 살인마가 아니라고? 그보다도 옆집인 칠백오 호에서 사람이 죽었는데 나는 어째서 전혀 알지 못했지? 불안하다, 더는 옆집 여자 아니 이웃들에게 폐를 끼쳐서 마주하지 못하는 게 아닐까. 컴퓨터를 켜서 인터넷을 확인해봤다. 포털 사이트의 문학계 카테고리에 다음과 같은 기사가 나와 있었다.

기사에 나온 최재혁의 사진은 옆집 남자의 모습이었다. 기사에 나온 댓글들은 전혀 믿을 수 없다는 반응들이었다. 진짜 최재혁은 따로 숨어 있고 저 사람은 동명이인이 아니냐는 말까지 돌고 있었다.

사진 속 남자는 어제까지만 해도 꺼림칙한 인사를 주고받았던 이웃이다. 내가 신고했다는 것을 알면 옆집 남자, 아니 최재혁의 성격상 가만히 있지 않을 것 같다.

그의 글에는 복수와 악마로 가득했다. 실제로 본 그는 이제 어떤 앙갚음을 해올지도 모른다. 아니, 평소 그는 책과 다른 인간이 아닐까. 그가 시끄러운 음악을 들으며 냉소적이긴 했지만 멀쩡하게 생긴 사람인데. 머릿속이 혼란스러웠다. 내가 정말 생사람을 잡은 것인지도 모른다. 순간의 질투심이 내가 좋아하는 작가를 망신주다니.

그 때, 벨이 울렸다. 도어폰 화면에 비쳐져 있는 것은 그동안 나를 미치게 했던 옆집 남자, 아니 호러 소설가 최재혁 씨다. 그렇게 만나고 싶었던 그 남자가 내 앞에 있다.

문을 열어야 할까, 아니면 그냥 모른 척하는 게 좋을까. 내 심장이 뛰고 있다.

蟻

1

또 물렸다, 팔 한가운데가 빨갛게 부어 있다. 3개월째 놈들은 미친 듯이 자신들에게 양식이 될 만한 것이라면 모조리 습격하고 있다.

빵, 설탕, 과자, 사탕, 꿀. 하나라도 바닥에 떨어져 있으면 그들은 아무도 모르게 정찰병을 보낸다. 웬만해선 쉽게 눈에 띄지 않기에 시야에서 사라지면 목표물을 점령하려 침투 부대들이 조금씩 포위망을 좁혀온다. 이러한 점령절차는 내 신경을 곤두세우고 있다.

처음에는 그냥 청소 한 번이면 끝날 것으로 생각했다. 이틀도 지나지 않아 그들은 벽 속에서, 장판 아래에서 하나하나 나타나, 화장실을 다녀온 사이에 한 입 물었던 샌드위치에 새까맣게 모여들고 있었다. 먹이 해체 작업은 재빨리 이루어져 대규모 침투를 방불케 한다. 이놈들은 얼마나 빠른 것일까?

샌드위치를 창 밖으로 던졌다. 거기에 붙어 있던 수백 마리의 개미들은 자신들이 저지른 탐욕스러운 생존본능을 원망하며 죽었겠지. 꺼림칙한 기분을 뒤로하고 아이스크림을 한 입 베어 물었다. 뜨거운 열기 탓일까, 한 방울이라도 떨어지지 않게 조심하며 먹고 있다. 그렇게 하지 않으면 녀석들은 또 다시 몰려들 것이다. 안심할 수 없다.

안전하게 먹으려면 방법은 하나뿐이다. 밀폐용기를 사들여야겠다. 자취방을 나와 집 근처 할인마트에 갔다. 학교 근처라서 그런 것일까, 싼 가격에 웬만한 집기들은 갖춰져 있었다. 다른 사람보다도 더 많은 밀폐용기를 사려 했지만, 이상하게도 이미 품절이었다.

"플라스틱 밀폐용기는 없나요?"

"며칠 전에 다 떨어졌어요. 요즘 손님들이 그것만 찾더니…."

자기네들도 뭔가 이상한지 의아해 하며 말했다.

결국, 밀폐용기를 못 사고 야참으로 먹을 라면만 몇 봉지 사다들고 왔다. 냉장고 속에 처박아 둘 것을 제외하곤 집에서 과자나 단것을 먹기는 어렵겠다는 생각에 얼굴에 고민이 가득했다. 갑자기 누군가 뒤통수를 툭 쳐서 돌아보자 재동 선배가 있었다.

그는 나보다 4살 많았고, 예비역인데 늦게 들어온 관계로 같이 수업을 듣고 있다. 나와는 친한 편이지만 다른 사람들은 은근히 그를 멀리하는 편이다. 남의 일을 가지고 그럴 듯한 자신의 의견으로 뒤틀리게 말하거나, 일부 학생들에게 아첨 하기도 하는 느낌이 있지만, 나에게는 유독 친절하다. 일전에 있었던 토론 수업에서 유일하게 자신의 이론을 뒤집었기 때문이라는 생각도 든다.

"여러 가지 장 보러 나왔는데, 형은 어쩐 일이야?"

"심심해서 나왔지. 놀러 가도 되냐? 니네집에서 밥이나 먹자."

또 나왔다, 재동 선배의 빈대 근성. 선배라는 이유로 거절하기 어렵다. 무슨 소리가 나올지 모르기에 그냥 승낙하기로 했다. 내 성격을 아는 건가. 그는 안경 너머로 웃음을 띠며 실실거렸다. 여자 친구가 없는 재동 선배는 이미 체념한 걸까.

맞은편에서 거대한 그림자가 비쳤다. 챙이 넓은 검은 색 모자를 쓰고 긴 머리에 선글라스, 검은 외투, 가죽 바지에 부츠를 신은 2미터가량의 커다란 체구의 남자가 후드 티를 입은 조그만 여자와 함께 오고 있었다. 프랑켄슈타인을 연상시키는 사내의 거대함에 압도되어 우리는 고개를 숙이고 걸어갔다. 재동 선배는 옆으로 빠져 있었다. 두 사람이 지나가자 재동 선배가 그쪽을 힐끔 쳐다보며 작은 소리로 말했다.

"아우 살벌해, 오컬트 부 회장 애인 아니랄까 봐. 너, 장서라 몰라? 우리 학교에서 종교 믿는 사람들이 쟤 때문에 반대를 심하게 했는데 끝장 토론해서 오컬트 부 만들어 냈잖아. 학교의 골칫거리긴 하지만 참 이쁘지 않냐?"

"얼굴은 자세히 못 봐서."

"너 진짜 둔감하구나. 주위 애들이 쟤에게 접근을 못 하잖아. 옆에 있는 저 괴물 같은 녀석 때문에 무서워서 말야. 킹카들뿐만 아니라, 껄떡쇠들과 학생회, 체육부원들도 죄다 도전했는데 다들 무슨 이유인지 저 괴물과 만나고 돌아오면 말을 못 한 데."

그 두 사람 쪽으로 고개를 돌렸다. 꽤 멀리 있었지만, 미동도 않던 그 남자가 멈춰 서더니 날 보고 있었다. 오싹한 느낌에 얼굴을 들렸다.

"참 이상하지? 요즘 이 학교 주변에는 기분 나쁜 일이 많이 일어난다니까. 한밤중에 남자들이 두툼한 쓰레기 봉지를 들고 다니질 않나.

부근에서 자취하는 애들이 쓰레기 분리수거나 봉사활동 하러 나온 줄 알았는데 순식간에 사라지더라고. 다음 날 아침에 다른 애들에게 물어봤는데 전혀 그런 일이 없다는 거야.”

학내에 자주 도는 괴소문이다. 여러 목격자의 정황으로 볼 때, 그 사람들이 학생이 아니라는 것은 확실했다. 취재거리가 생긴 걸까, 어쩌면 이런 기사는 잘못 다루었다가 욕을 먹을지도 모른다. 재동 선배는 이미 젓가락까지 챙겨놓았다. 라면을 끓이던 중, 싱크대로 개미가 기어다니는 것을 보고 어떻게 죽일까 하다가 하던 일부터 끝내기로 했다.

“아얏! 또 물었네. 방에 무슨 개미가 이렇게 많냐?”

재동 선배는 자신의 다리에 있던 개미를 손가락으로 죽이며 말했다.

“내 방에도 개미가 넘쳐 나거든. 이상해서 하루에 청소도 두세 번씩 하고 개미용 컴배트, 에프킬러, 백반도 뿌려봤지만, 전혀 도움이 안 돼. 집에서 간식 먹는 것은 포기했지. 근데 나만 그런 게 아니더라? 다른 애들도 마찬가지였어. 요즘 술집에서 새우깡하고 강냉이 같은 거 안 나오잖아. 개미 때문에 과자로 된 안주는 내놓지 못한데.”

재동 선배의 말에 꺼림칙한 기분이 들었다. 게다가, 개미 때문에 입맛이 떨어져서 라면을 먹으려고 꺼냈던 젓가락을 내려놓았다.

2

눈을 떠보니 손가락 사이에 작은 점이 찍혀있다. 그것은 손톱으로 꼬집는 듯한 고통을 주고있다. 자세히 보니 황갈색 개미 한 마리가 살점을 꽉 깨물고 있었다. 가볍게 개미를 눌러 죽이고 시계를 보았다. 수업까지 30분이 남아있었던 어제 재동 선배와 깡소주를 마신 것까지는 생각이 나지만 그다음은 필름이 끊긴 것일까. 기억이 나지 않는다. 대충 세수를 하고 머리를 감았다. 방바닥에는 개미가 줄지어 다니고 있었다. 대체 또 무슨 먹잇감이 생긴 것일까? 일사불란하게 움직이던 그들은 마치 군대가 사열하는 행진을 하는 것처럼 보였다.

개미를 죽이고 싶었지만, 학교에 가야 하는 관계로 시간이 없다. 대충 정리를 하고 가방을 들고 일어났다. 수업에 들어갔지만, 다른 학생들이 자리를 잡고 있었기에. 결국, 뒷자리로 가야만 했다. 한숨을 쉬며 앉고서 강의실을 둘러봤다. 옹기종기 모여 있는 학생들은 마치 내 방을 기어다니며 모여 있는 개미들처럼 보였다.

수업은 진행되고있었지만, 몸이 가려워 오기 시작했다. 팔에 물린 자국이 줄줄이 점을 찍고 있다. 마치 담배 빵 자국을 보는 것 같다, 몸이 간지러웠기에 기분이 더 불쾌해졌다. 개미들이 아직도 몸에서 행진하는 느낌이었다. 수업이 전혀 되지 않는다.

다음 수업을 빠지고 수습 기자로 일하는 지방 신문사로 갔다. 일학 때부터 기자가 되겠다는 마음으로 들어왔지만. 신문사가 바빴기에 수습기자로서 독한 마음이 있지 않고서는 유지하기가 어려운 곳이었다. 신문사 문을 열고 들어가자 인균 선배가 있었다. 유일하게 수습기자 중 남아있는 사람이었다.

"기현아, 취재 좀 해라. 복지 단체 중에 '일요회'라는 곳이 있는데, 그곳 덕분에 도시 주변 노숙자 문제를 많이 해결했다더라. 괜찮은 취재 대상 감이야."

인균 선배는 팔짱을 낀 채 말을 이어 나갔다.

"거기 리더, 소문에 의하면 굉장한 미인이래. 중요한 건 말이야, 취재요청을 했는데 워낙 까다로워서 말이지. 너 말고는 갈 사람이 없어. 취재하러 오는 대신 일주일 정도는 함께 있어 달래, 체험하면서 소중함을 배울 수 있다나? 내가 가겠다고 하니까 스물두 살의 건장하고 일 잘하는 농촌 출신의 사람이 좋다는 거야. 신문사에서 너 말고 깡촌 출신이 없잖아."

인균 선배는 한숨을 내쉬더니 내게 카드 한 장을 내밀었다.

[Darkside Tattoo Shop 주월동 포이빌딩 5-18번지 913호 전화 (016-1013-6666)]

"그 모임 가기 전에, 너에게 온 거야. 혹시 문신 같은 거 했나?"

고개를 젓자 인균 선배는 고개를 갸우뚱거리며 취재를 위해 밖으로 나갔다.

누구에게서 온 것일까. 그 카드에 나온 주소를 찾아갔다. 주위에 흔한 원룸촌 이다. 다른 점이 있다면 이곳은 고급 오피스텔 형태로, 부유층 계열의 아이들이 살고 있다는 것이었다. 잡생각을 하며 주소인 913호에 도착했다. 검은색 현관문 앞에는 [Darkside Tattoo Shop]이라는 명패와 함께 십자가모양의 알파벳 T자와 알파벳 X 자를 합쳐놓은 문양이 그려져 있었다. 벨을 누르자 스피커폰으로 어디선가 들어본 적이 있는 귀여운 여성의 목소리가 들려왔다. 카드를 받은 사람이라고 답하자 스피커 폰에서 여성의 목소리가 더욱 깜찍하게 들려왔다.

"오빠, 그분이 오셨는데?"

문이 열리고, 스피커폰으로 들려온 목소리 주인공은 지난번에 길거리에서 마주쳤던 오컬트 부의 '서라' 였다.

3

　서라는 백옥 같은 손으로 찻잔을 내려놓았다. 이렇게 가까이서 그녀의 얼굴을 보는 것은 처음이었다. 로코코 시대에나 있을 법한 현란한 퍼머가 도드라진 검은빛 머릿결은 윤기를 머금고 있었기 때문에 만져 보고 싶은 충동이 들 정도다. 하얀 피부에 커다란 눈과 어울리지 않는 검은색 립글로스의 입술과 검은색 매니큐어가 칠해진 손톱은 오컬드 부 회장답다는 생각도 든다. 왜 이렇게 아름다운 얼굴에 어울리지 않는 화장을 하고 있을까.

　"저기 우리 타투샵은 최고의 아트로 고객님의 개성을 최고로 만들어 드리죠. 타투 도안에 따라서 가격은 다르지만, 최고예요! 최고! 참. 온리 현찰!이라는 거 명심해 주세요!"

　"까불지 말고 조용히 옆에 있어. 자네, 타투를 하러 온 것 같진 않군."

　"오빠! 너무해요! 어두운 분위기 좀 부드럽게 풀자니까"

　서라가 귀엽게 머리를 흔들며 사내에게 달라붙었다. 사내의 거대한 그림자는 날 가리고 있었다. 고개를 올려보니 검은빛 생머리에 창백한 피부. 무표정한 얼굴, 독기를 품은 눈, 말라붙은 입술, 귀에 피어싱이 5개 정도 박혀 있었다. 목에는 태양 그림의 문신이 있었고, 오른팔 위에는 십자가에 매달린 예수와 그 아래 불 속에서 타들어 가는 사람들, 오른쪽 어깨는 붉은 색깔의 별 모양 마법진, 팔 아래는 사람과 천사,

마귀를 찢어서 뜯어먹는 로브의 사신, 왼쪽 어깨에는 불타는 거대한 해골, 왼쪽 팔 위에 철조망에 갇힌 전갈과 뱀, 염소머리가 피를 흘리고 있었고. 팔 아래는 날카로운 가시가 박힌 장미꽃들이 그려져 있었다.

폭력배들도 이렇게 기괴한 문신을 하진 않을 것이다. 사내를 보고 등에 식은땀이 흘렀다.

"무슨 용건으로 왔지? 귀찮게 하는 거라면 용서하지 않겠어. 너의 뒤에는 수많은 곤충이 달라붙어 있군. 아직 먹히지는 않은 거 같지만. 당신, 이대로 가다간 오래 못 살겠는 걸. 때맞춰 잘 왔어, 아직 늦지 않은 거 같으니까 말이야. 아직 먹히지도 않은 것 같고."

그는 환자에게 초기 암 선고를 하는 병원 의사 같아 보였다. 그의 목소리는 이상하게도 무게감이 실려 있고 또렷하게 들려왔다.

"정확히 한 달 전부터 당신 같은 사람들이 날 찾아왔지. 기분 나쁘게도…그 사람들 뒤에 거대한 곤충의 검은 그림자가 머리를 이빨로 물고 있었단 말이야."

곤충이라는 말에 뭔가 느낌이 이상했다. '개미'라는 느낌이 강하게 드는 건 나 혼자만의 생각이었을까? 재동 선배가 했던 말도 그렇고, 한 달 전이라는 것이 너무 불안했다. 이 남자에게 좀 더 물어보는 게 좋을 것 같았다.

"너에게는 냄새가 나지 않거든. 힘이 넘쳐나고, 피가 깨끗해. 주위에 있는 혼령이나 악마가 보이기 때문에 너에게 말해주는 거야. 악마가 고픈 배를 채우기에 네가 최상품이라고 하는군. 아직 영혼이 침식당하지 않았기 때문에 당신이 희망이 될 수도 있겠어."

"누구에게요?"

"당연히 인간들이지. 요즘 TV를 켜보면 사람들 뒤에는 거대한 곤충들이 걸어 다니지. 머리를 무는 커다란 놈도 있고, 작은놈들이 몸을 새까맣게 둘러싸기도 하고."

그의 말은 정말 이상했다. 내 눈에는 아무것도 보이지 않는데. 뭔가 사람들을 둘러싸고 있다니…지금이라도 그냥 나가는 게 좋지 않을까? 라는 생각도 들었다.

"너에게 달렸지만. 조심하는 편이 좋을 거야. 참, 복채는 받지 않겠어. 자네 같은 사람들에게 미래를 제시할 뿐이니까. 대신…이 아이나 취재해 줘. 자기가 다니는 학교 오컬트 부인가, 쓸데없는 것이지만 이 아이에겐 소중하니까."

서라가 다가오더니 밝은 표정을 지으며 학교의 오컬트 부에 대허 설명을 하기 시작했다.

그녀의 사진을 담는 것과 타투샵을 촬영하는 것 외엔 아무것도 할 수 없었다. 취재가 끝나자 서라가 사내에게 매달리면서 말했다.

"오빠아 애 그냥 우리 동아리에 넣으면 안 돼? 다른 사람들보단 착한 거 같은데."

"우리처럼 음지에서 일할 사람은 아니야."

서라는 입을 내밀며 볼을 동그랗게 부풀렸다. 어두운 메이크업과는 다른 청초한 귀여움을 지닌것 같다. 의외로 밝은 소녀 같은 느낌도 들고. 취재차 사내의 이름을 물었다.

"그냥, '버밀리온(Vermilion)' 이라고 불러. 내 기사는 쓰지 마라."

워낙 살벌한 느낌에 실을 용기가 나지 않았다. 이름만 알고 싶었다.

"무슨 일이 있으면 나에게 알려. 내 연락처는 알고 있을 거니까."

무슨 일이 발생했으면 하는 건가. 오컬트 부 선전을 위해 괴상한 점이나 봐주면서.

"다 들었어, 일반인이 생각하는 괴상한 점은 치지 않으니까 조심하는 게 좋을 거야."

사내의 목소리가 뒤에서 들린 순간, 소름이 돋았다.

다음 날, 취재장비를 가지고 홀로 영암군으로 향했다. 시외 터미널에 내려서 한참 버스를 타고 들어가고도 걸어야 하는 곳이어서 불편하다. 버스에 타기 전, 운전사에게 물었다.

"아…거그는 정류장이 없어졌는디."

정류장이 없어졌다는 말에 당혹스러웠다. 아까 연락까지 했는데. 운전사가 뭔가 잘못 아는게 아닐까? 라는 생각이 들었다.

"아니, 그 전의 마을 정류장에서 내려서 말이여, 한 시간 정도 계속 걸어가면 되지만…."

마치 그곳에 안 갔으면 하는 말투다. 신경과민인가, 점점 귀에서 그 말이 감돈다.

버스 기사의 우려 섞인 말이 좀 걱정되긴 했지만, 버스에서 내려 걸어가기 시작했다.

20분 정도 걸었을까, 점점 폐가가 나오기 시작했다.

사람이 사는 농촌의 느낌은 전혀 들지 않는다. 고양이나 개 한 마리도 보이지 않았다. 생기라곤 전혀 느껴지지 않는다. 마을 주민이 안 살면 들짐승이라도 있어야 하는 거 아닌가. 계속 걸어가자 '윤이마을'이라는 나무 표지판이 보였다. 화살표를 따라가자 사람들이 조금씩 보이기 시작했다. 주로 30~50대의 남자들이 대부분이었다.

그들은 내가 오고 있었지만 아무런 반응도 보이지 않고 있었기에 불안했다.

그 때, 몸뻬 바지를 입은 젊은 여자가 뛰어왔다.

"황기현 기자님이시죠? 제가 이곳의 담당자인 '신의연' 입니다."

의연이 악수를 청하기에 그녀의 하얀 손을 쥐었다. 약간 차가운 기운이 느껴졌다. 찰랑거리는 긴 머리에 커다란 눈, 오똑한 콧날이 인상적인 그녀는 늘씬한 도시형의 몸매를 지니고 있었다. 의연의 안내를 받아 양옥을 개조한 숙소로 들어갔다. 하지만 나는 전혀 알아차리지 못했다, 사내들의 눈동자에 초점이 없었다는 것을.

4

"이곳이 설립된 것은 석 달 전이에요. 제가 복지사 자격증을 따고 얼마 지나지 않아 역 주변으로 파견근무를 나왔는데, 딱한 사연이 많은 분들이 구걸하다가 쫓겨나면서 차가운 콘크리트 바닥을 이불 삼아 자거나 음식 찌꺼기를 먹으며 배회하고 있었죠."

그녀는 꿀을 탄 따뜻한 차를 후후 불어 마시며 말했다.

침착한 목소리와 친절이 어우러진 그녀의 모습은 정말 촌스러운 몸뻬 바지와는 어울리지 않았다.

"열심히 일했지만, 사회로부터 버림받은 불쌍한 분들이에요. 이분들을 재활시켜 사회로 보내려 해도 이미 그곳은 냉혹한 곳이라서 다시 돌아가려 해도 재활이라는 발목을 끊어버리죠. 많은 고민 끝에 이 분들의 새로운 인생을 설계할 계획을 짜게 된 거에요. 점점 이농현상이 많아지는 현재 농촌의 인력은 부족해요. 이대로 가다간 도시에만 모든 것들이 집중되겠지요. 전 이분들의 영혼을 치유할 겸 순수하게 흙을 벗 삼는 안정된 삶과 '브랜드 특화'를 통한 서로 돕는 마을의 개설을 추진하게 된 것이랍니다."

이곳까지 오는 도중에 주위를 봤지만 마을 주민이 한 명도 보이지 않았다. 현실적으로 FTA 협상 타결 이후 농민들의 시름이 깊어지는 때, 이런 일을 추진한다는 것 자체가 대담한 면이 없지 않아 있다. 의외로 여린 모습 속에 숨겨진 여걸답다는 생각도 들었다.

"활기찬 농촌의 모습을 직접 체험해 보라는 뜻에서 기자님을 초청했던 것이죠."

그녀는 웃으며 마을청년회가 만들었다는 하루 일과표를 내밀었다.

"7일 동안 즐거운 시간 되시길 바랍니다."

의연과의 대화가 끝나고, 숙소에 짐을 풀어놓고 마을을 취재할 겸 둘러보려 했다.

주민들이 그냥 이주해 버린 탓일까? 전기 시설은 작동 되지 않았다. 덕분에 조명이 갖춰지지 않은 숙소 침실에는 촛대가 있었다. 게다가 핸드폰은 '통화권 이탈'이라는 난처한 상황까지! 답답한 기분이 밀려 들고 있다.

마을 사람들이 밭에서 마치 군인들처럼 일렬로 무리를 지어 일을 하고 있었다. 좋게 보면 질서정연해 보이지만, 나쁘게 보면 기계들처럼 반복 노동을 하는 것 같다. 트랙터 같은 기계를 끌지 않고 직접 낫으로 벼를 베고 있었다.

이곳 마을에 처음 들어와서 둘러봤을 때 트랙터 오토바이 같은 원동기를 본 기억이 없었다.

이들은 정말로 옛날 방식의 유기농 벼농사를 짓는 것일까? 게다가 임시로 만든 막사나 폐가에는 농약 한 병 보이지 않는다. 그들을 붙잡고 인터뷰를 하려 했지만 아무도 대꾸도 하지 않았다. 한 때 노숙자였던 그들에게 외부인에 대한 적대감이 피해의식으로 남아있는 것일까? 동네를 한 바퀴 돌자 어느덧 저녁을 먹을 시간이 다가오고 있었다.

저녁식사는 다들 옹기종기 모여서 먹었는데, 조금 다른 점이 있다면 의연은 양옥으로 된 숙소에서 혼자 밥을 먹었고, 사람들은 그런 그녀를 이상하게 생각하지 않는 듯했다. 저녁의 메뉴는 놀랍게도 '그기' 였다. 분명히 가축이 눈에 띄지 않았는데. 어디서 가져온 것일까? 다른 마을에서? 아니면 숨겨진 가축농장이 있는 것인가? 어디서 고기를 가져왔는지 묻고 싶었지만 먼 길을 오느라 배가 고팠던 탓일까? 먹느라 바빴기에 질문도 잊고 맛있게 저녁식사를 마쳤다. 고기에 약간 비릿한 느낌이 없지 않았지만.

저녁을 먹고 일찍 숙소에 돌아와 잠자리에 누웠다. 사람들도 이미 임시로 만든 막사나 폐가로 들어간 상태다. 사람이 많을 때는 괜찮지만, 이런 곳에서 혼자 있기 애매하다. 청아한 목소리로 설명하던 의연의 모습이 자꾸 떠올랐다. 그런 미인이 이렇게 좋은 일까지 하고 있다니. 정말 도시에서 찾을 수 없는 천사 그 자체가 아닌가. 그녀를 생각하다가 씨익 웃었다. 그것도 잠시였다. 몸에서 간지러움이 느껴졌다. 그 때 등이 간지러웠다. 개미다. 이곳은 더 숫자가 많았다. 여긴 자취방이 아닌데도 그들은 또 다시 줄지어 오고 있었다. 도시에서는 바빠서 놔뒀지만. 여기서 봐주지 않는다. 개미를 하나하나 잡아 죽였다. 이제 좀 편하게 잠을 잘 수 있을 것 같다.

창문 밖으로 비치는 어두운 밤하늘에 붉은 불빛이 하나씩 나타나고 있었다. 그 불빛은 움직이고 있었다. 마치 그것은, 도깨비 불. 아니 분명히 도깨비 불이다. 그것을 본 순간, 놀라서 소리를 지를 뻔했다. 소문으로만 듣던 농촌의 귀신인가? 호랑이에게 물려가도 정신만 차리면 산다는 말도 있기에 정신을 차리고 잠자리에서 일어났다.

좀 더 자세히 보니, 그것은 도깨비 불이 아닌 횃불이었다. 요즘 세상에 귀신같은 게 있을리 없지…라는 생각으로 스스로 머리에 꿀밤을 먹였다. 피식 웃으며 잠자리로 들어가려 할 때였다. 이상하게도, 그 횃불은 하나가 아닌 일렬로 촘촘히 비추며 오고 있었다. 자세히 보자 아까 봤던 남자들이 손에 두툼한 쓰레기 봉지를 들고 삼삼오오 무리를 지어 들어오고 있었다. 그들의 표정은 극히 어둡거나 무표정 그 자체였다. 그들은 일렬로 향하고 있었다. 이 행렬에 대고 무엇을 하냐고 물었다간 큰 봉변을 당할 것만 같았다.

분위기를 애써 외면하며 이불을 머리까지 뒤집어쓰고 잠이 들었다.

다음 날, 어제 있었던 일도 물어볼 겸 아침식사를 하러 갔다. 아침식사는 어제와 다를 바가 없었다. 그들은 고기를 구워먹고 있었다. 어제와 다른 점이 있다면, 사람들이 대화를 하고 있었다는 점이다. 어제 일에 대해 물었다.

"기자 양반이 오셔서 돼지를 잡았소. 살은 연한 부위를 골라 썼지."

고기 한 점을 상추에 싸서 입에 넣어 먹던 남자가 껄껄대며 말했다.

"워낙 험한 곳에서 굴러먹었던 막장들이라, 한 달 정도만 노숙을 하게 되면 이빨도 금세 하나하나 썩어서 빠져나가데요. 치료도 못 받고 씻지도 못하는 형편이라 어쩔 수 없이 그냥 뒀지. 이빨이 듬성듬성 빠져나갑디다."

시골에서 키운 무공해 돼지라서 그랬던 걸까, 황갈색으로 노릇노릇하게 구워진 선홍색 고기는 씹을수록 아주 부드러웠다. 조금 피가 묻어 있다는 것이 꺼림칙했다.

밥을 먹고 난 뒤, 숙소로 돌아오자 뒤가 급해서 화장실을 찾았다. 어디에도 화장실은 보이지 않았다. 그렇게 헤매고 있던 중, 놀라운 광경을 보고 말았다.

남자들이 일렬로 앉아서 오줌을 누고 있었다. 분명히 외형상으론 남자였는데! 뭔가 이상한 기분에 그들의 용변이 끝나는 모습을 지켜보았다. 하지만, 더 기괴한 모습을 보게 되었다. 신체적으로 남근이 달려야 할 자리는 불에 탄 듯 검게 그을려진 자국만 있었다. 마치 뭔가에 집단적으로 수술을 당한 것처럼 보였다. 순간적으로 놀란 가슴을 부여잡고 겨우겨우 몰래 촬영을 한 뒤 의연을 찾아갔다. 그녀라면 이런 이상 현상에 대해 알고 있을 것이었다. 의연은 휴식을 취하는 듯 했다. 그녀는 몸뻬 바지가 아닌 긴치마를 입고 있었다.

"저 사람들, 어떻게 된 겁니까?"

내가 본 광경을 설명하자 그녀는 길게 한숨을 내쉬었다.

"그분들은, 당국으로부터 비밀리에 거세당한 사람들입니다."

그녀의 말에 놀랐다. 멀쩡하게 산 사람을 거세시킨단 말인가.

"그저 쓸도없는 인생들이라고 생각하는 정부에서 그들이 일반 시민에게 저지를 성범죄에 대비하여 하나하나 몰래 수술을 시켰다고 해요. 경찰서나 관공서에 신고 했다지만 오히려 미친 사람 취급을 받아서 자살까지 시도하려 했지요. 그들은 불쌍한 사람들입니다."

사람의 탈을 쓰고 약자에게 저런 짓을 할 수가 있단 말인가. 그녀는 말을 이어나갔다.

"저는 불쌍한 사람들이 불이익을 당하는 사회를 알리고 싶었어요. 메이져 신문사는 이런 이야기를 믿어 줄 수 없었고. 방송국은 오히려 더 위험했어요. 제가 잘 알고 믿을 수 있는 지방 신문사에 취재를 부탁한 것이었어요."

의연의 말을 듣고 나서 그녀의 손을 굳게 잡았다.

"제가 꼭 진실을 밝혀 드리겠습니다. 저분들의 증언과 자료가 있으면 이런 비극적인 일은 절대 일어나지 않을 거에요."

그녀의 미소를 뒤로하고, 취재를 나가기로 했다. 사람들이 한 명도 보이지 않았다. 이상한 기분이 들었지만, 그들의 존재를 알게 되어 별다른 생각은 없었다.

주위를 둘러보았다. 노인 한 사람이 다가오고 있었다. 오랫동안 빨지도 않았는지 땀에 깊게 절어 있는 옷은 흙투성이가 되어 있는 바지의 퀴퀴한 냄새와 뒤섞여 있었다. 이곳 공동체 사람들과 다르게 이 노인은 보호를 받지 않은 것일까?

"젊은 사람이…왜 아직도 여기 있는 게요?"

"아, 안녕하세요. 전 여기 취재를 하러 온 기자입니다. 어르신들을 도와드릴 거예요"

노인은 한숨을 내쉬며 말했다.

"누가 누구를 돕는다는 건가?"

5

다른 사람들과 달리 노인은 도움을 거부하고 있었다.

바깥세상에 사는 사람들의 존재마저도 부정하는 것일까? 정부의 간악한 행동에 인간이 인간을 못 믿게 되는 현실이 슬프기까지 했다.

"젊은이, 아직 늦지 않았으니 당장 여기를 뜨시오."

노인은 침착한 목소리로 내게 말했다. 불신감에 찬 목소리가 아니라 왠지 이곳에 관련하지 말아 달라는 투에 가까웠다.

"당하신 고초는 잘 알고 있습니다, 할아버지 같은 분을 도우러 여기 온 겁니다."

"젊은이는 아무것도 몰라! 여기가 어떤 곳인 줄 아나? 여긴 지옥의 시작이라고! 이미 모든 것은 파멸하기 시작했단 말이다! 이곳의 모습과 인간들이 전부가 아니야!"

노인의 표정은 극도로 일그러져 움푹 패여 있는 주름살 사이사이에 드리워져 있었다. 내가 이곳을 떠나기를 간절하게 원하고 있었다.

"자네가 사라지면 이곳도 조용하게 마무리되겠지, 그렇지 않으면 모든 것이 끝장이야."

그 때, 일꾼들이 몰려와 노인을 둘러쌌다. 그들을 본 노인의 표정은 공포에 질려 있었다.

"영감님, 젊은 사람에게 그만 잔소리하시고 어여 가십시다."

일꾼들이 다가와 노인을 잡아끌었다. 그들과 함께 식사를 하며 느꼈던 정겨움과 편안함을 전혀 느낄 수 없었다. 노인은 그들의 팔을 뿌리치고 내게 달려들었다.

"젊은이, 제발 도망치게. 여기 계속 있다간…."

노인은 억센 일꾼의 손에 이끌려 조금씩 나와 멀어져 갔다.

그는 도살장으로 끌려가는 소처럼 낑낑대며 발에 흙먼지가 가득할 정도로 일꾼들의 손길을 벗어나려 했지만, 이미 쇠약한 육체를 가진 노인의 저항은 아무런 의미도 없었다.

힘없어 보이던 조금 전 모습과 다르게 일꾼들은 발버둥치는 노인은 아랑곳하지 않고 짐짝처럼 질질 끌고나갔다. 그들은 마음의 안식을 얻지 못한 것일까? 공동체 의식이 지나치게 뚜렷해졌다는 느낌마저 들었다.

점심때가 되었지만 식사를 할 수 없었다. 끌려가던 그 노인의 애절한 눈빛은 잊혀지지 않았다. 공동체 사람들에게 물었지만, 아무런 말도 없었다. 그의 존재를 부정하는 것인가. 외부에서 온 내게 자신들의 치부를 보인다는 것을 피하고 있는지도 모른다. 그래, 이곳에서 중요한 사람. 의연이라면 알고 있을지도.

"그 할아버지, 가족들에게 버려져 처음 봤을 때 치매 초기 증상이 나타나고 있었어요."

식사 후, 그녀와 잠깐 차를 마시던 중 나온 이야기였다.

"무의탁 노인들도 하나 둘씩 거리로 나오고 있죠. 하지만 아무도 그들을 돌봐주지 않아요. 그저 귀찮은 존재로 여길 뿐이에요."

더는 노인에 대해 묻는 것은 불가능해 졌다.

뭔가 내게 알리려 하는 것 같았는데. 노인을 함부로 대했던 사람들의 일을 도울 생각이 식어서 그런지 조용히 카메라를 옆구리에 끼고 그곳을 둘러보았다.

풍경은 여느 시골 마을과 다를 바 없다. 마을의 집들은 죄다 폐가가 되거나 불탄 흔적들이 많다. 반면, '일요회'에서 만들어 놓은 막사 같은 천막은 마치 인디언들의 터전처럼 자연과 함께 하고 있지만, 한 존재가 그 조화를 막는 듯하다.

사진을 찍던 중, 뭔가 이상한 느낌이 들어 발아래를 내려보았다. 흙바닥에는 붉은 점 같은 것이 찍혀 있었다. 단순한 점이 아닌 선명한 핏자국이었다.

그것은 하나하나씩 떨어져 있었고, 자국을 따라 걸어가자, 거대한 창고가 보였다.

나무로 된 커다란 문이 조금 열려 있었고, 조심스럽게 그곳으로 걸어갔다. 문 사이로 내가 본 것은 상상도 못했던 일이었다.

6

창고 안에서는, 붉게 피가 튄 흰색의 정육점 가운을 입은 처음 보는 건장한 남자들이 몽둥이와 도끼로 짐승으로 보이는 물체를 때려잡고 있었다. 그것은 소도 아니었고, 돼지도 아니었다. 전신에 시퍼렇게 멍과 칼자국 흠이 깊게 파여 선홍색 피가 흘러나오는 인간이었다. 놀라운 것은, 희생되고 있는 사람은 아까 봤던 노인이었다. 숨이 끊어진 노인의 머리를 시작으로 팔과 다리가 도끼와 전기톱에 의해 잘게 토막 나서 잘려나갔다.

"후후, 이것으로서 여왕께서도 기운을 차리시겠지?"

"원래대로라면, 이웃 마을 놈들을 잡아다 드렸어야 하는데. 그놈들이 하나라도 줄어야 우리가 더 우세해 진다구. 마을 인구 조절은 여왕님께 달린 거 몰라?"

잘린 팔을 잡은 사내가 장기를 해체하는 사내에게 말했다.

"흐흐, 어차피 이웃 마을 놈들은 나중에 잡아도 상관없지 않나. 그건 그렇고, 주월동에 있는 동자들의 정보가 기가 막히더군, 처음에 그놈 이야기를 들어도 별생각 없었는데, 어제 지하에 있는 동자들에게 직접 받아서 맛을 보니까 여왕님께서 데려오기를 잘한 것 같아."

이웃 마을이라니? 또 다른 마을이 있다는 것일까? 온몸에 돋는 소름을 참지 못했다. 사람이 사람을 어떻게…라는 생각으로 뒷걸음이 쳐지고 있었다.

"훗, 어떻게 알고 왔는지는 모르지만. 냄새가 아주 가까이서 나네!"

문으로 뭔가 날아오자 간발의 차로 그것을 겨우 피했다. 고개를 들어보니 문에 피가 흥건하게 묻은 도끼가 박혀 있었다. 저들은 분명히 날 노리고 있었다. 이곳에서 도망쳐야 한다.

숙소로 가야 했다. 짐이 있는 것은 둘째 치고, 의연이 위험하다. 나와 그녀를 노리고 있는 것이 분명했다. 겨우 숙소에 있는 방에 도달했다. 사람들의 기운은 느껴지지 않았다. 급하게 가방을 잠갔다. 이제 남은 것은 이 집단의 실체에 대해 알리는 것이다. 물론, 믿을 사람은 없을 것이다. 여기에 수많은 증거가 들어 있다. 사진 한 장, 동영상 파일

하나가 굉장한 위력을 발휘하는 UCC 사회에서 이것은 충분한 기사가 되겠지. 가방을 챙겨 나가려 할 때, 방문 쪽에서 인기척이 느껴졌다. 뒤를 돌아보았다. 의연이었다.

"당신에게 들켜버렸군요."

의연의 목소리에 뒤를 돌아보았다. 그녀를 보고 놀랐다, 무엇보다도 그녀의 배를 보고 놀랐다. 배가 임산부처럼 부풀어져 있었다. 분명히 한 시간 전까지만 해도 홀쭉했었다.

"조금만, 더 있었으면 당신이 날 도울 수 있었는데."

"도움? 그 이상한 모습은 뭐죠?"

그녀는 배를 만지더니 기묘한 웃음을 띠며 말했다.

"나의 아이들이에요. 새롭게 태어날 우리 마을의 일원이죠. 저는 곤충연구를 하고 있었는데. 어느 날 개미의 페로몬을 연구하던 중 돌연변이 개미의 유전자 세포를 몰래 인간에게 임상 실험하게 되었어요. 의외로 성과가 좋았죠.

이 나라는 점점 남자의 숫자가 많아지고 있기에 인구 조절 방법으로는 최고였어요. 게다가, 여성의 숫자가 점점 줄어들고 있는 현실에서 농촌은 거대한 실험장으로 적합했죠. 처음에는 이 동네 주민들을 첫 대상으로 삼았어요. 남자만 남아있는 곳은 인구 조절하기가 좋았으니까. 달라진 것이 있다면 저 자신이었죠. 이 유전자 세포 중, 열성이 아닌 우성의 형질을 지닌 세포가 있는데, 그것을 남성이 아닌 젊은 여성에게 주사하면 열성 세포를 지닌 인간을 통제할 수 있게 되죠. 남성에게 투여하면 숙주가 될 수 있지만, 그들에겐 통제력이 아닌 씨받이에 불과한 거 에요."

이게 무슨 말인가. 목 뒤로 식은땀이 흘렀다.

"몇 명의 여성들에게 그것을 투여했지만, 그녀들은 서로 싸움이 잦았고 심지어는 내 목숨 조차 노렸어요. 나도 어쩔 수 없이 내 몸을 실험 체로 삼았던 거죠. 이곳의 사람들은 나의 충실한 하인이 되었고 인구 밀도를 줄이고 새로운 인류의 탄생에 기여했다고 해야 할까요. 아까 그들은 정말 비참하게 살아나가던 농민들이었어요."

그녀는 가득하게 부른 배를 어루만지며 말을 이어 나갔다.

"물론, 나도 이렇게 될 줄 몰랐어요. 나 역시 인간이었으니까. 첫 아이들을 낳고 그들이 가져다준 먹이를 먹고 점점 기운을 차리기 시작했죠. 새롭게 태어날 아이들을 위해 집단을 키워나가야겠다고. 배신자들과 경쟁자들을 물리치고 새로운 세상을 만들기 위해. 이 아이들이 태어나고 나면, 당신은 3대째 아빠가 되는 거 에요. 우리들을 위해 당신의 우수한 유전자를 공급해야만 저들에게 이길 수 있어요. 만약, 거부한다면 당신은…."

더는 그녀의 말이 들려오지 않았다. 손으로 의연의 목을 조르기 시작했다. 이런 이상한 여자는 죽여야 한다. 그녀의 숨소리가 가빠져 갈 무렵 입에서는 어떠한 공기도 나오지 않았다. 노란 진액이 목구멍을 통해 토해지기 시작했다. 치마 밑에서도 똑같은 액체가 흘러나오기 시작했다. 비릿한 냄새와 세상에서 처음 맡아 보는 이상한 진득거리는 냄새가 콧속으로 들어오고 있었다. 바깥에서 고함이 들려 왔다. 창문을 깨고 도망쳤다. 유리조각에 다리를 베었지만, 잡혀 죽는 것보단 차라리 나았다. 점점 고통이 밀려왔지만. 등 뒤에서 들리는 고함에 정신 없이 뛰었다.

End

　사흘이 지났다, 아직도 그들은 날 찾으려고 하고 있다. 얼마나 버틸 수 있을까. 빛도 들어오지 않는 이 창고는 마치 하데스가 데메테르의 눈을 피해 페르세포네를 끌고 갔던 지하세계에 필적할 만큼 어둡고, 축축한 벽에서 나는 곰팡이가 내 코와 목을 죄어 오고 있다.

　움직이는 것조차 힘들었다. 놈들에게 발각될까 봐 작은 소리조차 낼 수 없기에 눈과 입을 잃어버린 벌레와도 같았다. 벽의 조그만 틈으로 녀석들의 괴이한 울부짖음과 손에 든 녹슬고 붉은 피에 젖은 낫은 점점 선명하게 뇌리에 박히고 있었다. 마치 군대의 사열을 보는듯 열을 맞춘 그들의 질서정연한 행동은 딱 한 사람의 적인 나를 겨냥하고 있다는 것을 점점 더 느끼게 된다. 분명, 내가 죽인 '그들의 여왕' 때문일 것이다.

　자기들을 서슴없이 하인처럼 부리고 사교의식을 위하 살육을 저지르는 그녀의 본 모습에도 불구하고 그들은 무조건 충성을 바치는 놈들은 더 이상 인간이 아니다. 불안한 심리를 대신하여 얻은 영락의 대가로 거세당한 자신들의 남근이 아깝지도 않은것인가.

　탈출 방법을 생각해 내야 한다. 이러한 사교집단의 맥을 끊지 않으면 제2의 그녀가 다시 생겨날 것이니까. 나의 바람에도 불구하고 탈출구는 보이지 않았다. 한없는 어둠만이 눈에 가깝게 있을 뿐. 돔을 조금 움직여 보았다. 다리 근육이 굳어 있었다. 게다가 점점 뜨겁게 몸은 고

열로 인해 달라 올라 있었고, 전신에서 식은땀이 흐르고 있었다. 숨조
차 쉬기 어렵다.

핸드폰 폴더를 열자 하얀빛이 새어나왔다. 평소에 귀찮게 느껴졌던
빛이다. 이렇게 고마울 데가! '통화권 이탈'이라는 절망적인 메시지가
액정에 나타나 있다. 미칠 것 같다. 불빛에 맞춰 주위를 비추어 보았지
만, 그저 곰팡이가 퍼렇게 슬어 있는 벽 외에는 아무것도 없다. 어쩔
수 없었다, 대신 내 몸이라도 비춰보고 싶었다. 유리에 찢겨 다친 다리
를 비추자 더더욱 한숨이 나왔다. 시퍼렇게 번져 있는 피멍과 함께 살
이 썩어 가는 듯 보였다. 상처에 소독은 둘째 치고 피를 뽑을 시간도
없다. 이제 나가지 못하면 끝장이다. 아니, 살더라도 불구는 면하지 못
할 것 같다. 다시 바닥에 누웠다. 살결이 심하게 따가웠다. 간지러움도
느껴지지 않는다. 또 다시 조그마한 놈들의 습격이다. 마치 빨래집게
로 비틀어 짜는 것 같다…한두 마리가 아니다. 군대와도 같다. 고통을
참고 있을 때. 바깥이 소란스러웠다. 벽의 조그만 틈으로 보자 검은 띠
를 두른 사내들이 뭔가를 들고 일요회 사람들과 몸싸움을 하고 있었
다. 이상한 것은, 방금까지만 해도 날 찾아 무리 지어 다니던 일요회
사람들은 무력하게 검은 띠의 사내들에게 힘없이 쓰러져 가고 있었다.
그곳은 마치 아수라장을 방불케 했다.

그 때, 한 곳의 벽이 부서졌다. 분명히 싸움 끝에 부서진 것이리라.
탈출해야 하기에 몸을 기어가듯 움직이던 중, 비릿한 냄새가 풍겨오고
있었다. 핸드폰 폴더를 열어 앞을 비추자 내가 보고 싶지 않은 것이 앞
에 있었다.

며칠 전, 내 손으로 처단한 그녀였다. 이곳은 내가 일을 저질렀던 그

장소인가? 지금 이 상태에서 기억을 더듬는 것도 쉽진 않았다.

살이 금방 썩었는지 의연의 머리 아래로는 뼛조각들이 군데군데 하얗게 드러나며 어지럽게 흩어져 있었다. 한 때, 호감까지 느낀 그녀였지만. 참혹한 모습을 더는 보고 싶지 않았다. 그 때, 그녀와 시선이 마주쳤다. 심장이 멎을 듯 했다. 조금 전까지만 해도 눈을 감고 있었는데! 핏발 하나 서 있지 않은 맑은 처녀의 눈동자가 아닌 말라비틀어진 건포도 껍질 같은 썩은 눈동자로 날 바라보고 있었던 것이다.

그녀를 피하려고 고개를 들었다, 손전등 빛이 보였다. 그 사내들일까? 최소한 일요회 놈들보단 나을 것이다. 머리에 검은 띠를 두른 사내들이 다가와 날 보고 있다. 손에든 생선회 칼은 붉은 피와 살점들이 묻어 있다. 아까, 싸움에서 있었던 것이겠지.

그들은 나에게 시선도 돌리지 않고 웅크리더니 칼을 들어 그녀의 몸에 붙은 얼마 안 되는 살점 – 이라기보다 고깃덩어리를 떼어내고 있었다. 아주 익숙한 솜씨였다. 조금 전까지 날 깨물던 놈들과도 같은 신속하고 빠른 해체가 이루어졌다. 인간의 동작이 저렇게 빨랐었나.

나도 그녀와 같은 신세였다. 썩어 있는 다리는 그들에 의해 잘리고 있었지만 이미 감각이 없어서 몰랐던 것이다. 회칼은 몸 구석구석을 파고들어오고 있었다. 빠르게 종잇장을 자르듯 한 홀 한 홀 피부와 살덩이가 떨어져 나간다. 이들은 다른 집단의 일꾼들이었다. 또 다른 그녀의 회임과 출산을 돕기 위한…일꾼들.

내 육체는 영양분이 많은 음식이 되겠지…

발자국

"란마루蘭丸귀환 선박은 시모노세키下關항으로 출발합니다."

선장의 목소리와 함께 많은 사람을 태운 선박이 뱃고동 소리를 힘차게 울리며 부산釜山항을 떠났다. 배에 있는 사람들의 표정은 대부분 일그러져 있었다. 아이들은 뱃멀미에 울고 있었고, 남자들은 하늘만 쳐다보고 있었다. 그들 중, 한 사내가 십리 정도 멀어져 가는 서쪽바다를 보고 있었다. 며칠 전, 오랫동안 있었던 곳이 그의 뇌리 속에 새겨진 탓 일까.

1

"날씨가 참 덥군."

방에 넓게 깔린 다다미 위에 누워 있다 몸을 일으킨 나카니시 히데키中西 秀木는 입고 있던 유카타를 작업복으로 갈아입었다. 정착한 지 얼마 안 되는 이곳 조선朝鮮의 고슈光州지방의 더위는 팔월 들어 더 극심하게 파고들어왔다.

그의 방에는 많은 책이 서재에 수북하게 꽂혀 있었다. 그중에는 복자伏字로 된 책이 절반을 넘을 것이요, 이미 당국에 의해 거둬질 만한 책도 책 틈에 숨겨졌고, 그나마 조선땅이었기에 내지인內地人이었던 히데키에 대한 경찰의 감시는 없는 편이다.

히데키는 오사카大阪의 거상 중 한 사람인 나카니시中西가의 셋째 아들이었는데, 그는 여느 아이들과 다름 없이 풍족하게 지냈다. 더군다나, 그는 나리킨成金의 집안이 아닌 옛날 막부幕府때부터 쭉 이어져 온 집안사람이었기에 유럽전쟁이 끝나고 생겨난 나리킨들처럼 흥청망청 쓰지도 않았고, 상도에 어긋나지 않게 원칙과 신속함으로 이어져 왔기에 나카니시 가는 꾸준히 대를 이어 비즈니스에 총력을 기울이고 있었다. 그런 유복한 집에서 자랐던 그에겐 세상은 평화롭게 보일 뿐이었다. '반도인半島人' 들이 일하는 더러운 공장을 보며 '잇쇼겐메이'를 모르고 그저 고향 이야기만 하는 그들은 이해할 수 없는 존재들이었던 것이다. 그의 친구 나카무라 지로中邑 二郎의 부친이 경영하던 면직물 공장에서 일하던 조선인 사내가 일 안 한다고 두들겨 맞는 것을 보고 한심하게 보일 때도 있었다. 지금 생각해 보면 오히려 그 사내가 항상 지로의 집에 놀러 갈 때마다 제일 목례도 잘했고, 허드렛 일이나 심부름을 잘했던 것으로 기억한다.

교토대에서 충실하게 학교에 다니던 히데키에게 암울한 그림자는 조금씩 다가왔다. 문학 구락부인 '광세계狂世界'의 선배 중 한 사람이 반국체反國體 라는 낙인이 찍히면서 주변 사람들은 하나 둘씩 사라져 갔다. 게다가, 모두가 뿔뿔이 사라지자 특고형사들은 걸핏하면 히데키를 경찰서로 불러내어 동료의 행방이나 사상에 대해 묻고, 수업 중에도 몰래 참관을 하여 그를 괴롭게 했다. 하루는 친구들과 덮밥을 먹고 있었는데, 특고형사가 그를 조사한다며 교토 경찰서 사상계로 끌고 가서 닷새 동안 잠 한숨 안 재우고 그에게 자백을 요구했다. 조사를 해도 혐의가 없기에 풀려 나왔지만, 그 여파로 한 달 동안 앓아눕기도 했다. 히데키는, 수업 중에도 도리우치 모자나 가죽점퍼의 사내가 보이면 식은땀이 흘렀다.

그가 상과대학을 나오길 바란 히데키의 아버지는 징병과 계속 되는 감시를 피하기 위해 조선으로 떠나는 것이 사업체의 분점도 노릴 수 있었기에 그에게 일자리와 약간의 지참금을 주어 서남 지방의 농업지대였던 고슈로 보냈다. 아직은 식량조달을 위한 지역에 가깝긴 했지만, 차후에 반도에서 서남의 중심도시가 된다면 식량과 상권을 동시에 쥘 수 있기에 그를 탐색 차 보낸 장삿속이기도 했다.

히데키는 장사에 별 관심이 없었다. 자유롭게 자신이 원하는 것을 쓰고 싶다는 생각뿐이었다. 조선 땅에서조차 그런 것을 구속 받긴 싫은 것이 그의 마음이었던 것이다.

그가 처음 도착했던 조선은 일본인들이 있는 곳에 상점 몇 군데가 있었고, 아직도 발전하려면 먼 곳이었다. 일본인을 보면 아무런 말도 못하는 조선인들은 마치 병든 강아지 같았다. 그도 처음에는 '아직 발전이 안 된 사람들' 로 생각했었다.

시간이 지날수록, 그런 말조차 할 수 없었다. 가뭄과 공출 때문에 소작료를 못 내어 일본인 지주에 의해 주재소로 끌려가 매를 흠씬 맞고 나오는 조선인들의 상처 입은 몸을 보며 고개를 들 수 없었다.

한숨을 쉰 히데키는 제니스(Zenith)라디오를 켰다. 라디오에서는 항상 같은 말이 나왔다.

"황국신민이여, 대동아공영권을 위협하고 아시아인들을 노예로 두려는 미국과 영국의 공멸을 위하여 대일본제국 황군의 진격은 우리 모두의 임전보국과 멸사봉공으로 이루어져…."

히데키는 손을 뻗어 라디오를 껐다. '차라리 방공호防空壕를 파고 숨는 게 낫겠구먼' 이라는 생각이 들었다. 남양군도 전선에서 점점 소식이 끊겨가는 친구들의 편지는 그의 마음을 더더욱 불안하게 만들고 있었다. 원고지가 수북한 책상에 앉았으나, 지금 현재로는 그의 손이 움직여지지 않았다. 작업복을 기모노로 갈아입고 밖으로 나갔다.

조선 날씨는 참으로 더우면서도 바람도 살갑게 부는 편이라 반갑게 느껴졌다. 오히려 점점 공장이 들어서는 일본에 비해 이곳은 아직 자연이 살아있는 곳이었기에 푸른 나무들과 황토는 가끔씩 하이쿠短時를 쓸 때 마음을 가다듬는 효과가 있었다.

"아, 히데키 상! 나오시는 길입니까?"

"예, 집에 있으니 더운 것 같아서 바람이나 쏘일까 하고…."

이웃에 사는 가네다金田가 물었다. 창씨개명을 한 조선인으로 처음에는 국어를 사용하며 지냈으나, 부인이나 자식에게 조선어를 사용하는 것을 보고 궁금증이 들었기에 가네다에게 특별히 청하여 조선어를 배웠다. 가네다는 굉장히 두려워했지만 히데키가 여러 번 그에게 찾아가 요청하자 이루어진 학습이었다. 공부를 하긴 했지만, 의사표현 정도는 할 수 있었으나 아직도 히데키에게 받침 자, 발음, 어려운 표현이 나오는 조선어는 어려웠다.

"그냥, 일본말 하시지…뭘 그렇게 조선말을 배우시려고 하십니까. 이 사실을 주재소에서 알면 저뿐만 아니라 가족들까지 경을 칩니다."

히데키는 쓴웃음을 지으며 고개를 끄덕였다. 조선인들은 자신들의 말을 사용하지 못하게 되었다. 황국 신민으로서 전쟁을 함께한다는 의미의 '내선일체內鮮一體'라고는 했지만. 무리하게 조선인들 보고 일본인이 되라는 것은 과연 옳은 것인지 히데키는 불만족스러웠다. 순간, 황톳 길이 움푹움푹 들어가 발자국을 만들어 냈다. '같은 길을 걷는 일본인과 조선인이라 해도 생각이나 생활은 다른데.'라는 생각에 당국의 정책은 뭔가 잘못되었다고 생각했다.

가네다가 그와 친해진 것은 사소한 일 덕분이었다. 아니, 가네다에게는 중요한 일이었을 것이다. 하루는 가네다가 조선어를 가르쳐 주던 도중 한숨을 쉬었다. 이유를 물으니 난처한 표정을 지으며 말했다.

"내일 아버님 제사인데, 묻어둔 쌀이 발견되기라도 하면 …."

조선 사람들은 죽은 가족을 위로하고 기리기 위해 제사를 지낸다, 전쟁이 일어난 직후 많은 쌀은 공출 되어 군량미로 쓰이고 있었다. 이를 어길 경우 주재소에 끌려가 매를 심하게 맞았다.

다음날, 히데키는 가네다의 집에서 온 종일 있었다. 경찰 한 사람이 그곳으로 들어오려하자. 히데키는 손을 저으며 '이곳은 먹을 것이 없다' 라고 한 다음 가라고 했다. 그 덕분에 경찰은 그를 보더니 안심하고 물러갔고. 가네다는 제사에 밥을 지어 올리는데 성공했다. 그 이후로 가네다는 항상 히데키에게 허물없이 대하며 친하게 지냈다. 그 덕분에 조선사람들에 대해서도 많이 이해하고 한 편으로는 당국의 핍박에 미안함을 금치 못했다.

반대편에서 나이든 남자가 오고 있었다. 갓과 백의를 갖춰 입고 붉은 피부에 주름진 얼굴, 굳은 입술, 긴 수염을 지닌 최崔참판이었다. 가네다와 히데키는 고개를 숙였다.

"아이고, 참판 어르신 아니십니까."

"김 이장 아닌가. 자네 어디 가는 길인가?"

최 참판의 얼굴은 깊게 패인 주름이 말라붙은 논밭의 고랑 마냥 움푹 폐여 있었다. 올라간 눈초리마저도 히데키에겐 마치 '텐구'나 '오니'를 보는 것처럼 무서웠다.

"예, 잠깐 요 앞에 좀 댕겨 오던 차에…."

헛기침을 히데키 앞에서 크게 하고 최 참판은 사라져 갔다. 그것을 바라보던 히데키는 고개를 더더욱 깊숙이 숙였다.

"허허, 참판님께선 몸이 불편하셔서 그러시니 이해하시지요."

가네다가 그렇게 말은 했지만. 그것은 다테마에(겉마음)다. 최 참판은 나이가 일흔 살이었는데. 조선왕조가 일본에 복속되기 전에 '참판'이라는 벼슬을 지낸 관리여서 사람들에게는 항상 그 관리직과 성씨를 붙여 발음되고 있었다. 유일하게 창씨개명을 안 하고 있어서 관리들이 그에게 '야마모토山本'이라는 성을 부여했음에도 불구하고 관리들과 경찰들에게 대놓고 몇 시간 동안 고래고래 고함을 치고 약을 먹고 자살까지 기도하려 해서 결국, 창씨개명을 안 한 사람이었다. 그에게 일본인인 히데키는 원수로 보였을 것이다.

가네다와 헤어진 히데키는 황톳길을 걸었다. 푹푹 들어가는 길이었지만, 짚신을 신은 발은 더더욱 앞으로 나갔다. 물론, 기모노에 짚신은 잘 어울리지 않는다. 처음 조선 땅에 왔을 때의 기억은 그를 아직도 진땀 나게 만들었다. 길을 걷던 중 움푹움푹 땅이 기어들어가 늪에 빠지는 것은 아닌가 하는 생각마저 들었다. 그러다가, '게다'가 벗겨져 넘어진 일 또한 한두 번이 아니었던 것이다. 덕분에 고생하던 히데키는 일하던 조선 사람들이 신고 다니는 '짚신'을 보고 웃돈을 주고 산 뒤 신고 다닌 후부터 넘어지는 일도 없었고, 오히려 착용감도 편했다. 그렇게 기모노에 짚신을 걸친 그는 한 걸음씩 걸어갔다.

얼마나 걸었을까, 친구인 이노우에 미노루井上 捻가 교원으로 있는 태양 국민학교太羊 國民學敎에 들어섰다. 교문 안에 들어서기도 전에 몇 미터 앞에서 일본 군가인 '애국행진곡' 2절이 흘러나오고 있다.

「온 세계를 향하여 모든 사람들 이끌어 바른 평화 세우는 이상은 꽃처럼 피어난다」

히데키의 표정은 일그러졌다. 온 세계를 향해 평화를 주창하는데 어찌하여 그것이 파괴의 상징인 군가로 흘러나온단 말인가.

나무로 지어진 학교는 분주했다, 운동장은 곳곳이 파헤쳐져 있었고 그 곳에서 여러 크기의 돌들을 줍고 있는 키 작은 학생들은 뙤약볕에 땀을 뻘뻘 흘렸다. 그들의 손에는 흙이 까맣게 묻어나고 있었다. 정오를 넘겼음에도 학생들은 쉬지 않고 일하고 있다.

"아, 히데키. 여기 까지 어쩐 일이야?"

미노루가 밭에 물뿌리개로 물을 주던 중 일어나 반갑게 손을 들어 보이며 말했다. 아이들은 공손하게 히데키에게 인사했다. 그도 허리를 굽혀 인사했다. 미노루는 학생들에게 공을 하나 주더니 머리를 쓰다듬어 주고는 히데키의 어깨를 두드리며 교무실로 향했다. 조용하게 공을 받은 아이들은 순식간에 표정이 밝아지더니 그것을 차며 시끌벅적하게 움직였다. 미노루는 히데키를 교무실로 안내했다. 복도 주변 벽에는 '미/영 격멸', '처칠, 루스벨트는 악마' 라는 표어와 일본을 형상화한 거대한 손에 찢긴 성조기와 유니언 잭이 삽화화 되어 걸려 있었다. 이것은 그렇게도 정부에서 증오하던 마르크스주의 선동과 다를 게 무엇이 있는가. 창문 바깥에서 보이는 운동장 한구석에도 밀집 허수아비들이 서 있었는데, 그것 역시 미군과 영국군의 얼굴을 악마 같이 그려 놓은 널빤지가 있었다.

교무실에 들어서자, 천황의 존영과 일장기가 걸려 있는 내부는 좁고 낡은 기분이 느껴졌고, 몇 개의 책상과 그 위에는 몇 권이 책이 꽂혀 있었으며, 여러 크기의 몽둥이가 보였다.

미노루는 도기를 꺼내어 차를 대접하더니 히데키에게 물었다.

"조선 생활은 좀 어때? 본토와 비교해서 말 일세."

"처음에는 적응하기 어려웠는데, 조금씩 좋아지고 있어. 본토보다 더 편한 느낌도 들고."

히데키의 말에 미노루는 미소를 지었다.

"자네 이러다가 완전히 조선 사람 되는 거 아니야?"

"타국의 생활이 쉽지는 않으니까. 자네, 지금 수업 시간 아닌가?"

미노루는 찻잔을 내려놓더니 한숨을 쉬며 말했다.

"학교에서 운동장을 축소하고 식량이 될 만한 조그마한 토지를 만들어 학생들에게 전시에 식량 자급자족법에 대해 가르치고 있어."

"하루가 멀다 하고 커가는 학생들에게 전시 교육이라니. 정말 너무

100

하는군."

"뭐, 어린 학생들이야 저 정도로 해두지만. 그나마 조금 더 크면 학교에서 배운 군사훈련을 바탕으로 해서 전선에 나가야 하니까."

그 때, 문이 열리더니 고급스러워 보이는 기모노를 입은 대머리에 짙은 눈썹, 센고쿠戰國시대에 있을 법한 사무라이들의 호랑이 같은 눈, 약간 입술이 올라가고 중간 정도의 키에 배가 나오고 게다를 신은 중년 남자가 오고 있었다.

"이노우에 선생, 운동장 개조는 잘 되고 있습니까?"

"아, 교장 선생님. 워낙 아이들이 더운데 힘들어 하는 것 같아서 잠깐 쉬게 했습니다."

교장은 미간을 찌푸리며 한 쪽 눈썹을 올리더니 호통을 쳤다.

"앙? 이노우에 선생은 너무 마음이 약하오! 조선학생들이 성전聖戰을 수행하는데 있어서 천황폐하를 섬기는 마음과 대동아공영권을 수행하는 황국신민이 되기 위해서는 멸사봉공의 마음으로 임해야 한다는 것을 모르시오!?"

"예에, 물론 알고 있습니다."

미노루의 공손한 말에 교장은 목청을 한껏 높였다.

"분로쿠의 난壬辰倭亂때 조선 출병을 하였던 가토 키요마사加藤 清正장군은 조선 전장에서 식량부족으로 고생 하다가 도요토미豊臣태합께서 졸하셨을 때, 돌아와 구마모토熊本성을 축조할 당시 다다미를 모두 고구마 줄기로 엮어 적의 침공에 항상 대비했소. 아이들은 미래의 훌륭한 군조들로서, 그런 정신은 새겨야 하지 않겠소?"

흥분하던 교장은 표정을 누그러뜨리더니 말을 이어 나갔다.

"전장의 심각함을 아는 교원이라면, 좀 더 노력해야 할 것이오. 아직 방침이 더 내려오지 않고 있어서 그렇지, 사실 반도의 학생들도 대일본제국을 위해 목숨을 바쳐 싸워야 한다는 것은 기정사실이오. 올해도 나이가 찬 학생들은 전선에 보내야 할 것이외다."

교장은 히데키를 힐끔 보며 약간 노한 표정을 조금 풀고 문쪽으로 걸어 나가더니 바깥으로 사라졌다. 미노루는 쓴웃음을 지으며 말했다.

"이시이石井교장은 러일 전쟁 때 노기乃木 希典장군을 모셨던 분이지. 군의 역할에 대해 굉장히 높게 평가하고 사람들 또한 그것을 도와야 한다고 생각하고 있어."

바깥에서 학생들이 분주하게 움직이고 있었다. 아까와 다른 점이 있다면. 그들은 공이 아닌 쟁기를 들고 마치 기계처럼 운동장을 일군다. 그 사이로 고함과 함께 호랑이 같은 이시이가 지나가고 있다.

"메이지 천황께서 승하하셨을 때, 자결한 노기 장군을 따라 자신도 할복하려고 했지만, 만주국 지역이던 간도로 임명되는 바람에 뜻을 이루지 못하고 군으로 남아서 많은 조선인을 잡거나 죽였다고 들었네. 만주국은 예나 지금이나 우리 정책에 반대하고 무장전선을 펴서 독립하려는 조선 사람들이 많지 않은가. 중국까지 확산하고 있고 말이야."

목이 탔는지 미노루는 차 한 모금으로 목을 적셨다. 히데키는 찻잔을 손에 받쳐 들고 먼지가 자욱한 창가를 보고 있었다.

"메이지 천황폐하의 성은을 입은 노기 장군을 보면서 자기도 제국의 길에 목숨을 바쳐야겠다고 생각을 했었나 봐. 만주국 쪽 청산리에서 조선 독립군들에게 패전한 책임을 지고 군에서 물러나 교육계로 투신해서 우리 같은 봉급쟁이들과 학생들 진을 죄다 빼놓고 있지만."

히데키는 미노루의 말을 들으며 차를 조용히 목으로 넘겼다.

"저 어린 아이들이 대체 왜 서로 죽이고 죽이는 전쟁이 이용되어야 한단 말인가."

"나도 빨리 이 전쟁이 끝나면 좋겠네. 사실, 곧 전선에 나가야 해."

미노루의 말에 히데키의 표정이 일그러졌다.

"남양군도 전선이 미군에게 밀리고 있다는 소문이 있던데, 꼭 나갈 필요가…."

"어쩌겠나. 국가를 위해서 가야지. 싸우다 전사하더라도 교토京都에 있는 모친과 동생에게는 국가에서 보조금도 나올 거니까 상관없어. 날 다시 만나지 못한다면 야스쿠니에 오시게. 혼이라도 돌아와 기다릴 테니까 말일세."

미노루는 낙담한 히데키와는 다르게 미소를 지으며 말했다. 죽음을 준비하는 것이나 마찬가지인 전방에 투입되는 것은 그에게 있어 완전한 이별일 것이다. 히데키는 미노루를 뒤로 하고 교무실을 나왔다. 어느덧, 점심시간이 지나 있었다.

그 때, 히데키의 발아래로 조그마한 공이 툭툭 거리며 굴러왔다. 까까머리의 학생이 공을 주워주자 깍듯이 인사를 하고 황급히 공을 가져가려다가, 히데키를 보고 정중하게 물었다.

"아저씨 여쭤 볼 게 있는데요. 이 공…일본에서 만든 거 맞죠?"

"그렇겠지, 물론 이 공의 원료는 저기 보르네오나 바타비아에서 가져 왔겠지만."

히데키의 말에 아이는 머리를 갸웃거렸다.

"있잖아요, 이 공…바닥이나 벽에 퉁기면 항상 찌그러져요. 교장선생님은 조국을 위해 싸우는 전사들이 가져다주는 아시아의 기쁨이자 해방이라고 하지만…놀기 불편해요."

공을 매만지던 히데키는 소년의 말에 고개를 숙였다. 한쪽으로 부딪혀 찌그러진 일본은 다시 복구되려면 이 공처럼 직접 다시 중심을 잡아야 할 것이다. 그만큼 마모된 곳이 되돌아오려면 지금 같은 현실이 아닌 히데키가 꿈꾸는 세상이 와야 한다는 전제하에 펼쳐진 세계. 지금처럼 아시아 곳곳에 뻗어가며 혼자 잘나가는 황군들이 모든 것을 포기하고 일본으로 완전히 돌아오지 않고는 불가능한 일에 가깝다.

히데키는 찌그러진 공을 만져보았다. 두꺼운 부분은 잘 퉁겨지지만 얇은 곳은 찌그러졌다. 당국에서는 소년에게 놀잇감으로 줬겠지만. 과연 두꺼운 부분은 누구고 얇은 곳은 누구란 말인가. 히틀러 총통의 독일제국이나 우리 일본이 풍족하게 사는 동안, 조선이나 안남, 보르네오, 버마 같은 곳은 같은 대동아공영권을 부여받았다 해도 그들은 일본이라는 굴레에서 벗어날 수 없다. 일본에 해를 끼치지 않는 이웃들을 정녕 이렇게 만들어야 한단 말인가.

찌그러진 공을 받은 아이는 저 멀리 사라져 갔고. 히데키는 조용히 학교를 빠져나오던 도중 열세 살 정도로 보이는 바짝 깎은 머리에 어수룩한 표정을 한 아이가 눈에 띄었다. 그 아이는 자기 발보다도 큰 운동화를 신고 있었는데, 아주 큰 보폭으로 한 걸음씩 조심스럽게 움직이고 있었다. 지나가려던 히데키는 그의 운동화를 보고 기묘한 기분에 눈을 떼지 못했다. 낡은 운동화 임에도 불구하고 윗면에 약간의 흙이 묻어 있을 뿐 전혀 밑바닥이 닳아 지지 않았기에 그것이 궁금했다.

시간이 얼마나 지났을까, 학교가 끝나고 아이들이 몰려나왔다. 그 아이도 교실을 나와 정문으로 오고 있었다. 보폭이 큰 걸음을 걷던 아이는 정문에서 운동화를 벗더니 맨발로 여전히 똑같은 걸음을 걸어가고 있었다. 길이 멀었지만, 누가 봐도 불편한 그 발걸음으로 계속 걷던 중, 한 시간쯤 지났을 때 집으로 보이는 허름한 초가에 어머니를 부르며 들어갔다. 히데키는 나무 뒤에 숨어 몰래 그 아이의 집을 내다보았는데, 흙으로 지어진 담벼락 뒤의 아이는 뒷산에 나무를 하러 가겠다며 지게와 도끼를 뒤에 짊어지고 나왔는데, 여전히 걸음걸이는 기묘했다. 그의 집 근처를 나와서 얼마나 걸었을까, 저 멀리 한 사내가 히데키를 부르고 있었다.

"히데키 군!"

자세히 보니 미나미 타로南 太郎군수였다. 교토대 선배인 그는 평소 동향지역인 칸사이關西사람이 히데키, 미노루 외엔 없었던 탓인지 히데키를 굉장히 반가워했다.

"더운데 집에 있지 않고… 어딜 가는 길인가?"

"잠시 산책 중이었습니다."

미나미는 계란형 얼굴에 짧은 머리, 동그란 렌즈가 돋보이는 얇은 테 안경을 끼고 서글서글한 미소를 띄고 있다. 작달막한 키였지만 그래도 군수였던 지라, 평소 옷을 국민복이나 양복을 입었는데, 오늘은 감색 양복을 입고 있었다.

"자네 같은 학자가 요즘 같은 시국에 산책이라, 자칫 돈이라도 상하면 어쩌려고."

"과찬의 말씀입니다. 전 그저, 서생일 뿐이에요."

그 때였다. 어디선가 큰 목소리가 들려오고 있었다.

"군슈!郡守"

한복을 입은 사내가 남루한 차림의 또 다른 사내와 달려왔다. 그는 좌측으로 손가락질을 하더니 차렷 자세로 크게 말했다.

"고쿠라쿠멘노 고우! 히아멘노 아카이!, 나니오 히아멘노 타카 소까? 이야데스!"

히데키는 그 말을 듣자 약간 의아했다. 뭔가 문맥이 잘 맞지는 않지만 몇 가지 단어를 추려 보니 '극락 면은 노란색, 비아 면은 빨간색, 왜 비아면이 높아? 싫습니다!' 라는 알아듣기 어려운 일본어 같지 않은 일본어, 국민 학생들이나 할 만한 서툰 말이었다.

미나미의 표정이 일그러지더니 마치 걸레 씹은 표정으로 변했다. 애절하고 매우 급한 표정을 짓는 한복의 사내와는 사뭇 달랐다. 헛기침을 하는 미나미는 '스미마센, 스미마센' 을 연발하더니 고개를 숙이고 사내를 떠나보냈다.

"내가 저 사람들에게 실수 하게 되었네."

미나미는 손가락으로 사내가 간 반대쪽을 가리키며 말했다.

"극락 면은 토질이 좋아서 농사가 잘되는 지역인데, 비아 면은 토질이 좋지 않아. 저 사람은 그곳 면장인데, 공충에 항의 하러 온 거야."

잔잔한 바람에 소나무 잎이 흔들리고 있었다.

"참으로 죽을 맛이야. 당국에서는 자꾸 공출을 앞당기고 양을 더 늘리라고 독촉하지만 조선 땅 곳곳을 돌아다녀 봤지만 이렇게 먹을 게 없는 곳은 처음 봤어. 일본에서 우메보시 도시락을 먹는 사람들을 보다가 조선에 와서 사람들 먹는 것을 보고 처음에 저게 뭔가 했지."

미나미는 한숨을 내쉬더니 말을 이어 나갔다.

"사람들이 먹다가 우리가 오니까 도망을 치는데, 그들이 있던 자리를 보니 나무껍질이 있었어. 살면서 나무껍질을 벗겨 먹은 것을 보고 점심 때 먹었던 도시락이 소화가 안 되더군. 말로만 듣다가 직접 보니까 과연 대일본제국이라는 국가가 제대로 되는 곳인지 으문이 들기도 했네. 우메보시 도시락을 먹는 나 자신이 부끄럽더군."

현 체제에서 비판이 쉽지 않았기에 히데키는 미나미의 말에 놀랐다.

"군수님께서 그런 말씀을 하다니 의외군요."

"나 같은 사람은 도자마 아닌가, 도자마. 허허."

미나미의 '도자마' 라는 말은 위화감이 느껴졌다. 조선게 왔다는 것에 불만을 지닌 것인지 아니면 자신이 일본 체제의 반동反動인지는 불확실했지만.

"총만 잡을 줄 아는 초슈長州놈들, 살림살이도 자기네들 막사처럼 하면 되는 줄 알지. 정작 세상 물정 모르니 어쩌겠어. 게다가 천황폐하를 보좌한다는 황실에 붙어 있는 작자들 보게나. 가쿠슈인學習院에서 도련님 교육이나 받은 그들이 뭘 아나? 도조 히데키東條 英機앞에서는 그 잘난 분들께서도 한 수 접지 않았던가. 허허."

미나미는 쓴웃음을 지으며 말을 이어 나갔다, 만약 특고형사나 헌병들이 있었다면 그를 반국체 사범으로 몰아 히데키와 함꼐 체포했을지도 모른다.

"그런 위인들이 도조가 물러난 뒤에는 그가 무서워서 외면하고 있었던 천황폐하와 군부에 붙어서 목숨 유지하기 바쁘다네. 그러니 어디 이 나라가 제대로 되어 가는가… 이 말일세."

머리를 흔들며 '쇼가나이(할 수 없어)' 를 연발하던 그는 히데키를 보더니 말했다.

"내가 젊은 사람 앞에서 쓸데없는 소리를 했군, 이만 청에 들어가겠네. 살펴 가시게."

미나미는 자전거를 타고 지나온 반대편으로 저만치 멀리 사라져 갔다. 히데키는 좀 더 걸어갔다. 그의 눈 비친 많은 산은 붉은 맨몸을 드러내고 있다. 이미 총독부에서 지시한 벌목으로 인해 조선의 산들은 푸른 옷깃 하나 여미지 못한 채 유린당한 여인처럼 벌거벗고 있는 것이다. 녹음마저도 빼앗긴 조선땅은 너무나도 처량하다.

시간은 어느 덧 시커먼 어둠으로 끌어가고 있었다. 집까지 다시 돌아가려면 먼 거리다. 아무것도 보이지 않는다. 낮의 무더위를 식히는 바람이 그의 피부 끝으로 스쳐 지나간다. 이상한 기분이 들었다. 시원했던 바람은 겨울 한파보다도 차갑게 몰아쳐 오고 있었다. 왠지 모를 서늘함에 그는 팔을 감싸 안고 걸어 갈수밖에 없었다.

2

다음 날, 히데키는 다시 미노루가 근무하는 태양국민학교에 갔다. 학생도 아닌 그가 다시금 그곳을 가게 된 이유는 다름 아닌, 운동화의 주인인 아이에 대해 궁금했기에 아침 일찍 식사를 거르고 집을 나와 그 아이의 뒤를 쫓기로 했던 것이다.

등교를 하기 위해 집을 나온 아이는 운동화를 등에 메고 학교까지 걷고 있었다. 한 걸음씩 크게 내딛는 보폭으로 조심스럽게 가는 모습은 누가 봐도 이상해 보일만 했다.

　아이는 교문에 들어서기 십여 미터쯤 되는 곳에서 발에 묻은 흙을 털고 운동화를 신더니 똑같은 보폭으로 걸어갔다.

　아이는 교실에 들어갈 때도 마찬가지였다. 히데키는 미노루가 있는 교무실로 들어갔다. 수업 준비를 하고 있던 미노루는 어쩐 일이냐고 물었다. 히데키는 그에게 이상한 걸음으로 걷는 아이에 대해 묻자 '에이타英太' 라는 학생이라고 답했다.

　"아마 미노루 선생은 부임을 한 지 얼마 안 되어서 모를 겁니다. 그 아이, 3년 전부터 그리 되었지요. 그놈의 제비뽑기가 뭔지…."

　미노루의 동료교사 이이즈카飯塚가 머리를 흔들면서 한숨을 쉬었다.

　"군에서 보르네오 섬을 점령하고 난 뒤, 그곳 현지에서 나오는 재료로 운동화를 만들어 반도에 공급 하는 과정에 여기 고슈까지 들어왔는데 전쟁 개전 초라서 양이 하도 적었습니다. 결국, 신발의 크기는 상관없이 학생들 전체를 모아 놓고 제비뽑기를 했는데 에이타 군도 당첨이 되어서 운동화를 얻게 되었지요. 발에도 맞지 않는 신발을 받았지만 아주 좋다고 신고 다니다가 걸음이 저렇게 되었지 뭡니까."

　이이즈카가 불만스러운 얼굴로 말하고 있을 때, 바깥으로 거대한 그림자가 지나갔다.

　"에이타 군은 조선인이지만 야무지고 착한 학생입니다. 수업이 끝나고 나면 생계를 위해 나무를 하거나 노다 군네 과수원에서 일본 사람 여러 명의 일을 한 번에 해치우지요."

　그 때, 교무실로 주사가 들어오더니 이시이 교장이 아침에 학생들에게 훈화를 하겠다는 말이 전해지자 선생들은 각자 교실로 들어갈 채비를 하면서 얼굴을 찌푸렸다.

학생들이 삼삼오오 모이고, 훈장이 달린 노란색 군복을 입은 이시이 교장이 단추가 터질락말락 한 배를 가리려 애쓰면서 나오고 있었다. 그는 한참 동안 현재 일본의 개전 상황에 대해 침이 마르도록 성전의 중요성에 대해 이야기를 하던 중, 미소를 지으며 말을 이었다.

"오늘은 천황폐하의 자랑스러운 황국신민으로서 제군들에게 아주 모범이 되는 학생 한 명을 소개할까 한다. 5학년 1반 오가와 에이타(小川 英太)군! 앞으로 나오게!"

겁을 잔뜩 먹은 에이타는 차렷 자세로 옆에 섰다. 이시이는 그의 어깨에 손을 올려 툭툭 치더니 너털웃음을 지으며 그의 신발을 들고 말을 이었다.

"에이타 군은 3년 전 황군들이 남양군도를 착취자들로부터 해방시켰을 때 그 결실로 본토에까지 전해진 이 운동화를 천황폐하의 은덕으로 여긴 나머지, 아껴 신기 위해 몇 년 동안 불편한 걸음걸이도 감수하고 지냈다. 제군들도 에이타 군을 본받아 대동아공영권을 위해 목숨을 바쳐 제국에 충성하길 바란다. 에이타 군, 할 말 있는가?"

에이타는 이시이 교장의 물음에 아무런 말도 못하고 있다가 조선말로 더듬거리며 말했다.

"지는 그저…짚신 하나 사기 아까워서 그랬을 뿐 이여라."

"일본말로 말해라!"

이시이 교장이 큰 소리로 에이타에게 명령했다. 에이타는 떨리는 목소리로 말을 이었다.

"모…몰라 라우, 지는 그냥…."

에이타가 겁에 질려 어쩔 줄 몰라 하자 이시이 교장은 학생들에게 박수를 치라고 했지만 어느 누구도 응하지 않았다. 선생들조차 침묵을 지키고 있었다. 이시이는 노기를 띤 얼굴로 종례 인사마저 하지 않고 뒤돌아 들어가 버렸다. 선생들의 인솔 아래 학생들이 교실로 들어가고 있었지만, 그 누구도 에이타에게 말 한마디 거는 아이는 없었다.

학교가 끝나고, 히데키는 에이타를 정문 밖에서 기다렸다가 그가 나오자 불러 세웠다.

"저, 거시기 아까 교장 슨상님께 많이 거시기 당했는디…."

"아저씨는 혼을 내려는 게 아니란다, 병원에 가본 적 있느냐."

얼굴이 부어 있는 에이타는 고개를 흔들었다. 겨우겨우 그를 설득한 히데키는 에이타와 함께 면까지 걸어갔다. 바깥까지 알코올 냄새가 자욱한 면사무소 옆 재생약국의 문을 열었다. 평소에 뱃병으로 고생하는 히데키에게 있어 이 약국이야말로 의원을 찾아가는 것보다도 더 편리한 편이다. 문을 열고 들어가자 하얗게 센 머리에 콧수염을 기른 약사, 타구치 마사히로田口 正洋가 그를 반겼다. 그는 히로시마廣島사람으로, 의대에 다니다가 일찌감치 조선 땅에 정착하여 개업했다. 일본에서 개업을 하려 했지만, 그것이 쉽지 않았다. 10여 년 전, 미국에서 전 세계로 퍼진 경제 대공황으로 인해 생업에 종사하기 어려웠던 지라, 조선에 와서 적은 자금으로 은행의 지원을 받아 약국을 차렸다.

"히데키 군, 어서 오시게. 옆에 있는 그 아이는 누군가?"

"장사는 잘되십니까? 이 아이가 고질적인 질환을 지녔는데 치료 방법이 없을까요."

그 때, 문이 열리며 남루한 차림의 조선인 사내가 들어왔다.

"타구치 상, 구루마 타카 구스리 구다사이!"

어제 한복 입은 사내 옆에 있었던 남자다. 남루한 차림에 하인으로 보이는 그가 말하는 것은, '타구치 씨, 자동차 높은 약 주세요'라는 것인데. 조금 이해가 가지 않았다.

타구치도 뭔가 이상한 느낌이 들었다. 자동차에 쓰이는 약이 있을 리 없다. 게다가 '높은'이라는 단어가 들어가 있다는 것은 어딘지 부자연스러웠다. 다른 것을 찾는 것이 아닐까.

"하잇, 구루마 타카 구스리 데스."

하인은 그러더니 손가락으로 자신의 발목을 가리키더니 문지르는 시늉을 했다.

"차고약車高藥을 자동차가 아니라 다른 한자로 풀이해 보지요, 일본말을 모르는 사람들이라 비슷한 한자로 표현하는 것 아닐까요?"

히데키의 말에 타구치가 '아!' 하더니 찬장에서 약을 하나 꺼내어 하인에게 보여주었다.

약병에는 '차고약茶膏藥'이라고 쓰여 있었다.

"아! 아리가토 고자이마스! 하이! 하이!"

하인은 기쁜 얼굴로 약값을 지불한 뒤 약을 받아 들고 인사를 연거푸 하더니 나갔다.

타구치는 감탄하며 미소를 지었다. 히데키도 고개를 끄덕였다.

"이 아이는 무슨 질환을 앓고 있는가?"

타구치의 물음에 히데키는 그 동안 에이타에게 있었던 일에 대해 말했다. 이야기를 듣고 타구치는 에이타에게 걸음걸이를 시켜보고 다리를 살펴보더니 심각한 표정으로 말했다.

"이 아이, 성장기에 너무 습관이 잘못 들었군. 안타깝네만…확실하게 교정을 받지 않는 한 어려울 거 같네. 의원을 찾으려면 좀 더 나가야 할 것이고, 진료비도 비싼데."

타구치의 말과 표정에 에이타는 조용히 목례를 하더니 나갔다. 히데키는 그를 붙잡으려고 했지만 에이타는 저 멀리 사라져 갔다.

히데키는 타구치의 약방을 나와 에이타의 집으로 가던 중, 그의 집 근처에 있는 과수원의 주인 노다 이치로野田 一郎와 만났다. 노다는 히데키를 보자 반가워했다. 큐슈九州사람이었던 그는 대공황의 여파로 실업을 당하게 되자 과일나무 묘목 몇 그루를 가지고 고슈까지 흘러들어오게 되었는데, 노다는 짐을 풀자마자 최 참판에게 찾아가 인사를 드리고 조선말을 배우겠다고 청했다. 최 참판이 그를 탐탁하게 여기지 않자 노다는 벼농사에서부터 품앗이 등등 여러 일을 하며 조선 사람들에게 밥을 빌어먹으면서 과일나무 묘목을 돌봤는데, 최 참판은 무슨 생각인지 그에게 소작을 허락하였고 그의 과수원은 조선 사람들과 함께 번창해나갔다. 조선말을 열심히 배우는 그는 이미 일본을 잊어버린 것처럼 보였다.

과일이 필요하냐고 묻는 노다에게 히데키는 에이타에 대해 물었다.

"그 아이, 참 성실한 아이입니다. 품삯으로 돈과 과일을 주면 항상 어머니에게 가져다 드리더군요. 같은 또래 일본 아이들은 에이타처럼 열심히 일 안 합니다."

히데키가 에이타의 걸음걸이에 대해 묻자 노다가 안타까운 표정을 지으며 말했다.

"그 아이, 걸음걸이를 고치라고 해도 고쳐지지 않더군요. 여러 번

화도 내고 어르기도 했지만 헛수고였지요. 큰일입니다, 바로 잡지 않으면 평생 저리될 터인데….”

노다는 담배를 피우다가 과일 몇 개를 히데키에게 주면서 정중하게 인사를 했다.

어둑어둑해진 저녁쯤 집에 돌아온 히데키는 창고에 있던 화로를 꺼내어 숯을 넣었다. 그는 쓴웃음을 지었다. ‘한여름에 화로라니, 할복 전의 아쿠타카와 류노스케芥川 龍之介처럼 광상狂想에 젖어가는 것인가?’ 라는 생각이 들었다. 화로에 가까이 손을 댄 그는 ‘정상이 아닌 사회에서 정상으로 사는 것이 광상이어도 할 말이 없지 않은가, 어쨌든 휘말리지 않고 자기 좋은 데로 살면 되니까.’ 라고 중얼거리며 웃었다. 그 때, 그의 머리 뒤로 조금 전 보았던 풍경들과 사람들이 머릿속으로 스쳐 지나갔다.

히데키는 뜨거운 화로의 열이 몸 전체로 퍼져 나가는 것을 느꼈다. 그는 유카타부터 훈도시까지 모든 옷을 훌훌 벗어 던지고 부끄러움에 바닥을 대고 머리를 파묻었다.

그렇게, 새벽이 가도록 미친 듯이 울다가 잠이 스르르 들었다.

3

“짐은 세계의 대세와 제국의 현 상황을 감안하여 비상조치로서 시국을 수습고자 충량한 너희 신민에게 고한다. 짐은 제국정부로 하여금

미 · 영 · 중 · 소 4개국에 그 공동선언을 수락한다는 뜻을 통고하도록
하였다….”

옥음방송玉音放送방송에서 처음 듣는 소리, 쇼와 천황昭和 天皇의 종전
선언이 나왔다. 헛된 전쟁은 많은 피해를 입히고 끝났다.

히데키는 라디오를 껐다, 이미 진 전쟁을 더는 듣고 싶지 않았다. 짐
을 하나하나 정리했다. 조선에서 일본이 계속 발붙이는 것은 잘못이
다. 오사카로 돌아가야 한다. 조선에서 지낸 동안 누렸던 자유가 즐거
웠지만, 조선인들의 고통을 외면하고 편하게 살았던 일본인이었다는
것에 깊은 죄책감을 느꼈다.

조선인들이 입는 도포를 걸치고 밖에 나갔다. 저 멀리서 사람들의
만세 소리가 들렸다. 조용히 그 소리를 음미했다. 조선에 온 직후, 이
렇게 맑고 청하한 소리는 처음이었다.

미노루는 없었다. 에이타의 일 이후 반도 북쪽 청진으로 간 직후 아
직도 소식이 없다. 그를 들볶던 이시이 교장은 패전 소식 이후 통곡을
하더니. 다음날, 짐을 챙겨 사라져 버렸다.

미나미는 짐을 싸들고 부산항으로 먼저 간다며 사라졌는데, 그는 가
기 전에 ‘토인비’라는 영국 학자가 쓴 금서를 히데키에게 주고 다음에
보자며 돌아갔다.

타구치는 약국 문을 닫은 지 오래다. 히로시마에 있던 동생이 원폭
으로 인해 죽었다는 전보가 온 뒤 슬퍼하다가 약국에서 잔심부름을 하
던 조선인 시로가네(白金)에게 가산을 넘기고 짐을 싸던 모습을 보던
것이 엊그제다. 노다는 최 참판에게 인사를 올리고 소작을 부쳐 먹던
과수원을 조선 사람들에게 넘기고 사라졌다.

모든 짐을 쌌다, 고슈를 떠날 준비가 된 것이다. 이제 일본인을 싣고 부산항으로 가는 군용 트럭이 있는 면사무소 앞으로 가면 된다.

짐을 등에 메고 걷던 그에게 익숙한 얼굴이 보였다. 최 참판이었다. 히데키는 그에게 정중하게 고개를 숙였다. 그의 손에는 태극기가 들려 있었다. 예전처럼 얼굴에 깊은 도랑이 없었다. 최 참판의 눈 흰자위가 충혈되어 퉁퉁 부은 눈 주위와 함께 묘한 조화를 이루었다.

"축하드립니다. 그동안 폐를 끼쳐 정말 죄송합니다."

히데키의 말에 최 참판은 평소의 노한 표정이 아닌 인자한 표정을 지으며 지나갔다. 히데키는 조선 사람들의 웃는 모습을 보니 무거운 어깨가 조금은 풀렸지만, 그의 가슴 한 편으론 미안한 마음을 지울 수 없었다. 최 참판을 뒤로하고 군용 트럭에 올라탔다.

차에 올라탄 히데키는 저 멀리 태극기를 가지고 여전히 똑같은 걸음 걸이로 걷는 에이타가 보이자 그의 이름을 불렀다. 트럭의 바퀴 소리 가 큰 탓에 전혀 들리지 않았다.

정 들었던 조선, 고슈와의 마지막이 되었다.

어느덧 배는 쓰시마를 지나고 있었다. 히데키의 손에는 조그마한 공 이 들려 있다. 바닥에 튕겨보자 퉁퉁 소리를 내며 퉁겨졌다. 어느 쪽도 찌그러지지 않은 완벽하게 둥근 공.

'이제, 어느 쪽도 찌그러지지 않은 그런 세상이 오는 것일까' 라고 히데키는 미소를 지으며 하늘을 바라보았다. 그가 손으로 쥐고 있던 공이 떨어졌다.

하늘에는 먹구름이 가득 끼어 있었고 그 사이로 여전히 걸음걸이가

이상한 에이타가 일장기를 둘러매고 떨리는 손으로 절반으로 찢긴 태
극기를 들고 있었다.

길동무

1

누구도, 생의 끝을 보고 온 사람은 없다. 체험담은 있지만 다른 사람이 보지 못하고 직접 체험한 것은 본인이기에 확실하게 확인되지 않은 신비주의에 불과하기 때문이다.

홀로 당직을 서고 있는 교무실 유리창 밖에 비가 주르륵 내린다. 내가 근무하는 학교의 운동장에 드문드문 심어져 있는 관상용 플라타너스 나무의 잎은 촉촉이 젖어 물줄기를 쉴 새 없이 떨어뜨린다.

모든 것들은 새롭게 태어나고 하나하나 처음의 생생함을 뒤로 하고, 조용히 사그라져 간다. 내 자리에 놓여 있는 장미꽃은 어느덧 껍데기만 남아있다. 처음 내가 교무실에 들어왔을 때, 생생하던 붉은 꽃잎은 모든 진이 다 빠져나가 버렸다. 자신을 가꾸지 않는다면 차츰차츰 모습을 잃어간다.

아이를 직접 낳아서 길러본 적 없고, 아직은 장례도 치러본 적이 없다. 신의 섭리는 불공평하다. 내가 직접 태어나고 죽는 건 볼 수 없으니까. 태어나면 캠코더에 손도장 발도장 까지 찍는다지만 직접 느끼는 게 아니지 않은가. 책상 위에 놓인 박카스 한 병을 비우고 교무실에 걸린 거울에 나를 비춰 본다. 가지런히 자른 오 대 오 머리 컷, 맨 위까지 굳게 채워진 단추가 인상적인 하얀색 와이셔츠, 검은색 정장 바지. 잘 닦여져 있는 밤색 구두.

　누가 봐도 내 모습은 평범한 직장인 A다. 언제부터 이렇게 변해버린 것일까. 아직 서른도 되기 전에 교사 자격증을 땄다는 건 살기 어려운 세상에서 천운天運이 아닌가 싶다. 작년 이맘때쯤, 내가 임용고시에 합격한 소식에 누구 못지않게 기뻐했던 사람은 부모님이었다. IMF 때 회사의 구조조정으로 인해 명예퇴직을 당하셨던 아버지는 아들이 선생이 되었다는 것에 크게 기뻐했고, 친척들 앞에서도 내 아들은 존경받는 선생님이라는 것을 강조하였다. 기뻐하고 웃었던 사람들을 봐서라도 희망을 가지고 살아야겠지만, 쉽지 않다.

　교생실습을 나갈 때도 모교였던 이 학교를 정말 쓰기 싫었다. 하지만, 자신이 다녔던 학교가 일 지망이라는 원칙에 따라 나 역시 조금이라도 어드밴티지를 얻고 싶었던 얄팍한 마음에 삼 년 동안 저주스러울 정도로 익숙한 이 학교로 교생 실습을 오게 되었고, 얄궂게도 이 학교가 첫 부임지가 되고 말았다. 개중에는 환영하는 선생들도 있었지만, 반대로 학생 때와 다름 없이 대우하는 경우도 있었다. 특히, 술자리에서 그냥 학생 때처럼 이름을 불러대거나 기합을 주겠다고 떠드는 사람도 있었지만 어쩔 수 없었다.

　어항 속의 금붕어 한 마리가 주황색의 비늘로 덮여 있는 몸을 희미하게 움직이고 있다. 처음 입사했을 때 어항은 하나의 또 다른 작은 세계였다. 오란다, 키싱구라미 등 여러 물고기가 있었고 맑은 물과 관상용 해초가 있는 수조에서 그들은 마음껏 헤엄쳐 다녔다.

하지만, 반년도 못 되어 고기밥 주는 것이 귀찮았는지 한꺼번에 사료를 넣어 물은 탁해져 갔고, 바뀌어 가는 환경 속에서 물고기들은 배를 드러내며 한두 마리 씩 떠올랐다.

지금은 금붕어 한 마리만 남아 있지만 언제 동료들처럼 될지 모른다. 그래도 이놈은 반복되는 생활에 적응 했는지 탁해진 물에서도 먹이를 잘 받아먹으며 살고 있다.

스위치를 올려 형광등을 하나만 켰다. 여섯 개의 형광등 중에 내 머리 위에 있는 하나만 있어도 충분하다. 짙게 깔린 어둠 속에서 누군가 앉아 있다. **잘 살고 있었는가, 친구.** 어둠 속의 그림자가 나에게 말을 걸어온다. 예전부터 반대의 세계에 살았던 녀석이다. 이 학교에 다시 온 것도 어쩌면 놈의 마력에 이끌려서 왔는지도 모르지.

이 녀석이 나를 쫓아다니는 건지, 아니면 이 학교에 주박령 마냥 자리를 잡은 것인지 알 수 없다. 놈과 대화해보고 싶지만, 지금은 말이 통하질 않으니까.

십 일 년 전, 이 학교에 다녔을 때, 놈을 처음 만났다. 깽마른 체구에 앞머리가 길고 서늘한 눈빛을 지니고 굳게 다문 얇은 입술은 사람을 끌어당기기보다 오히려 떨어뜨리는 쪽이 더 가깝다고 느끼는 것은 나를 비롯한 여럿이었을 것이다. 놈의 팔과 다리는 상처투성이였다. 칼에 벤 듯한 자국, 수술 후 꿰맨 자국 등이 어지럽게 분포되어 있었다. 처음에는 뭔가 큰 사고라도 당한 게 아니었을까? 라는 생각을 해보았지만. 전혀 이유를 알 수 없었다.

놈은 공부에 관심이 없었다. 어떨 때는 무단결석을 하기도 하고, 덕분에 부모님 모시고 오라는 이야기를 내가 지금 앉아 있는 자리에 있었던 담임이 여러 번 했지만 그는 아무것도 하지 않았다. 수업에도 열중하지 않아서 선생들에게 혼나기를 여러 차례. 하지만, 그의 머릿 속에는 뭐가 있었는지 전혀 알 수 없었다. 몸에 나 있는 무수한 상처가 궁금할 뿐이었다.

놈을 피하게 된 것은 그로 인해 급우가 죽었기에 공포감은 오히려 더 커져만 갔다. 놈에게 시비를 걸다가 옥상에서 떨어져 죽은 그의 모습을 직접 목격하지 못했기에 다른 친구들에게 들은 소리에 의하면 놈이 밀어 죽였다는 말도 있었고, 놈이 저승사자라는 말까지 다양한 소문이 학교를 휘감고 있었다.

그 사건 이후, 아무도 놈을 건드리지 않게 되었다. 평소 때처럼 별생각 없이 같은 생활을 계속 했고. 나도 수능을 준비하기 위해 계속 수업에 매진했다.

놈을 다시 만난 것은 캠퍼스에서였다. 일문과에 다니는 놈의 성적은 놀랍게도 학교 때와는 다르게 최상위권의 장학생이었다. 그는 동료들과 별로 친하지는 않았지만, 다른 학과에서도 놈이 열심히 한다는 이야기를 들을 때 소름이 끼치곤 했다. 대체 무슨 이유일까.

가끔 마주치는 놈의 머리 스타일이나 복장은 펑크록이나 헤비메탈 쪽에 가까운 복장이었다. 학교 다닐 때는 아주 얌전하던 모습이 대학에서 완전히 변한 것을 보면 엄청난 변신이다. 놈은 뭐가 부족해서 사람들에게 저런 모습을 보이는 걸까.

놈의 몸에는 '체인'과 관련된 것들이 많이 매달려 있었다. 귀의 피어스는 왼쪽 입술 아래와 연결되어 있었고. 목걸이도 체인 형식, 반지 또한 엄지와 검지 사이에 체인이 달려 있었으며, 팔찌도 목걸이와 같다. 청바지의 벨트에도 두 줄짜리 체인이 달려 있었는데, 무릎에도 끈이 달려 있었다. 긴 머리는 피처럼 빨간색으로 염색을 했고, 여전히 눈은 냉소적인 느낌 그 자체이다. 팔목의 상처는 더욱 늘어나 있었다.

놈을 마지막으로 본 것은 이년 전 학교 매점이었다. 졸업하면 만날 일도 별로 없었기에 처음으로 그에게 '체인'을 달고 다니는 것에 대해 물어보았다. 놈은 냉소적으로 말했다.

"이렇게라도 안 하면 나를 억제 못할 거 같아서."

악취미는 계속 되는 것일까. 놈의 왼쪽 팔목은 붕대로 감겨 있었다.

"너, 옛날처럼 또 그 짓 했냐? 다른 사람들이 보기에도 끔찍한데 그만 하지그래."

놈은 웃으며 고개를 끄덕였다. 그러더니 얼굴을 찡그리며 오른쪽 입술을 올린다. 목적 달성에 실패했다는 걸까, 팔목을 흔들어 보였다.

그 때, 같은 과 여자 후배 한 명이 내 옆으로 지나갔다. 그녀의 인사를 받아주며 몇 마디 말을 건넸다. 놈은 나를 보더니 담배를 발로 비벼 끄며 말했다.

"에에, 초식남草食男. 여전히 스탠다드 한 인생을 살고 있군. 나처럼 육식을 못하는 게 자랑스러워 보이는 건가. 동물적인 것과는 참 거리가 멀어 보이는 게 안타깝네."

놈의 얼굴에 기묘한 미소가 번져 간다. 별로 이야기도 안 할 녀석이니 한 번 물어나 보자는 생각으로 그에게 물었다.

"학교 다닐 때는 공부 안 하다가 웬일로 장학생이야? 궁금한데."

담배를 두 대째 태우는 놈은 나의 물음에 연기를 깊숙이 빨아들이더니 토하며 말했다.

"조금이라도, 다른 생각을 하면서 잊고 싶거든."

놈의 미소가 나를 불안하게 만든다. 잊고 싶다는 것이 무엇일까.

"지금이라도, 내 소원을 들어주는 사람이 있다면 정말 좋을 텐데."

하늘을 바라보던 놈은 깊게 깔린 목소리로 중얼거리더니 사라져 갔다. 그 날이 놈의 마지막 모습을 본 날이 되고 말았다. 정말 누군가가 그의 소원을 들어준 것일까, 며칠 뒤 핸드폰으로 놈에게 전화를 걸었지만 받는 사람은 그의 모친이었다.

그가 스스로 목숨을 끊었다는 것. 뜻밖에 그의 모친은 담담한 목소리였다. 당연히 일어났을 일이 좀 늦었다는 정도라는 느낌이 들었다고 해야 할까.

지금도 이해할 수 없다. 무엇이 그를 죽음으로 인도했는지 말이다. 이상한 것은 그의 가족이나 지인들 어느 누구도 어떻게 죽었는가에 대해 말하지 않았다. 전혀 모르는 것인지, 아니면 학교 동창인 내게 감춰야만 하는 이유라도 있는 것일까.

놈의 말대로 여전히 초식남草食男이고. 변변한 연애 한 번 못하고 조용하게 반복되는 일상을 살고 있는 것이다. 놈이었다면, 과연 이 지루한 일상을 어떻게 해결하면서 보냈을까. 어쩌면 녀석의 방식대로 지내고 있을지도…?

핸드폰이 울렸다. 친구이자 후배인 진현이다.

"형, 약속 잊지 않았죠?"

여름휴가이기에, 놀러 가자는 제안을 한 그는 중소기업에 다니고 있었다. 유일하게 지루한 현실에 있어 마음을 달래주는 사람들이다. 내일인가, 이제 슬슬 준비해야지. 어둠이 짙게 깔린 교무실 한쪽에 있던 검은 그림자는 사라졌다. 하지만, 서늘한 기분은 더욱 내몸 속으로 계속 파고든다.

2

출발 시각이 되기 전에, 옷과 세면도구를 챙긴 가방을 들고 집을 나서기 전 부모님이 여비를 두고 가신 것을 보았지만 챙길 순 없었다. 박봉으로 살고 있지만, 초임교사로서 더 신세를 진다는 것은 무리다.

몇 달 전, 작가로 일하는 친구에게 연락을 했었다. 그는 놈과 유일하게 절친했던 사이로 고등학교 때는 전혀 책에는 관심이 없었다가 어느 순간 작가가 되어 있었다. 내가 연락할 때만 해도 친구는 자신의 모습을 사람들에게 보이는 것을 꺼렸는데, 한 달 전부터 그는 티비와 각종 지면에 출연하기 시작했다. 하지만, 여전히 그는 그런 쪽에 별 관심이 없다.

내가 휴가 가기 좋은 곳을 묻자 '거제도'를 언급했다. 좀 더 구체적으로 정보를 원하자 '몽돌해수욕장' 이라고 말했지만, 그 격시 놈에 대해 말을 꺼내지 않았다.

"작품은 잘 되고 있어? 요즘 신문에서 네 기사를 봤는데…사진 잘 나왔더라."

그 말이 끝나기도 전에 녀석은 전화를 끊었다. 내게 별 감정도 없는데도 불구하고 그는 자신의 직업에 대해 얘기하는 것 자체를 싫어하는 게 아닐까 라는 생각이 든다.

거제도에 가기 위해 터미널에 도착하자, 황금연휴를 앞두고 있어서인지 붐비고 있었다. 티비에는 '안재환 자살' 이라는 특집 방송과 뉴스가 나온다. 버스를 기다리는 동안에도 그의 삶과 뒷이야기가 터미널을 꽉 채우고 있었다. 사람들도 입에서 입으로 그에 대한 이야기가 전해지고 있었다.

이렇게 광장을 압도하는 사람이 뭐가 아쉬워서 죽었단 말인가. 나처럼, 어느 순간 잊히거나 어두운 쓰레기 속에 파묻혀 사라지는 사람도 많건만…그래도, 자신이 쌓은 만큼 사랑해주고 기억한다는 소중함도 망각하고 모든 것을 포기한 안재환이 야속했다. 매정한 인간, 뭐가 부족했던 것이냐. 불편한 심기를 가라앉히고 친구들을 만날 생각에 잠기기로 했다. 힘든 일상에도 도시탈출을 생각하고 있다가 실행하는 것만큼 짜릿함은 없으리라. 세 시간 반을 달려 도착한 거제도는 소나기가 내리고 있었다. 내일도 비가 세차게 퍼붓는다면 방 안에서 소주잔을 기울여야 할지도 모른다. 터미널에는 민균이 나와 있었다. 갈색의 단발머리에 통통하고 사근사근한 얼굴에 그로테스크한 디자인이 그려진 티셔츠와 청바지. h라는 문양으로 디자인된 목걸이를 찬 그는 웃으며 날 맞이했다.

"형님, 오시느라 수고 많았심더. 진현 행님은 지금 터미널에 막차까지 다 끊겨서예. 아침 첫차 타고 내려오신다 캅니더."

오늘은 이대로 보내야 할 것인가. 팬션이 있는 몽돌해수욕장으로 민균의 차를 타고 이동했다. 팬션에 도착하자 방에는 티비, 싱크대, 냉장고, 침대가 놓여 있었다. 일단 민균은 집이 근처이기에 챙겨올 것도 있고 해서 내일 뵙겠다며 자신의 집으로 돌아가고, 홀로 방에 남아 샤워를 끝내고 거제의 밤바다를 보며 창가에서 있었다. 어둠 속에서도 출렁이는 바다는 갈매기 소리, 뱃고동 소리, 파도 소리가 나에게 말을 걸고 있었다. 아기의 옹알거림이 느껴질 뿐 아무런 질문을 듣지도, 답변도 할 수 없었다.

하지만, 주박령이 씌워진 학교에 비하면 이곳은 잠깐 몸을 누일 수 있는 탈출구인지도 모른다. 옷을 챙겨 입고 나왔다. 천천히 백사장을 조용히 걸으며 방파제 쪽으로 향했다. 한 걸음씩 내디딜 대마다 주위는 더더욱 깜깜해지는 기분이다. 가로등이 하나 둘 씩 켜져 있기에 그림자는 길을 걸으면 걸을수록 길게 늘여져 간다.

왼쪽에는 민박집과 횟집들이 문을 닫아서 회색과 검은색이 어우러져 있다. 오른쪽은 사람 하나 없는 모래사장과 바다가 마주하고 있었고, 멀리 보이는 바다 한가운데 고기잡이를 하는 배가 헤드라이트를 비추고 있었다.

바다는 검은색 움직임이 일렁거리고 있었다, 현기증이 일어나 그것을 보지 않으려고 머리를 들어 하늘을 봤다. 하늘에 뜬 달은 밝았고 그 사이 촘촘히 박혀있는 별들은 흰 점을 찍고 있다. 어둠 속에서도 빛을 발하는 별들은 도시에서 이미 잃어버린 것들이기에 그것을 담아가고 싶은 욕망이 들었다. 옛날에 봤던 그 별들은 다 어디로 간 것일까.

얼마나 걸었을까, 왼쪽에 있던 민박집이나 가게는 자취를 감추어가고, 폐건물과 작은 풀이 어우러져 있었다. 그 사이로 이름 모를 풀벌레들이 울고 있었다.

방파제의 끝까지 걸어갔다. 나이가 지긋한 낚시꾼들이 물고기를 낚고 있다. 그들에게 있어 시간은 몇 시인지 중요하지 않아 보인다. 어둠 속에서 먹는 라면은 김이 모락모락 피어오르며 기다림의 시간을 젓가락질로 이루어지는 작은 풍요로 채우고 있었다.

갑자기 어둠 속에서 낚싯대가 담배를 문 중년의 사내에 의해 높게 쳐올려 졌다. 어종은 잘 알 수 없었지만 회칼을 가진 사내가 오더니 고기의 살결을 익숙하게 도려냈다.

사람들은 하나둘씩 모여 고기 살점을 초장과 고추냉이에 찍어먹던 중, 소주 한 잔과 함께 고깃살을 한 점 떼어 주었다. 머릿속에 박혀 있던 '디스토마' 라는 글자가 떠오른다. 수업 시간에 언급하는 여러 균류를 생명의 탄생과정에서 언급하다 보면 인간이 언급하기 싫어하는 존재도 설명해야 하는 경우도 많다. 그것에서도 '디스토마' 나 '콜레리아' 는 필수 요소다.

머릿속에서 삼 초 정도 망설였지만, 얼른 그것을 받아서 집어 먹었다. 입 속에서 퍼지는 부드러운 살결과 함께 고추냉이의 알싸한 맛이 퍼진다. 평소 회식 때 꾸역꾸역 집어넣어야 했던 그 맛과는 다르다. 소주를 한 잔 더 받고 나서 왔던 길을 되돌아갔다.

혼자 걷는 길이 해초 냄새로 가득하다, 오른쪽에 폐건물이 하나 둘씩 자리를 잡아가다가 그것조차 점차 사라져 가며 건물 전면에 하얗게 칠을 한 민박집과 횟집으로 바뀌어 나간다. 왼쪽에 있는 바다는 더 이상 울렁거리지 않았다.

그 때, 내 눈에는 해변을 걷는 묘령의 여인이 발길을 옮기고 있는 모습이 띄었다. 유독, 그 비 내리는 야경 속에서 그녀가 눈에 띄었냐고 누가 묻는다면, 소나기가 내림에도 불구하고 그저 고개를 숙이고 걷고 있었기에 가뜩이나 어둠 속에서 비까지 내리는 우울한 느낌에 나도 모르게 바다와 함께 그녀를 보고 있을 수 밖에 없었다고 말했을 것이다. 그녀가 갑자기 이쪽을 향해 고개를 돌렸다. 나도 모르게 고개를 돌려 시선을 피했다. 아무도 없는 해변 길은 바람이 차갑게 훑고 있었기에 온몸에 한기가 돌았다. 심장박동이 크게 뛴다, 뒤도 돌아보지 않고 팬션까지 달렸다. 방에 들어와서 문을 닫고 뒤로 물러섰다.

그 여자는 내가 자신을 본다고 생각하고 이쪽으로 고개를 돌린 것일까. 여러 생각이 머릿속을 헤집고 다닌 가운데 자려고 불을 끄고 누웠지만 몇 가지 단어는 내게 날아와 주위를 빙빙 날아다녔다.

'안재환, 자살, 영원, 청춘, 고민, 기억, 가족'

귓가에 무지막지한 단어들이 지나갔다. 귀를 막고 잠이 들려 했지만 머릿속의 단어들은 소리로 바뀌어 점점 귀를 울리며 소리가 점점 커져 갔다. 눈을 감자 이번에는 아까 그 여자가 한 번, 아니 연속해서 날 향해 돌아보는 모습에 눈을 감을 수도 없어 그저 이불을 두집어쓰고 새벽이 지나가길 바랬다. 홀로 있는 밤이 이렇게 싸늘하게 다가오긴 몇 년 만에 처음 있는 일이었다. 이대로 있다간 어둠에 사토잡혀 버릴지도 모른다. 이불을 걷어내고 밖으로 나가기로 했다. 바닷가 모래사장에는 나를 불안하게 만든 장본인이 앉아 있었다.

단발머리에 계란형의 얼굴, 젖어 있는 눈. 오똑한 콧날 평범하지만 탄력 있는 입술이 어우러진 미모와 핑크빛 원피스가 묘하게 사람을 끌어당기는 매력이 있었다.

"바다는, 항상 인간을 자기에게 가까이 오라고 빨아들이는 존재죠."

내 쪽으로 고개도 돌리지 않은 여자가 말했다. 어딘지 모르게 익숙한 느낌이다. 하얀 손과 대비되는, 칼로 그어진 붉은 선이 있는 손목은 얼마 전에 그었던 것일까, 붕대가 감겨 있었다. 붕대로 완전히 가려지지 않은 새하얀 살결에 그어진 금단의 핏줄이 나를 자극한다.

"내가 사랑했던 사람이 남긴 보물이에요."

물어보지도 않았는데, 여자는 내게 말을 하고 있었다. 그녀의 조용한 목소리는 바다가 서로 떠밀어 대는 외침마저 정지시킨다. 나의 눈에 비치는 것은 이미 바다가 아니다. 움직이는 개체일 뿐. 동영상 파일을 돌리다가 일시 멈춤을 한 상태라 해도 과언이 아니다.

"따라가고 싶은데. 어째서 나만 남겨둔 걸까. 무책임한 사람."

얼굴에 그늘이 짙은 그녀의 힘없는 목소리. 이별여행이라도 온 것일까. 이상한 여자다, 이쯤에서 외면하는 게 좋을지도 모른다는 생각에 일어설까 하는 순간, 여자는 말을 이었다.

"그는 나를 채워주었지만. 내가 해준 것은 아무것도 없어요. 고양이 같았던 나를 위해 수많은 나날 속에 자신을 희생하면서 말이에요."

어떤 남자였기에 이렇게 한 여자의 마음과 영혼을 빼놓았을까. 분명한 건, 빨리 벗어나야 한다는 생각이 들었다. 이 여자보다도 내가 먼저 거대한 어둠에 먹힐지도 모른다.

"당신도, 그 사람과 같은 눈을 가졌네요. 그래도, 깊지는 않은 게 덜 익은 풋사과 같은 느낌이랄까…? 당신도 원하죠?"

여자가 말하는 것을 원한 사람은 내 주위에서 분명히 있었다. 불행히도, 이 여자의 말에 오히려 나 자신이 크게 수긍하고 있었다, 내일이면 친구들과 함께 여름을 느끼고 다시 일상으로 가야 하는데. 그녀는 나를 부여잡고 있고, 거기서 벗어나지 못하고 있다.

인공적 불빛 아래 그림자는 길게 늘어져 있었다. 반면, 여자의 그림자는 어둠과 완벽한 혼연일체가 되었는지 보이지 않는다. 내 눈이 잘못된 것일까?

"오늘, 나를 혼자 두지 말아요. 바다가 나를 삼키려고 하니까."

여자의 간곡한 부탁이 담긴 목소리는 머릿속을 혼란시킨다. 여린 목소리 속에서 들려오는 웃음소리가 겹쳐져 온다. 어디선가 많이 들어본 소리다. 제발, 따라오지 말아줘.

여자가 일어서더니 오른쪽 손을 내민다, 잡아야 할 것인가, 아니면 외면해야 할 것인가. 익숙한 목소리가 들려왔다. 등골이 오싹해졌다.

"같이 가자, 자유는 아무에게나 주어지지 않는 거야. 실망시키지 말아줘."

도망쳐야 한다, 손길을 뿌리쳤다가는 두 사람 모두 위험하다. 위기감에 여자의 손을 굳게 잡았다. 여자의 손을 붙잡고 모래사장을 뛰었다. 발이 푹푹 빠지긴 했지만, 뒤도 돌아보지 않고 팬션으로 뛰었다. 피해야 한다, 당장 피하지 않으면 모두 먹혀 버리니까.

얽혀 있는 육체는 뜨겁다. 하지만, 내 몸속에 들어오는 것은 온기가 아닌 차가움.

정말 부끄럽다, 처음 보는 여자를 그저 느낌만으로 손을 잡고 바다를 거닐다가 그 짓을 할 줄이야. 놈이 봤다면 뭐라고 했을까. 분명한 것은 지금 이 기분을 절대 날려 보내고 싶지 않다는 것이 치졸하고도 역겨운 나의 소망이다. 마음이 파괴되어 있는 여자의 속에 흘려보내는 것은 양산된 세상의 통조림 중 하나에 불과한 나 자신의 유전자들.

"정말 이상해요. 사랑했던 남자의 체취를 느끼려고 왔는데 처음 보는 당신에게 그의 향기를 맡게 되다니. 데자뷰(Dejavu)의 느낌을 받았다고 해야 할까…그 남자는 모든 감각을 길게 느끼고 싶어 했어요. 조금이라도 흥미가 보이면 거기에 집착하고 몰두했죠."

한 번도 본 적 없는 그녀의 남자에 대해 이야기를 듣고 있다. 하지만, 낯설지 않은 느낌에 귀를 세우고 들을 수 밖에 없었다.

"신기한 건, 그 사람의 품에서는 항상 울었어도 마음이 편했는데… 당신에게는 차마 울 수가 없어요. 이상하죠?"

대답 대신 조용히 그녀를 품에 안았다. 말로 설명할 수 없는 불안하고 차가운 기운이 그녀의 살결을 통해 몸 속으로 들어온다.

'그래, 그거야. 잘 하고 있어, 새로운 시작으로 가는 길로 들어가네. 나를 실망시키지 마.'

놈의 목소리가 다시 들려온다. 무엇을 원하는 것이냐?

3

누군가 내 몸을 흔든다. 놀라서 일어나 보니 민균과 진현이 있었다. 첫차로 방금 도착한 것인지 진현은 손에 배낭과 두툼한 비닐봉지가 들려 있었다. 그 여자는 어디로 간걸까?

"형, 지금까지 자면 어떡합니까. 아무리 휴가라지만. 적절하게 놀려면 일찍 일어나야지."

반쯤 삭발한 머리에 안경을 끼고 마른 얼굴. 그의 큰 키에 걸맞게 슈퍼맨이 그려진 검정 티셔츠와 블랙진 청바지를 입고 슬리퍼를 신은 진현은 밤을 새운 듯 피곤해 보였다.

"아니, 첫차 탔는데 안 밀렸어?"

"뭐, 그렇게 밀리진 않았어요. 막차 놓치고 터미널에서 노상 까느라 죽는 줄 알았음. PC방에서 죽치고 있다가 새벽에 해장국을 먹는데, 정말이지 내가 참 이게 뭔 야생 버라이어티 궁상인가 싶었지만. 즐길 땐 즐겨야 하니까."

고개를 끄덕이자, 진현은 비닐봉지에 있던 것을 냉장고에 넣었다.

"아, 질 좋고 값싼 걸 찾았는데. 돼지고기는 폴란드 산이 괜찮다고 해서 싸게 3kg 정도 샀어요. 도매로 파는 곳을 민균이가 현지인이라서 잘 알더라구요. 안주 걱정은 덜었죠."

진현의 말에 계속 고개를 끄덕였다. 옆에 있던 민균이 내게 물었다.

"행님, 바닷가에 오면 소주에 회를 먹어야 하는데. 우리는 우째 소주에 삼겹살입니꺼?"

"삼겹살도 나쁘지 않아. 시원한 바닷바람이 고기 굽는 냄새도 날려 줄 거고."

넉살 좋게 이야기를 하자 민균과 진현은 웃었다. 어제의 불안한 생각과 그 단어들이 친구들을 보자 사라진 것일까. 놈도 여기까진 오지 않겠지.

"형, 바다나 보고 옵시다. 잠도 좀 깨야죠."

진현의 말에 가볍게 세안을 하고 팬션을 나왔다. 비가 조금씩 내리던 밤에 봤던 바다와는 다르게 구름 한 점 없이 파랗게 물든 하늘에 조심스레 떠오른 태양은 그동안 어둠에 익숙했던 내 눈을 시리게 만들었다. 잠시 동안, 눈을 깜박거리며 이 답답한 마음을 진정하려 했다.

갑자기 가슴이 탁해져 온다. 수면부족으로 인해 현기증이 났다. 나는 원래 일을 하다가도 잠깐 동안 숨쉬기가 힘들었다. 나만의 유일한 정신적 폐허인 블루 스카이 콤플렉스. 티끌 하나 없는 청명한 하늘이 피하고 싶을 정도로 너무 두렵다.

언제부터 생긴 것일까. 고등학교 때였는지, 아니면 임용고시 준비 때였는지 정확하게 생각 나지 않는다. 분명한 것은 몇 년 동안 내게 있어 지금도 어둠이 더더욱 반갑게 느껴지고 밝은 대낮은 피하고 싶은 악몽이었다. 파란 하늘과 아침 식사, 모닝커피, 등교를 싫어했는지도 모른다. 이런 내 생각에도 바다는 여전히 파랗게 넘실거리고 있었다.

"무슨 생각을 그렇게 하고 있어요? 바다에 왔으면 바다를 봐야죠!"

진현의 물음에 나도 모르게 고개를 저었다. 이런 사소한 나만의 문제를 이야기한들 뭣하랴. 여름이 끝나가기 전에 바다에서 시원하게 푸는 것도 나쁘진 않았다. 학교 다닐 때도 엠티에서 바다에 술 먹고 들어간 적도 많았던 생각을 하자니 지금 이대로 즐겨보는 것도 나쁘진 않았다. 조금씩 파란 하늘이 붉게 물들어 가고 있었다. 수영도 하고, 물속에서 프로레슬링 기술을 걸면서 놀기도 하며 잠수도 하던 중에 다시금 시선을 떼지 않을 수 없었다.

어제 내 쪽을 향해 돌아봤던 그녀가 우리가 놀고 있던 해수욕장 앞에 나타나 있었다. 오싹한 기분이 들었다. 저 여자는 무엇이란 말인가.

하얀 블라우스에 검은색 긴 치마를 입은 그녀는 어제처럼 무작정 앞만 보며 걷지 않았다. 바다를 보고만 있었던 것이다. 아주 그윽한 시선이었다. 물놀이를 하고 있었던 그 시선과 여자를 외면하고 싶었다. 고개를 돌리려한 순간. 그녀가 내 쪽으로 고개를 돌렸다. 그녀의 시선은 내 쪽을 향하고 있었다.

진현이 민균을 들어 올려 물에 빠뜨리려다 그를 내려놓고 내 어깨를 잡아 흔들자 시선을 돌려 여인의 시선을 외면할 수 있었다. 다시 고개를 돌아보자 여자는 멀리 걸어가고 있었다. 조금 전, 나를 응시하던 여자의 시선은 어젯밤과 다름 없이 여전히 불안 했다.

파랗던 하늘도 점차 색이 붉게 바래가고 있었다. 모래와 바닷물로 뒤범벅된 체 팬션으로 돌아와 우린 샤워를 마치고 저녁 겸 술을 마시기 위해 하나 둘씩 저녁 준비를 시작했다. 남자 세 명이 준비한 것치곤 나름 푸짐했다. 소주병과 맥주 피트병, 상추, 쌈장, 햇반, 파절이, 아침에 먹을 라면이 준비되었고 삼겹살이 불판에 놓였다. 육결이 좋았는지 기름이 잘 빠져나가며 고기는 제대로 익어갔다. 나와 민균은 젓가락으로 고기를 짚으며 말했다.

"폴란드 산 삼겹살, 국산만큼 나름 맛있는데? 잘 골랐어."

"하핫, 저렴하면서 배를 채울 수 있다는 것만 해도 어디에요. 승리의 폴란드."

진현은 고기를 구우면서 미소를 띠며 말했다. 두 사람과 함께 건배를 하며 외쳤다.

"승리의 폴란드를 위하여!"

잔을 크게 부딪치며 소주를 털어 넣었다. 곧이어 상추쌈에 곁들여진 고기가 정신없이 입속으로 들어가고 있었다.

다시 한 번 건배를 하면서 잔을 비우며 고기를 먹고 있을 때, 민균이 말했다.

"행님, 그런데 말입니다. 안재환은 대체 와 죽었을까요? 인기 연예인인데."

"아, 진짜. 터미널에서 노상 까고 있는데 TV에서 그 소식 나오니까 어찌나 기분이 우울한지. 첫차 기다리느라 새벽 내내 PC방에서 밤새우고 있는데 인터넷 기사만 보면 그거만 계속 나오고. 악플 때문에 죽었다, 우울증이 있었다, 스트레스 때문에 죽었다. 이거 보고 참 짜증이 나데요. 왜 죽었는지 모르겠어요."

진현의 한숨을 뒤로하고 고기를 집어 입 속에 넣고 먹은 뒤 말했다.

"그는 죽을 필요도 없는 사람인데도 불구하고, 자기 자신을 못이긴 것이겠지."

한숨을 내쉬며 소주를 한 잔 입에 털어 넣자 민균이 말을 이었다.

"괜히 사람보고 욕하고 무작정 내면을 들여다보지 않고 욕질하는 찌질이는 정말 답이 없어요. 어차피, 지들은 관심 받으려고 더 미친 듯이 날뛰는 것이겠지만…."

"공인이든 보통 사람이든 간에 생을 심각하게 생각해선 안 돼, 어차피 지나가는 인생인데 왜 우리가 거기까지 신경 써야 하는 건데? 다른 사람 죽음 가지고 떠드는 것 자체도 어찌 보면 다 소문에 소문을 낳는 언론도 다를 거 없잖아."

내가 큰 소리로 말하자, 두 사람은 잠시 침묵했다. 벌써 취기가 오른 것도 아닌데, 내가 실수라도 했나? 라는 생각이 불현듯 들었다. 옆에 있던 진현이 잔을 들었다.

"무슨 문제로 죽었는지는 모르지만 불쌍한 안재환을 위하여!"

진현이 건배제의를 하자 나와 민균은 잔을 들었다. 어찌되었든, 안재환은 아깝게 세상을 떴지만 우리에게 있어 그 역시 지나가는 사람이며 우리에게 어떤 다짐을 안겨줄 뿐. 그 이상도 그 이하도 아니었다.

"후유, 그래도 군대 가기 전에 형하고 민균이 보니까 참 좋네요."

여러 모로 바빠서 입대가 늦은 진현이 술잔을 비우더니 말했다.

"편지 꼭 하고, 휴가 때 연락해라. 니가 연락하면 꼭 나갈게."

미래가 보이지 않는 선생 일을 하고 있는 내게 어쩌면 이런 말은 사치일 수도 있다. 하지만, 누구보다도 각별했던 동생 같았던 그였기에 나로선 어찌 되었든 그는 정말 챙겨주고 싶었던 마음이 앞섰는지 자신 있게 말했다.

"당연히 연락해야죠. 그동안 만나던 사람들이 기다려주는 건데."

"행님, 지도 준비해야죠. 우짜겠습니까, 남자면 가야 하는데. 지 휴가 나올 때도 연락 할겁니더! 지도 챙겨 주이소!"

내 말에 신이 난 진현의 말에 민균도 걱정스러운 표정을 떨치더니 내게 말하자 나는 미소를 지으며 고개를 끄덕였다. 내 인생에 있어서 얼마 만에 나오는 미소일까. 지속되는 인생의 긴 만남과 우정을 위한 짧은 이별 준비. 자신이 주인공이 되는 시나리오에서만 가능한 것일 것이다. 아무도 공감하지 못하는 것. 나와 두 사람은 술잔을 내려놓고 손을 맞잡았다.

"행님, 우리 불꽃놀이나 합시다. 폭죽 사서 말입니다."

나와 두 사람은 인근 가게에서 폭죽을 20연발 샀다. 폭죽에는 메이드 인 차이나라고 적혀 있었지만, 그것은 우리에게 아무런 의미도 없었다. 폭죽에 멜라민이 들어 있지 않은 이상 밤바다를 수놓고 싶은 마음은 여전할 테니. 폭죽에 불을 붙이자 슈슈슉 하는 소리와 함께 불꽃이 펑펑 터졌다. 색색의 폭죽이 터질 때마다 우리는 환호성을 질렀다.

조용히 핸드폰 폴더를 올렸다. 1번 버튼을 길게 눌렀다. 신호음이 몇 번 가더니 상대편에서 전화를 받는 소리가 들린다.

"후배들과 바다에서 잘 놀고 있어? 밥은 잘 챙겨 먹었고?"

전화를 받은 어머니가 물었다. 평소에 전화 오는 것도, 하는 것도 귀찮았다. 하지만, 간만에 내 입에서 말이 줄줄 나오고 있었다.

"예, 덕분에 아주 잘 진행되고 있어요. 식사, 맛있게 하셨어요?"

"걱정 말거라, 너만 안 아프고 건강하면 된단다."

"아 예…드릴 말씀이 있어요. 고맙습니다, 정말로."

휴대폰 폴더를 내리고 밤하늘을 올려다보았다. 어두운 하늘에는 도시에서 볼 수 없었던 별들이 하얗게 점을 찍으며 빛나고 있었다. 내 뒤통수에 서늘한 느낌이 들었지만 폭죽을 다 터트린 진현, 민균과 함께 어깨동무를 하며 펜션으로 발걸음을 옮겼다.

4

아침에 일어나자 지난 밤 술을 많이 마신 덕분인지 머리가 약간 아팠다. 하지만, 기분 좋게 마신덕분이었을까. 누구도 부침개를 입으로 생산하지도 않았다. 다들 간편하게 씻고 짐을 정리하기 전, 진현이 남은 고기를 굽고 있었다.

“삼겹살 좀 남았는데, 일단 이거 처분합시다.”

소주에 삼겹살을 많이 먹었던 지라, 나는 라면을 끓이며 말했다.

“기름기가 몸을 아직 떠나지 않았는데. 라면 먹으면서 속 좀 풀자.”

우리는 매콤한 라면을 먹으면서 남은 고기를 먹어치웠다. 생각 같아선 한숨 더 자고 나가고 싶었지만. 펜션의 퇴실 시간은 얼마 남지 않았다. 짐을 정리하고 민균의 차에 올라 거제 해상공원과 방파제에 들러 우리는 디지털카메라로 여러 포즈도 취하며 열심히 찍었다, 그중에는 배꼽을 잡으면서 찍은 것도 있었다. 어느덧 우리가 작별을 할 시간이 다가오고 있었다. 터미널에서 며칠 뒤에 군 입대를 할 진현과 다시 일상생활로 돌아갈 나와 민균이 악수를 하였다.

진현은 서울로 떠났고, 김포로 가기 위해 민균과 작별한 뒤 버스를 기다렸다. TV를 보자, 안재환이 지인들과 사람들의 추모 속에 세상과 마지막 이별 하는 모습이 보였다. 많은 사람들이 TV를 보며 여러 말을 하고 있었지만, 나는 아무 말도 하지 않았다. 죽은 사람은 죽은 사람이고. 나는 나다.

버스를 기다리며 잠시 의자에 앉았을 때, 내 시야에 들어온 존재가 있었다. 그 여자가 터미널에서 말없이 표를 손에 들고 있었다. 그녀는 고개를 돌려 날 보고 있었다. 충분히 날 불안에 떨게 했던 여자. 무슨 생각을 지니고 있었기에 즐거운 내 머릿 속을 헤집어 놓았는가. 아무 말도 않고 그 여자를 보고 있었다. 그녀는 점점 다가오고 있다.

내게 원하는 것은 무엇일까. 만약, 내 마음속에서 헤엄치는 심연 속 사자 혹은 의식이면 좀 물러가줬으면 좋겠다. 내가 얻은 것도 있고 어차피 당신과는 아무런 상관이 없기 때문이다. 잠깐 고개를 돌렸다가 그곳을 돌려 보자. 그녀는 내 시야에서 멀어져 갔다. 여자는 버스를 탔는지 이미 사라졌지만. 나를 태우러 도착한 버스의 문이 열렸다. 조용히 발걸음을 옮기며 버스에 올라 맨 뒷좌석과 가까운 왼쪽 앞좌석에 탔다. 아직 출발하기 십 분 전…어쩌면 내가 제일 먼저 탄 게 아닐까, 라는 생각도 든다.

그 때, 어제부터 눈에 들어왔던 나를 불안하게 만든 '개체'이자 나에게 생각의 시간을 줬던 그녀가 옆에 있었다. 무슨 목적인지 안다.

"결국, 그런 거였나요. 가기 전에 부탁하나만 들어주시겠어요?"

여자가 웃는다. 물기를 머금은 눈은 나에 대한 부정일까, 긍정일까.

"괜찮다면, 짧게 해주세요. 긴 여운은 나와 어울리지 않았으니까."

놈의 취향은 다르지만 어쩌면 이런 말을 했을지 모른다. 그녀는 정확하게 나의 복부를 향해 칼로 찌르려 하다가 그것을 자리에 두고 일어나 버스를 빠져나갔다. 그녀를 향해 손을 저었다. 잘 가, 더 이상 방황하지 말아줘.

뜨거운 것들이 빠져나간다. 내 몸 안에 흐르는 피였는지 아니면 미칠 것 같은 아쉬움이었는지 중요하지 않다. 분명한 건 내 안의 모든 것들은 다시금 차가워져 간다. 유리창에 비친 놈의 모습은 점차 희미해져 가며 속삭였다.

'나에게 보내, 길동무가 필요했는데 고마워. 외롭지는 않겠어.'

버스는 조금씩 달리고 있다. 더는 너를 짊어지지 않아도 되기에 놈에게 감사한다. 창밖에는 맑은 하늘에 빛나는 태양이 뜨겁게 타오르고 있었다. 이제 그것을 두려워하지 않아도 된다. 지금 이 시간에도 누군가 또 다른 버스를 기다리며 모든 것을 떨쳐 내려는 사람도 있겠지.

선 택

　어두컴컴한 공간 사이로, 한 사내가 수영을 하듯 허우적거린다. 별과 무수한 파장이 어지럽게 흐트러져 있는 이곳은 중력이 충만하다. 움직이느라 손을 저어보지만, 눈앞의 이글거리는 태양이 점점 거대화되더니 붉은 바다처럼 크게 파도 치듯 그의 눈앞에 펼쳐진다. 사내의 몸은 점점 무거워져 가고 있었다. 고대문명의 모아이 석상처럼 굳게 만드는 알 수 없는 힘이 계속 육체를 제압하고 있었다. 사내의 귀에 누군가 계속 말을 걸어온다. 별과 별이 부딪히는 소리는 둔탁한 타자기가 움직이는 소리처럼 들린다.

1

　사내는 소리를 지르며 몸을 일으켰다. 사방은 하얗게 도배가 된 방

선택 145

이었다. 침대 아래의 바닥마저도 온통 하얀색이었다. 영양 공급 장치
와 옆에는 측정 기계에 연결된 긴 호스가 그의 신체 여러 곳에 꽂혀 있
었다.

8미터 정도의 조금 떨어진 거리에서 검은 셔츠와 바지, 하얀 피부에
차가운 눈동자를 지닌 남자가 사내에게 다가오고 있었다. 일자로 스텝
을 맞추며 정확하게 직선으로 걸어온 그는 표정없는 얼굴로 목례를 가
볍게 했다. 사내는 작은 목소리로 그에게 물었다.

"여긴 어딥니까? 내가 어떻게 여기에…?"

"너무 무리하지 않으셔도 됩니다. 설명은 나중에 드리죠. 저는 당신
의 담당자, 신악神樂이라고 합니다. 잘 부탁드립니다."

계속 얼굴을 찡그리며 머리를 젖힌 사내는 신악에게 물었다.

"전…누구죠? 아무것도 기억나지 않아요."

사내의 물음에 신악은 멈칫하더니, 그를 아래로 보며 말했다.

"당신의 이름은 일단 '지형知衡'으로 부르지요."

팔짱을 낀 신악은 그에게 이름을 지어주었다. 사내의 어깨는 근육통
이 아닌 무언가로 무거웠다. 지형은 여전히 똑같은 자세를 취하고 있
는 신악에게 힘없이 물었다.

지형은 몸을 움츠리며 신악의 답변을 기다렸다. 그를 감싸는 하얀색
방은 병원에 어울리는 안정되는 색깔이었지만, 지형의 살색 피부와 검
은 옷을 입은 신악을 제외하고 모든 것을 불투명하게 가리고 있다.

"당신은 아무것도 기억나는 게 없나요?"

답변 대신, 신악의 갑작스러운 질문에 지형은 머리를 긁적이며 고개
를 끄덕이자 신악은 아무런 표정도 짓지 않았다. 지형은 굳은 표정으

146

로 그에게 물었다.

"그보다, 제가 어떻게 여기에 왔는지 알려 주세요. 여기가 어디죠?"

지형의 말에 신악은 대꾸조차 하지 않은 채, 침대 옆의 벨을 눌렀다.

"나가볼까요? 머신을 보니 현재 당신은 기억만 없을 뿐이지만, 육체적인 상태는 상황을 인지할 정도로 회복되었으니까요."

검은 옷의 여자가 들어오더니 지형의 몸에 부착된 호스를 제거하기 시작했다. 단발머리에 큰 눈이 매력적인 여자는 지형을 힐끔 쳐다 보고나서 일을 계속 했다. 지형은 나가던 중 뒤를 돌아보았다. 그 여자는 하던 일을 멈추고 그를 차갑게 응시하고 있다.

신악에게 이끌려가는 지형은 방금 본 여자의 시선 때문이었을까, 한동안 고개를 뒤로 돌리지 못한 채 계속 걷고 또 걸었다. 복도에도 검은 옷의 남자들과 그들에 비해 수는 적지만 검은 옷을 입은 여자들이 돌아다니고 있었다. 반면, 보통 사람들은 환자복 같은 얇은 흰색 파자마를 입고 있었다. 환자들의 옆에는 검은 옷의 남자들이 한 명씩 붙어있었다. 지형은 침을 삼키며 그들을 살펴보았지만 신악처럼 다들 무표정했다. 그 때, 신악이 병원의 창구 쪽에 카드를 올려놓더니 LCD 모니터를 향해 말했다.

"체크아웃, 오메가-원 위드 넘버 암暗팔일육 호 센티넬(Centinel). 승인 바란다."

카드가 나오자, 신악은 지형을 데리고 나갔다. 환자가 얼마 없는 한산한 병원 로비를 빠져나왔다. 바깥에도 사람들은 보이지 않았다.

병원 밖으로 나온 지형은 하늘을 보고 놀랐다. 피가 뿌려진 것처럼 붉게 물든 하늘 아래 차가운 회색 빌딩들이 묘비처럼 줄줄이 서 있었

다. 멀리 보이는 거리의 나무만 싱싱한 녹색이었다. 바깥을 보는 지형
에게 눈길 하나 돌리지 않고 신악은 운전대를 잡고 있었다.

차가 얼마나 달렸을까, 도심지로 점점 가까워져 갔다. 삼십 분 전 병
원에서 봤던 광경과 도심지는 너무 달랐다. 입체영상이 디스플레이 되
는 가게들이 즐비했고, 커다란 광고판들과 거대한 빌딩과 화려한 쇼핑
몰은 지형의 입을 다물게 할 줄 모른 체 그의 주변에는 개미처럼 모여
든 사람들이 분주하게 웅성거리며 거리를 메우고 있었다.

차에서 내린 신악은 지형의 팔을 이끌며 'Raw Is Fishtank' 라고
쓰인 식당으로 들어갔다. 지형은 놀랐다. 식당의 벽은 투명한 유리로
되어 있었으며. 건너편은 거대한 수조로 아쿠아리움을 연상시키는 또
하나의 축소된 바다 같았다. 수많은 물고기가 춤을 추고 있었고, 그 중
에는 상어나 고래 같은 대형 어종도 보였는데 그것들은 소형어종과 분
리 되어 있다. 사람들은 평온하게 식사를 하고 있었고, 엔카 음악이 실
내에 흘러나오고 있었다. 두 사람은 요리사를 마주 보는 바(Bar) 형태
의 자리에 앉았다.

"나는 실러캔스-카이改, 이쪽은 아라(다금바리). 레어 슬라이스(회)
로 주시오."

"알겠습니다, 티와 소스는 무엇으로 드릴까요?"

"그린 티하고 블랙 티. 소스는 클래시컬 와사비하고 머스타드. 럼주
한 병 추가."

주문을 마친 신악은 점원이 내오는 차를 마셨다. 커다란 접시에 회
가 담겨 나왔는데. 직원은 곧바로 내놓지 않고 LCD 모니터가 달린 네
모난 측정계에 올리더니 정중히 말했다.

"스캐닝을 통해 손님께 음식의 신선도 확인을 해드리겠습니다."

네모난 측정 계에 올려진 커다란 두 접시 위의 횟감들은 기계 위에 달린 푸른색의 가로대(바)가 천천히 움직이자 LCD 모니터에는 영(0)에서부터 숫자가 올라갔다. 그리고는 백 퍼센트를 기록하더니 [Success]라는 글자가 떴다. 직원은 미소를 지으며 두 사람에게 요리를 내놓았다. 지형은 놀란 눈으로 입을 약간 벌리고 음식을 보고 있었다. 신악이 지형의 손에 젓가락을 쥐여주며 음식을 권하자, 생선회를 한 점 집어 입에 넣은 지형의 얼굴이 밝아지더니 회를 정신없이 먹었다. 그 모습을 보던 신악은 미소를 지었다. 걸신이라도 들린 양 먹던 지형은 먹던 것을 멈추더니 조용히 한 점씩 집어서 천천히 음미하듯 먹는 신악에게 말했다.

"제가 아직은 별로 기억이 없지만 구해주셔서 감사합니다."

지형의 인사에 신악은 미소를 지으며 가볍게 목례를 했다.

"별말씀을, 지형 씨를 모시게 되어 영광입니다. 회복드 축하할 겸, 한잔하실까요?"

신악은 럼주를 잔에 가득 따랐다. 밖을 보는 지형은 고개를 갸우뚱거렸다.

"이곳은 정말 묘한 곳이군요. 이 곳 횟집이나, 제가 였었던 병원과 길거리도 처음 보는 것이고 매우 신기해요. 이 술만 해도⋯."

그의 말에 신악은 그저 미소만 짓고 있었다. 두 사람은 안주 삼아 생선회를 맛있게 먹으며 술을 마셨다. 지형은 걱정스러운 표정을 지으며 신악에게 조심스럽게 물었다.

"병원으로 다시 돌아가야 합니까?"

신악은 고개를 저었다. 식사를 마치고 일어서자 직원이 다가와 접시를 치우며 물었다.

"계산을 직불로 하시겠습니까? 아니면 이월하시겠습니까?"

"직불. 아, 그리고 2명분이니까 따로 계산하지 마시오."

음식점을 나온 신악은 가이드처럼 거리를 다니며 하나하나씩 짚어가며 가르쳐 주었다. 그의 설명은 무표정한 모습과는 다르게 아주 유쾌하면서도 뭔가 끌리는 것이 있었다. 형형색색의 거리와 다양한 복장의 사람들은 마치 인종의 전시장을 보는 듯 했다. 각기 다른 머리모양과 의상을 입었음에도 불구하고 서로 눈총 하나 주지 않는 것을 보며 지형은 기묘했다. 두 시간쯤, 지났을까. 그들의 곁으로 레게 머리를 한 백인들과 반대로 모히칸 머리를 한 흑인들이 아주 자연스럽게 이야기를 하면서 걸어가고 있었다.

"저 사람들은 외국인입니까? 외국인치곤 너무 우리말을 잘하네요."

"그렇습니까? 지형 씨도 저들의 말이 아주 잘 들리나 보군요?"

"네, 신기해서요. 저 사람들이 아주 자연스럽게 한국말을 해서요. 말하는 입 모양이 좀 이상하긴 하지만 정말 대단해요."

감탄하는 지형을 보며 신악은 고개를 갸우뚱거리며 입을 삐죽 내밀었다. 그는 단말기를 들더니 뭔가를 입력했다.

그 때, 갑자기 병이 깨지는 소리가 들리더니 고함이 들려왔다.

"빌어먹을 니그로 놈들! 검둥이는 사회악이야!"

술에 가득 취해 비틀거리는 대머리 사내가 백인들과 함께 가던 흑인들에게 욕을 하기 시작했다. 주위 시민들은 그에게 손가락질 하며 욕을 하고 있었고 경찰들이 오더니 사내에게 검은색 수갑을 채웠다.

"당신은 국가의 기본법에 어긋나는 행위를 저질렀으드로 체포한다. 묵비권은 없으며 국가의 방침에 따라 재교육의 의무가 잇으므로 즉각 연행하여 처벌한다."

경찰들의 말에 사내가 심하게 저항을 하자 경찰 중 한 명이 가볍게 당수撞手로 제압하고 그를 연행했다. 사람들은 그에게 손가락 욕을 하며 '쓰레기 유물'이라고 소리쳤다.

"경찰입니다. 반사회적 범법행위를 한 자를 처벌하는 거죠. 당연한 절차입니다."

신악의 일그러진 표정에 지형은 침을 삼키며 고개를 고덕이더니 말을 이었다.

"이곳은 특별법 지정이 되어 있나요? 아니면, 새로운 벌이라도?"

"기본적인 것이니까요. 위반사항은 즉각 처리되어야 하죠. 국가를 해치는 행위는….."

그 때, 한 남자의 목소리가 지형의 등 뒤에서 크게 들려왔다.

"신에게 구원받으리라, 전지전능한 하나님의 말씀을 붙들자!"

남자는 거대한 십자가를 매고 큰 소리로 외치고 있었다. 주위 사람들은 그를 손가락질하며 욕설을 뱉어댔다. 심지어 돌을 던지는 사람도 있었다. 경찰들이 다가오자 남자는 등에 멨던 십자가를 휘두르며 저항했다. 경찰 중 한 사람이 마치 경고장 같은 화면을 보여주는 기계를 내밀며 다시 한 번 경고했다.

"반사회 활동을 하는 범법자는 들어라. 제7조에 의거, 당신은 불법행위로 인하여 여러 번 수용소에 다녀왔다. 그럼에도 블구하고 범죄활동을 할 경우 즉결처분하겠다."

남자는 듣지 않고 계속 신을 외치고 있었다. 그의 행동에 경찰이 허리춤에 찬 것을 빼들었다. 그것을 본 지형은 놀랐다. 곤봉, 방망이도 아닌 1미터 정도의 검이었다.

"사회 안정 방해 및 정부 적대와 금지행위를 하고 있으므로 법에 의거, 즉결처분 한다."

경찰의 검이 남자의 몸을 베었다. 단말마의 비명과 함께 그는 죽어가면서도 십자가를 꼭 쥐고 눈을 부릅뜬 채 피를 흘리며 죽어 갔다. 사람들은 죽은 그에게 침을 뱉거나 혹은 박수를 치며 경찰들을 독려했다. 이런 광경에 지형은 믿을 수 없다는 듯 얼굴을 돌리더니 신악에게 큰 소리로 따졌다.

"어떻게, 저럴 수가 있는 거죠? 여기는 인권 존중도 없습니까?"

"저자는 범법자입니다. 여러 번 국가 전복 행위를 한 만큼 그런 처분은 당연한 겁니다. 신의 존재는 없습니다. 허구의 대상인 그들은 세계를 좀 먹을 뿐이지요. 모든 것은 검증되고 진실성이 바탕이 되어야 합니다. 과학이 아닌 거짓된 낭설은 죄입니다."

처음 보는 광경에 지형은 혼란스러움에 고개를 저으며 십 미터 정도 뒷걸음질을 쳤다. 하지만, 그의 뒤편에는 검은 옷의 경찰들이 스크럼을 짜고 서 있었다. 고개를 돌린 지형의 몸이 처음 신악을 만났을 때처럼 굳어버렸다.

그 때, 휘황찬란하던 거리가 암흑으로 바뀌었다. 사람들의 비명소리가 크게 들렸다. 경찰들은 급하게 라이트를 비추며 큰 소리로 '질서 유지'를 외치며 조명탄을 쏘았다. 지형은 갑작스레 찾아온 어둠에 어쩔 줄 몰라 다리를 떨고 있었다, 누군가 그의 팔을 잡아끌며 그에게 말했다. 목소리는 아주 가느란 여자의 목소리였다.

"살고 싶으면 따라와요."

지형은 손을 꽉 잡았다가 조금씩 불빛이 보이자 목소리를 따라 그곳으로 뛰어 달아났다.

눈 밑에 주름이 강하게 잡힌 신악의 입에서 탄식과 함께 이를 가는 소리가 크게 들렸다.

"정보국 국장으로서 명령한다, 다들 이 지역을 샅샅이 수색해라, 반역자들이 쥐새끼처럼 숨어 있다! 그리고 방금 사라진 자는 반드시 연행하길 바란다! 포획하는 요원에게는 5백만 테크를 지원하겠다! 관련 정보는 단말기로 전송하겠다."

신악의 명령에 경찰들은 분주하게 움직이기 시작했다. 그것을 지켜보는 그의 눈가에 강한 주름이 잡히며 노기를 더더욱 발했다.

여자를 쫓아 정신없이 뛰는 지형은 뭔가 묻고 싶었던 것일까? 입을 씰룩거렸지만, 말은 나오지 않았다. 바람마저 그를 잡아끄는 듯 심하게 불어왔다. 여자를 뒤쫓아 지형은 계속 뛰었다. 갑자기 머리에 큰 충격이 가해지고, 그의 육체는 축 늘어져 버렸다. 검은 그림자들은 그를 어디론가 끌고 갔다.

2

지형은 이마를 어루만지며 몸을 일으켰다. 그 주위는 낡은 건물이었

선택 153

다. 그 주변에 남루한 차림의 사람들이 옹기종기 모여 있었다. 그들은 머리를 오랫 동안 감지 않아서 서캐가 하얗게 서려 있었다.

"괜찮다면, 잠깐 얘기 좀 할 수 있겠나?"

주름이 깊게 패인 얼굴에 수염이 길게 나있는 노인 한 사람이 지형에게 다가왔다. 노인의 손은 상처투성이였다. 다른 사람들도 그를 따라 모여들기 시작했다.

"이곳의 장로인 로맹이라고 하네. 자네의 이름은?"

"지형, 아니 저는 제 진짜 본명을 모릅니다. 기억을 잃었으니까요."

"그들이 기억 소거를 한 것인가."

지형은 로맹의 물음에 고개를 갸우뚱거렸다. 젊은 여자가 로맹을 보더니 눈을 깜빡였다.

"이곳의 현실을 모르고 있는 것 같으니 기계 족의 앞잡이는 아닌 것 같구먼. 자네는 어찌하여 들어왔는지 그 과정 또한 전혀 모르는가?"

로맹의 질문에 지형은 고개를 끄덕였다. 처음 보는 도시와 경찰들의 행동과 이 사람들에 대해 묻고 싶었지만, 머리에 가해진 충격이 회복되지 않아 이마를 어루만지고 있었다.

"여기 사람들은, 우리 교회의 형제 자매들이라네. 수용소나 병원에서 가까스로 탈출했지. 저들은 기억 소거가 완전히 되지 않은 사람에게 감시원을 붙이고 그들의 사회를 보여주면서 영원히 빠져나가지 못하게 한다네. 자네도 그 과정에 있었던 게야."

지형은 그의 이야기를 듣더니 숨을 가다듬고 천천히 물었다.

"이 세계는 어떻게 된 곳이죠? 당신들은 누굽니까?"

"말했지 않나, 믿음으로서 겨우겨우 하루를 살아가고 있다네. 자네

154

가 본 것은 실존하는 기계지상주의자들의 파괴적인 세계이지. 믿음의 본질조차 기계로 증명하려 하는 자들이야.”

로맹은 한숨을 내쉬더니 말을 이었다.

“본래 나는 대학에서 금서였던 성서를 연구하며 종교에 대해서 알게 되었지. 사실 우리는 믿음이나 복음이 아닌 전혀 다른 세계에서 살고 있었던 거야. 성서를 읽고 그것을 하나님의 계시로 해석한 나와 사람들은 전도를 하다가 사람들을 이끌게 되었지.”

로맹은 이야기를 하며 마른기침을 했다. 그의 몸 상태와는 다르게 손은 가볍게 리듬을 타며 음악회의 지휘자처럼 부드럽게 움직였다.

“우리는 종교에 대한 접근을 사람들에게 얘기하고 싶었지만, 어느 날 잠에서 깨어보니 검은 옷의 사내가 내 앞에 서 있었고, 헛된 믿음을 버리라고 가상의 화면을 보여주며 회유해 왔지. 하지만, 눈앞에서 말도 안 되는 탄압이 이루어지는 것을 보며 거절했네. 강제 수용소로 호송되면서 들었던 형제 자매들의 비명소리는 평생 잊지 못한다네.”

로맹은 정신적 충격이 있었는지 이야기를 잇지 못하고 쓰러졌다. 교인들이 그를 부축하여 가지런히 눕혔다. 지형은 점점 자신에게 파고드는 이야기를 무시하고 눈을 질끔 감았다.

얼마나 시간이 지났을까, 눈을 게슴츠레 뜬 지형은 폐허에 가까운 건물을 둘러보았다. 몸체에 삼분의 일이 잘려 나간 예수 전신상, 머리가 잘린 불상, 커다란 나무 막대기 두 개로 만들어진 십자가가 보였다.

오른편에 보이는 책꽂이에는 낡은 책들이 뒹굴고 있었다. 책 한권을 집어 들었다. 책의 제목은 ‘국가수호법전’ 이었다. 두툼한 책은 장마다 연도 별로 쓰여 있었다.

국가가 선대先代의 뜻을 이어 종교를 금한 것은, 인류의 역사에서 모든 사회의 발전을 가로막은 것은 종교로 인한 민족 간의 전쟁과 특정 종족을 미개로부터의 해방이라는 이름하에 노예로 만들고 파괴하면서 식민지를 만들어 부를 축적했기 때문이다. 그들에게 있어 신의 존재는 무한하며 모든 이를 평안하게 한다는 최면이 걸려 있기에 국가는 결코 그것을 용납할 수 없다. 모든 인류는 하나이며 인간이 만들어낸 과학의 창조를 통해 단순한 최면이 아닌 미래를 위해 필요하다. 점점 수가 늘어나는 반정부 종교주의자들을 완전히 처단하지 않으면 우리가 창조한 세계는 다시 똑같은 전철을 밟게 될 것이다. -1972. 10

지형은 침을 삼키며 몇 장을 읽었다. 누가 썼는지 모르지만, 그의 몸 속으로 차가운 느낌이 깊숙하게 스며들었다.

반정부활동을 하는 종교주의자들은 전체 인구의 이십 퍼센트를 차지하고 있다. 이들은 성경이나 불경, 코란을 통해 구세주 이론을 들먹이며 평화로운 국가를 전복시키려고 하고 있다. 그들은 자신들의 존재를 인정받기 위해 어떠한 짓이라도 저지를 것이다. 이미 지상에서는 서로 전쟁이 격화되는 사실을 확인한 바, 국가에서 이들의 존재가 확연히 드러나 법적으로 인정하게 된다면 과학 법치주의로서 발전하는 우리 체제가 위협을 받게 된다.

제일 두려운 것은 역사적으로도 널리 알려진 저들의 비폭력주의이다. 지상의 제국들도 저들로 인해 멸망의 길로 들어섰기 때문이다. 인간은 자신의 생명이 끊어지는 것을 두려워하며 생존의 본능에 충실 한다, 하지만 저들에게는 그런 것이 아닌 남을 위하며 사랑한다는 것이 뒷받침 되며 죽음조차 두려워하지 않는다. 이것은 국가체제에 있어 지상에서 실패한 포퓰리즘을 넘어선 더 큰 두려움이다. 강한 법률적 규제가 필요하다.
　- 1980.05

지형은 손에서 책을 떨어트렸다. 그의 몸은 오한으로 부들부들 떨렸고 모자이크가 몇 조각 약간 붙여져 있는 벽에 기대었을 때, 누군가 그의 옆에 앉았다.

"실례해요. 아까 당신을 데리고 왔던 마리아에요."

"고마워요. 당신들은 언제 온 겁니까?"

마리아는 지형의 물음에 한숨을 내쉬며 말했다.

"당신은 언제 이곳에 왔는지 전혀 기억이 나지 않아요?"

지형은 고개를 끄덕였다. 이름도 그에게 있어 처음 보는 존재가 만들어 준 것이기에. 지형은 검게 때가 묻은 마리아의 얼굴을 보았다. 오랫동안 문명의 혜택을 받지 않은 사람치곤 그녀의 눈동자에는 물기가 어려 빛이 났다.

"처음에는 저들의 말에 따라 국민으로서 살았지만 하나님을 저버린다는 것에는 찬동할 수 없었어요. 우리는 몰래 전도를 하고 있지만, 생각만큼 이곳은 쉽지 않아요. 기계에 의해 타락한 곳이니까. 이들에게는 악마가 깊게 서려 있어요."

"악마라니요? 물론 심한 탄압이 조금 있기는 했지만 악마라니요."

지형은 마리아의 말에 약간 의아해하며 손을 저었다. 우유부단한 그의 행동에 마리아는 불쾌한 듯, 단호한 표정으로 말을 이어 나갔다.

"저들은 0과 1의 이진수의 법칙 말고 다른 것은 전혀 모르지요. 그들은 하나님의 존재를 부정하고 성경과 계시록을 금서禁書로 지정하고 있어요. 적 그리스도의 계약체인 상징을 몸속에 심어 놓은 그들은 그것을 당연하게 여기고 있죠. 그들은 기계에 붙잡혀 마치 로봇처럼 움직이고 있어요. 사고력도 고철덩어리들의 판단에 따라 맞춰서 활동할 뿐이니까요. 그들은 이미 받은 상징으로 생활에 적용하고 있죠."

마리아는 흥분한 듯, 열변을 토했다. 지형에게는 지각할 힘이 남아 있지 않아 '끄응' 이라고 신음을 뱉어내며 무력하게 눈을 퀭하게 뜨고 있었다.

"당신이 본 것들은 인간미가 없는 허구의 세계에요. 그들은 매사에 감사하고 있지도 않아요, 단지 자신들의 발전을 위해 생활 개선이라는 이름으로 통제 사회를 구축하고 있죠."

마리아는 지형의 손을 잡았다. 그녀의 옆에는 낡은 성경이 있었다.

"당신의 존재는 우리 형제 자매들에게도 축복입니다. 모든 시간을 다시 되돌릴 수 있고 지옥과도 같은 이 세계의 비극에 대해 알릴 수 있으니까요."

눈물을 글썽이는 그녀의 말에 지형은 이해가 되지 않았다. 자신의 존재에 대해 왜 이렇게 감격스러워 하는 것인지 전혀 알 수 없었기에 답답했다.

"우리와 함께 탈출구를 찾아야 해요. 그렇지 않으면 지상에서 그들의 음모를 전혀 모르게 되죠. 인류에게는 마지막 기회에요. 비록 그곳이 파괴되었지만. 우리가 힘을 합친다면."

엄청난 파열음이 들렸다. 폭발과 함께 불기둥이 솟아올랐고, 신도 몇 명이 고깃덩이가 되어 넓게 흩어져 버렸다. 메케한 연기가 나더니 검은 옷의 요원들이 중무장을 하고 들어오고 있었다. 그들의 손에는 총이 들려 있었다.

"큰일이야, 경찰들이다! 장로님은 탈출하셨어, 빨리 도망 가야 해!"

사내의 말은 길지 않았다. 총알은 그의 몸을 벌집으로 만들어 버렸다. 곳곳에서 피투성이의 신도들이 하나하나씩 쓰러져 나갔고. 절규와 비탄의 소리만 들릴 뿐이었다. 마리아와 지형은 눈앞에 날아온 총알을 피해서 뛰었다. 많은 신도들은 이리저리 도망 다니느라 아비규환 그 자체였다.

그 때, 경찰이 쏜 총알이 마리아의 복부에 깊게 꽂혔다. 그녀는 비명도 지르지 못한 채 앞으로 고꾸라졌다. 지형은 놀란 표정을 뒤로하고 흐느껴 울기 시작했다.

" 믿음을 잊지 말아 주세요. 당신은 돌아가서 꼭 전해줘야 해요."

마리아는 지형의 손을 꼭 잡고 입술을 떨더니 절명했다. 그녀의 손을 놓은 지형은 죽을 힘을 다해 뛰었지만, 이미 그의 앞에는 검은 옷의 수호대원들이 있었다. 그들은 그에게 총을 겨누더니, '마비' 라고 쓰인 조그만 가스 건을 그에게 쏘아 기절시켰다. 수호대원 중 한 사람이 M-PC를 켜고 화면에 'Send – [Agt. Centinel]' 이라고 입력했다.

"1소대입니다. 수복한 지역은 깨끗합니다. 타겟을 포획했습니다."

"좋아, 상처하나 없이 호송하도록."

교신을 끝낸 신악은 깊게 한숨을 쉬더니 발걸음을 돌렸다.

3

　지형이 눈을 떴을 때, 그곳은 다시 하얀 방이었다. 하지만, 다른 점이 있다면 지금 그에게 남은 것은 살아야 한다는 것이 마음을 좌우하고 있었다.

　"일어났군요. 실망입니다, 반역자들과 함께하다니."

　"이곳은 어디입니까? 그 사람들은 누군가요? 왜 그렇게 탄압을 하는 건가요?"

　지형은 참을 수 없다는 표정을 지으며 큰 소리로 신악에게 대들면서 물었다.

　"지형씨, 사실을 알 때가 되었죠. 모르는 게 어쩌면 더 좋았을지도."

　신악은 벽에 걸린 LCD 모니터 화면을 디스플레이 해주며 말했다.

　"이곳은 칠십 년 전에 건설된 곳입니다. 두 번에 걸친 세계대전은 인류에게 이바지하려던 과학의 의미를 비극으로 퇴색시켜 놓았습니다. 그러던 중, 패전한 독일의 과학자들이 전후 미국과 소련에 포섭되어 두 국가에서 각각 활동하던 중 흥미로운 것을 찾아냈습니다. 이곳으로 통하는 제1게이트였죠. 지상에서는 인정되지 않았던 지구공동설地球空洞說이라는 가설이 있었지요. 그게 사실로 드러난 것입니다. 인류에게 가뭄의 단비와도 같았지요."

　"그게 무슨 뚱딴지같은 소리요?"

　화가 난 지형은 분을 참지 못하고 베개를 모니터에 던졌다. 신악은 그것을 손으로 쳐내더니 표정을 바꾸지 않고 말을 이어 나갔다.

　"당신이 처했던 상황과 가슴 속의 분노는 이해합니다. 처음 보는 세상과 그것에 반대하는 자들의 처벌은 아직 현실적으로 인지가 부족하다는 것이지요. 물론, 그들의 말도 어느 정도 맞긴 합니다 객관적으로 볼 때 그들의 사상도 있으니까요. 하지만, 좀 더 들어주시겠습니까? 한 쪽 입장만 듣는 것은 객관성에 어긋나니 말입니다."

　지형은 입술을 부르르 떨었다. 주먹을 쥔 체 신악의 말이 어떤 변명인지 알고 싶었다.

　"과학자들은 두 나라에서 반은 포로나 다름없는 생활을 하고 있었음에도 불구하고 전쟁 당시 알려지지 않았던 통신장비로 양 진영에서 몰래 교신을 하고 있었고, 당국자들을 설득시켜 새로운 개척지 ─ 물론 식민지일 수도 있는 제1게이트의 탐사를 주장한 결과, 당시 자본주의 진영과 공산주의 진영에서는 세력 확장이 시급했으므로 비밀리에 승낙했지요. 미국과 소련은 몇몇 탐사대를 구성하여, 지원한 과학자들과 건설업자, 일꾼을 이곳 게이트로 보냈지만. 두 나라에 영원히 돌아가지 않았습니다. 그들은 이 세계의 창시자들이며 이곳의 자원과 환경을 알리려 하다가 포기하고 말았습니다. 이미 제1게이트가 지진으로 인해 막혀버린 데다가, 자연환경이 아주 좋아서 그들은 지상으로 나가기를 단념했지요. 과학자들의 일부는 나치에 협력했다는 죄범이라는 굴레가 평생 꼬리표처럼 붙어 있는 것에 대해 잊고 싶어 했습니다."

　신악의 말에 지형은 겁에 질린 얼굴로 목소리를 짜내어 물었다.

　"그래서 당신들은 함부로 자기들 뜻과 안 맞는 사람들을 죽이고 진정으로 받아들이는 믿음에 대해서는 부인하려 하면서 사람의 목숨을 빼앗는 겁니까?"

"선대先代 과학자들은 처음 종교에 대해 거부감이 없었습니다. 하지만, 자꾸 신자가 늘어나는 통에 많은 정책에 제약을 받기 시작했지요. 정부에서도 위기감을 지녔으니까요."

화면은 양쪽으로 나뉘어 두 지역의 모습을 아주 명확하게 보여주고 있었다. 지구 쪽 화면에는 전쟁과 이데올로기, 고통받는 사람과 분쟁으로 가득했고, 반면 이쪽 세계는 첨단장비들이 하나하나 개발되며 사람들이 기뻐하는 모습이 보였다.

"미소진영이 서로 힘을 빼고 있을 때 이곳에서는 과학자들이 중심이 되어 이념과 종교, 계층, 인종차별이 없는 과학지상주의 국가를 세우는 것에 합의하고 지상인들이 모르게 새로운 국가를 선포했습니다. 그 국가는 당신과 내가 여기 있는 '테크나노드' 입니다."

'테크나노드' 라는 이름은 정말 생소했다. 세계 이백이십 개국 정도가 있지만, 지형에게 있어 이러한 체제의 나라는 있지 않았다. 어리둥절해 하는 그에게 신악은 설명을 계속했다.

"당신이 본 세상의 사람들, 우리나라 국민들은 인종의 구별이 없었지요? 여기는 자동으로 번역되는 광대역 시스템을 통해 어떤 나라 말이던지 통역이 가능하죠. 과학자들의 말마따나 아직 깨우치지 못한 지상인들에 비해 당신은 새로운 가능성이 있어요. 여기 시스템에 곧바로 재교육 없이 적응과 통역이 할 수 있었다는 것이 말이죠."

"지상인들이라니? 새로운 가능성? 시스템? 그게 뭐요?"

이해가 안 된 듯 지형은 신악의 말에 물음을 던졌다. 신악은 손을 아래로 저으며 말했다.

"인구의 다양화를 위해 옛날 우리는 당신이 말하는 소위, 비인권적인 짓도 초반에는 했지요. 원반형 비행선을 타고 바다로 연결된 제3게 이트를 통해 각국에서 사람들을 납치하고 우리의 주민으로 받아들이 거나 혹은 실패하면 기억 소거를 통해 지상 밖으로 보냈으니까요. 이 곳은 아직도 미개척지가 많아요. 개척은 이루어지고 있습니다. 몇 만 년 전 침수된 아틀란티스, 뮤 대륙의 문명들이 지상에서 알려진 것에 비해 많은 발굴이 되었지요. 그들의 멸망은 근방 해저로 가라앉았기에 흔적이 남아 과학자들에게 고대와 현대로 이어지는 수수께끼를 풀 것 입니다. 이곳은 가능성이 많은 지구의 반대, 지하 세계니까요.”

신악은 설명을 하던 중, 눈을 조용히 감더니 나지막하게 말했다.

“지상의 과학자들 일부는 이미 알고 있었습니다, 지상의 나라들은 모의실험 결과에 기초해 볼 때. 전쟁과 환경파괴로 인해 세계는 백 년 을 못 버틴다는 결론이 나왔지만, 두 개의 초강대국 체제로 굳혀진 세 계에서 서로 경쟁체제에 목을 매고 있었던 상황에서 그것은 빙산의 일 각으로만 제시되었을 뿐 공론화되진 못 했습니다.”

“내가 있던 나라로 돌아가게 해주시오. 정말 혼란스러워요.”

지형은 머리를 감싸 쥐며 애원하듯 신악에게 말했다. 그의 행동에 신악은 굳은 얼굴을 하더니 화면을 돌렸다. 모니터에는 폐허로 변한 땅에는 시커먼 검은 때와 파리한 시체가 길거리에 즐비했고, 아이들의 머리가 거의 빠져 있거나, 반점이 몸에 나 있었으며, 다리나 신체 일부 가 없는 사람도 있었다. 일부 사람들은 다리가 풀린 채 주저앉기와 일 어서기를 계속하며 걸어가고 있었다.

“솔직히 말씀드리자면, 당신의 나라… 아니, 세계는 붕괴 되었죠.”

신악의 말에 지형은 털썩 주저앉았다. 진실인지 거짓인지는 구분하기에는 생생한 현장이었다. 그는 떨리는 목소리로 신악에게 물었다.

"그럼, 내 가족들은…."

"이미 돌아가셨습니다. 당신의 지인들 역시 말입니다. 아니, 현재 지상에 있는 인류의 팔십 퍼센트가 이미 멸종했습니다. 강대국들의 권력다툼으로 인한 실수로 말이지요."

굳어져 있는 신악의 얼굴과 화면을 함께 보던 지형은 그의 말에 바닥에 주저앉았다. 이러한 현실을 믿고 싶지 않은 것이었을까, 고개를 좌우로 흔들어대며 머리를 쥐어짰다.

"믿을 수 없겠지요. 이것을 보시죠. 잠재된 일부는 기억할지도."

신악은 디스플레이의 화면을 보여주었다. 지형의 부모는 병원의 병실에 나란히 누워 있었다. 거동도 못하고 괴성만 지르다가 거품을 문 채 고통에 몸부림치는 환자들 곁의 가족들은 얼마 없었다, 그들은 아무 말도 하지 않고 힘없이 앉아 있었다. 그곳 병실에는 침대 옆의 간이침대에도 모두 같은 증상의 환자들이 즐비해 있었다. 바깥 복도에는 의사와 간호사도 없었고, 심지어 바닥에 방치된 사람들이 더 많았다.

지형의 부모는 천정 위만 보면서도 입술을 겨우 움직여 '대현아 돌아와'를 힘없이 말하더니 숨을 거두었다. 부모의 머리맡에는 지형에게 있어 살아온 날들 동안 항상 거울을 보며 익숙했던 자신의 모습이 액자 속에 보였다. 그는 미친 듯이 통곡했다.

신악도 그의 슬픔에는 뭐라 할 말이 없었다. 그저 지켜만 보고 있었을 뿐이었다.

"대체, 부모님 아니 사람들이 저렇게 비참하게 죽은 이유가 뭡니까? 누가 저랬어요?"

164

지형의 울음 섞인 목소리에 신악은 눈물로 뒤범벅 된 그의 얼굴을 닦으라는 듯 손수건을 건네고, 굳었던 표정을 겨우 누그러뜨리며 화면을 보더니 설명을 계속해 나갔다.

"21세기 초는 세계는 미국이 강세였지만 러시아, 중국, 이란을 중심으로 한 삼국연합, 프랑스와 독일을 중심으로 한 유럽연합, 쿠바와 베네수엘라를 중심으로 한 남미연합 등이 이라크 전쟁과 제2차 경제대공황 이후 미국의 쇠퇴를 틈타 강대국이 되었지요. 브레인 홀(Brain Hole)바이러스가 인류에게 창궐하자 유엔에서 대책 회의를 하게 되었습니다. 이 바이러스는 변종 광우병에서 오게 된 것으로 전염이 쉬웠지요. 각 국가는 처방전을 내놓았습니다. 삼국연합, 유럽연합은 바이러스 창궐국인 영국과 미국의 지원 아래 법과 의료의 통제로 해결하려 했지만, 중동과 남미 연합은 미국에 책임을 전가하며 천둔학적인 배상금을 요구하자 이것의 중재에 실패하고 결국, 제3차 세계대전이 일어난 겁니다."

신악의 입에서 튀어나오는 이야기에 지형은 충격을 받은 듯 멍하게 그를 보고 있었다.

"핵무기의 사용은 결국 인류에게 커다란 독이 되었지요. 하늘에서는 흑우와 우박이 쏟아지고 사실상 종교는 아무런 의미가 없어졌으며 정부는 통제 불능이 되었습니다. 핵무기가 7번째로 사용되자마자 지진의 위험이 커진 우리 테크나노드에서 지상의 전기, 통신을 한순간에 마비시켰습니다. 전쟁은 중단되었고, 지상의 핵무기와 원자로를 모조리 빼앗는 것에 성공했습니다. 지상인들의 무지한 전쟁을 평화롭게 끝낸 것이지요. 당신이 살고 있던 한반도는 비록 브레인 홀 바이러스 감염자가 많지만 통일되었습니다. 강대국들은 피해 복구를 위해 작은 나라들의 규합을 원했으니까요. 당신의 나라, 대한민국은 기아로 인해 삼분의 이 가량의 주민들이 죽은 북쪽 지역을 흡수 통일했죠."

짧은 시간 이었지만, 그 영상은 지형이 잊고 있었던 것들을 생각나게 했다. 화면 중 일부는 분명히 자신도 그곳에 있었고 직접 봤을 것이다. 하지만, 그는 충혈된 눈으로 화면과 감정의 유무를 알 수 없는 신악을 응시할 뿐이었다.

"우리는 당신에게 큰 흥미를 지니고 있습니다. 지상의 최강국가에서도 빅뱅실험을 통해 생긴 미니 블랙홀 이동 현상 같은 것이 있었으니까, 당신이 온 과정도 무리는 아니겠죠."

지형은 울음을 삼키면서 끅끅거리다가 신악에게 물었다.

"당신들은 지상으로 나가지 않는 겁니까?"

"지상은 당신들이 되살리긴 늦었어요. 역사학자들은 연구의 필요성 때문에 나가겠다고 했지만, 직접적인 수교가 아닌 사실상 전쟁상태이기에 금지하고 있습니다."

신악은 지형에게 가까이 다가가 그를 일으키려 했지만, 그는 손길을 거부하고 스스로 일어났다. 호의를 무시한 그의 행동에도 불구하고 신악은 말을 이어갔다.

"당신에게 달렸습니다. 이곳은 나쁘지 않은 곳입니다. 반국가주의자들이 요구하는 것은 제한되어 있어도 적응하고 나면 사는 것에 지장은 없는 곳이니 말이죠. 하지만, 지상으로 나간다면 다시는 이곳으로 돌아올 수도 없고, 여기에서의 기억도 삭제될 것입니다. 당신이 살았던 시대와는 굉장히 다르고 전쟁으로 인해 척박하기에 적응하기는 쉽지 않을 겁니다. 그럴뿐만 아니라, 지상의 방사능 농도가 개선되면 우리는 지상에 진출하여 그곳을 새롭게 개척하면서 국가의 의식을 심어 놓을 것이기에 여기 있는 것이 더 좋을 것이지만.”

“내게, 달렸다는 거요? 나갈 수 있다고?”

지형의 물음에 신악은 고개를 끄덕였다. 그는 미소를 띠며 말했다.

“어떻게 하시겠습니까? 준법서약 화면을 띄우겠으니 선택해 주시기 바랍니다.”

반투명한 파란색 입체 화면에는 [국가의 법을 준수하시겠습니까? 예/아니오] 라고 띄워져 있었다. 선택에 따라 지형은 옛날 혹은 새로운 곳에서 자신의 삶을 살게 될 것이었다.

지형은 화면을 응시한 뒤, 화면을 터치하기 위해 손가락을 올렸다.

21세기 보이 장례식

전화벨 알람에 잠을 깼다. 시계바늘은 오후 세 시를 가리킨다. 손에 잡힌 부스스한 머리카락은 헝클어져 가닥가닥 삐져나와 있다. 비틀거리며 일어나 전신 거울에 비춰본 모습은 흐리멍덩한 눈, 코에는 검은 블랙 헤드 찌꺼기가 모공을 가로막고 있고 입가에는 촘촘히 묻어나는 버짐이 가뜩이나 푸석하고 메마른 피부를 도드라지게 만든다. 구겨진 러닝셔츠와 트렁크 팬츠는 축축한 냄새와 함께 땀에 오랫동안 젖어 있었는지 빛깔이 누르스름하다. 잠깐 내 모습은 쇼 윈도의 오래된 마네킹처럼 보이다가 사라졌다. 침대 옆에 있는 컴퓨터를 켜기 위해 몸을 틀었기 때문이다. 미리 컴퓨터 전원을 켜놓고 욕실로 향했다. 볼일을 보고 나서 세수를 하기 시작했다. 여전히 눈은 변함없이 절반이나 감긴다. 얼굴에서 많은 찌꺼기가 물과 비누의 어우러짐에 점차 사라져가고 있었다. 머리카락과 어깨에 하얗게 서렸던 비듬도 언제 그랬냐는 듯 자취를 감추고 있다. 방울진 조그만 거품은 몸 전체에 서려 있다가 샤워기에서 나온 물에 의해 씻겨 내려 며칠 전의 허물을 벗겨 준다. 조금이나마 청정해진 기분일까. 대충 머리를 말리고 나와 욕실을 보니 집에는 아무도 없다. 부모님은 맞벌이를 하기때문에 나간 지 오래다. 예전 같으면 밥 먹으라는 쪽지라도 붙어 있건만, 가스레인지와 식탁 위에는 열기가 달아난 음식이 있다. 상관없다, 데워 먹으면 된다. 장사 하루 이틀 하는 것도 아니고, 직접 조리하지 않는 것만 해도 어딘가. 미역국이 담긴 냄비가 있는 가스레인지의 불을 올렸다. 부팅이 끝난 컴퓨터 옆에 밥과 반찬, 국을 놓고 화면을 보며 입에 음식을 넣고 있다. 화면에는 여러 기사가 지나간다. 현실에서 보기 어려운 정제되지 않은 기삿거리들이 하얀 화면을 바늘로 꿰매듯 수놓고 있다. Tv 속에서 이런 자유는 지나 간지 오래다. 다 인간들이 뿌린 대로 거둔 거지만. 세상 돌아가는 뉴스, 문화가 리뷰, 웹툰 만화를 보다가 시계를 보니 오후 여섯 시가 되어간다.

옷을 챙겨 입고 집을 나와 학교 도서관으로 발걸음을 옮겼다. 집에 계속 있다 해도 취업 사이트를 뒤지는 것보다 오히려 이것이 더 조금이라도 열심히 한다는 광고라도 되지 않는가. 이십 분 정도 거리에 있는 학교는 언제 봐도 안정감과 패배의 원천이다. 도서관에는 민간인에게는 얼마든지 지급되는 임시출입증을 제시하고 들어간다. 학생 때는 이런 거 필요 없이 학생증이 있으니 떳떳하게 들어갔었다. 학교 다녔을 땐 술집 숫자가 몇 개인지, 안주는 어디가 많고 더 싼지는 알았어도 이곳의 존재를 그 당시에는 전혀 알지도 못했고. 지식의 중요성을 인지 못한 것 지금 와서 후회해봤자 무엇 하랴. 지금은 오히려 아는 사람 마주칠까 더 겁난다. 학교를 졸업한 지 몇 년 되었지만, 항상 아는 선배뿐만 아니라 동기와 후배들이 자주 출몰하는 바람에 여러 번 만났고, 그들 역시 나와 같은 처지였다. 그래도 서로 알고 지냈기에 처음엔 반가워서 밥도 먹고 술도 마시면서 군대 이야기, 학창시절 이야기, 여자 이야기를 하면서 지냈지만. 시간이 갈수록 다들 하나하나 사라져 연락조차 안 되는 녀석들이 많았다. 연락이 오지 않다 직접 연락을 해봐도 다들 시간이 없다거나 약속있다며 끊는 경우가 많았다. 사회생활이 본격적으로 시작된 그들에게 빈자리는 아무에게나 함부로 허용이 되지 않기 때문이다. 더군다나 나 같이 떠도는 사람에게 있어서는 더더욱 그랬다. 처음에는 분하기도 했지만, 룸펜생활에 있어 서로의 처지 탓 해봤자 무슨 소용이 있단 말인가. 갑자기 밀려든 생각에 땅이 꺼지라 한숨을 쉬며 서적이 가득한 서고에 들어섰다. 이곳에서 찾는 것이라곤 전공서적이 아닌 취업과 면접에 관련된 서적뿐이다. 이런 것들의 제목은 자극적이다. '실전면접30분 오케이', '면접 백 점만점에 백 점', '면접의 대가들'. 여기엔 여러 사람들의 성공기가 담긴 샘플들이 나와 있고, 그것을 따라 해봤지만 아무런 소용이 없었다. 그 샘플의 주인공들은 나처럼 지방대를 나온 사람이 아닌 '서고연'에 드는 소위 '엄친아' 들이 아닌가. 나처럼 보잘 것 없고 자격증 하나 없는 사람이 이렇게 잘나신 분들의 흉내를 내봤자 무엇을 하리오. 대학 시절, 친구 많고 무서울 것 없던 내가 이렇게 츄리닝에 슬리퍼로 다닐 거라곤 상상도 하지 못했다. 다른 것보다도 지방 대학을 나왔다는 것이 커다란 패인이었다. 그 과정에서 제일 먼저 잃었던 것은 자신감이었다. 졸업을 앞두고 면접을 봤던 회사에서부터 사회로 멋지게 나가겠다는 생각은 보기 좋게 깨져버렸다. 지금도 기억한다, 씰룩거리는 두툼한 입술을 지닌 면접관이 서류를 넘기지도 않고 그냥 옆으로 치워버렸던 때의 좌절감. '다음'을 외치며 나를 외면하다가 내가 자리에서 일어서자 다음 차례의 경쟁자에게 '글로벌 시대에 많은 경험을 쌓았군요'라는 말을 하며 부드럽게 말을 건네던 면접관의 입술은 다시 보니 사장들 앞에서 주둥이를 도마에 놓고 칼로 잘게 썰면 나오는 회 한 접시가 금방 살아 움직이는 듯했고, 면접장을 나와 커피를 마시다가 구역질을 했던 것이 떠오른다. 그 기억에 취업관련 서적을 집으려던 손이 갑자기 조심스레 떨렸다. 손을 내리고 잠시 주위를 둘러보았다.

도서관에서 나를 지나치는 사람들의 시선은 '無' 혹은 경멸 그 자체이다. 여학생들의 시선은 더더욱 어깨를 움츠리게 했다. '절대로 저런 남자는 피하고 싶다', '정말 능력 없네', '짱 나고 추레한 재수 없는 인간'이라는 시선이 정확하게 날아와 심장에 비수를 꽂았다. 나도 모르게 부아가 치밀었지만. 행색 자체가 백수이니 이것을 어쩌랴. 감았어도 부스스한 머리와 러닝셔츠 위에 겹쳐 입은 짝퉁 메이커 츄리닝 세트. 맨발에 신은 슬리퍼. 이런 궁상 중의 궁상은 백수 폐인들에게 가능한 것이지, '깔끔하게 컷트를 친 머리에 매력 있는 큰 눈에 오똑한 콧날. 깨끗한 피부에 미소 지을 때 드러나는 미백의 치아를 가진 키 180센티미터에 늘씬한 정장을 갖춰 입은 남자들'에게 익숙한 여성들에겐 용서되지 않는 화려한 뉴욕의 한복판에 버려진 철제 쓰레기통에 걸린 쓰레기 같아 보였을 것이다. 가뜩이나 이런 차림은 나밖에 없다.

황급히 도망치듯 도서관을 빠져나와 원래 왔던 길로 달렸다. 숨이 막히는 도서관 건물이 시야에서 사라지자 안도의 한숨을 뱉어냈다. 만

약, 호흡하는 산소마저 돈을 주고 사야 했다면 여기서 고꾸라져 이미
저 세상 사람이었을지도 모른다. 지성과 독서의 공간이며 학생들의 터
전이지만 그곳은 점점 가면 갈수록 넓어 보이던 건물이 점점 좁혀져
온다. 이러다 독방처럼 몇 평 안 되는 어두운 공간에서 밀려드는 좁은
벽이 되진 않을까. 오히려 벽에 날 세워 놓고 내 눈앞에서 벽돌을 쌓아
서 점차 좁히고 그 속에 매장하는 것이 아닐까. 사회에서 허용되지 않
는 자들은 자기가 원하지 않았다 해도 어둠 속에서 사라져 가는 것이
다. 자신의 존재조차 드러내지 못하고 사라지는 하루살이 같은 운명.
길거리를 배회하며 눈에 들어오는 것은 무리지어 다니는 학생들과 커
플들이었다. 그들 중에는 술에 취해 비틀거리며 여러 음식이 조합이
된 부침개 반죽을 색색으로 입에서 토해내며 그 위에 얼굴을 박고 잠
자는 모습, 아무렇게나 웃어대고 울어대는 모습에 실소를 금할 수 없
다. 그뿐인가, 남이 보든 말든 상대의 몸을 더듬으며 애정행각을 벌여
대거나 천 년의 애정이 만 년의 증오로 바뀌어 전쟁을 해대며 눈살을
찌뿌리게 하는 남녀들. 내게 있어 이 모든 것은 그저 가질 수도 없고
피하고 싶은 현실이다.

  정처 없이 걷고, 또 걸었다. 아파트에 들어서자 경비 아저씨가 경비
실 안에서 졸고 있었다. 희끗희끗한 머리카락에 주름진 흙빛 얼굴에
걸쳐진 돋보기안경과 어울리지 않는 청색 유니폼은 연세가 있는 노인
이라고 생각하기에 경비라는 직업이 왠지 모르게 우뚝 선 아파트에는
어울리지 않는 초라함 그 자체였다. 건장한 사내들이 강하게 밀치면
팍 쓰러질듯 한 노인들을 누가 저렇게 경비원으로 채용했단 말인가.

그들은 왜 이런 곳에서 일을 해야 하는가에 대한 자투리 생각이 잠시 집에 들어가는 내 발길을 움켜잡았다. 그저 지나가는 안줏거리에 불과한 생각일 것이지만.

집에 들어가자 부모님이 날 맞아주었다. 항상 같은 패턴이다.

"학교에서 공부하고 오냐."

"예, 도서관에서 있다가 왔어요. 저녁은 먹었습니다. 그럼 쉬세요."

이렇게 끝나는 대화가 전부이다. 더 짧아도, 더 길어도 내게 있어서나 부모님에게나 큰 부담이다. 얼마나 더 짧아질지는 모르겠지만.

저녁은 안 먹었지만, 어차피 부모님이 잠든 직후에 라면 하나 끓여 먹고 자면 되니 상관없지 아니한가. 다시 컴퓨터를 켰다. 인터넷 검색이 아닌 메신저를 띄웠다.

메신저 목록에 동창이나 친구는 별로 없다. 다들 접속이 안 되거나 보이질 않는다. 필요 없는 사람이라 차단당했을지도. 어차피, 필요 없는 선배나 친구는 백수 혹은 술도 안 사주며 자기 패거리가 아닌 사람들이니 그들의 범주에 속하지 않는다면 차단 목록에 들어가 있게 된다. 졸업 후 자주 전화를 걸던 동기나 후배들과 여러 번 술자리도 같이 했지만. 취업이 되지 않자 하나 둘 나를 피하기 시작했다. 바쁘다는말 뿐이거나 전화연락도 되지 않는다. 남아 있는 것이라곤 인터넷 모임에서 만난 동호회 사람들이다. 실제로도 만나긴 했지만, 지금이야 화제에 맞춰 웃고 즐기며 친목을 다지고 있지만, 이들 또한 언제 어떻게 사회생활이나 배우자가 생김에 따라 어떻게 변할지 모른다.

나나 그들에게 있어 지금 현재가 중요하다. 서로 도우며 일단 생존해야 하니까. 오히려 주변인들보다 이들에게 강한 유대감을 가지는 것도 이러한 이유에서다.

오프라인에서 자주 만난 사람 중 한 사람인 친한 동생인 진현이 쪽지를 보내왔다. 핸드폰 매장에서 점장을 맡고 있는 그의 도움으로 군전역 후 오랫동안 두고 있었던 고물 핸드폰을 신품으로 바꾸어 저렴한 가격에 쓰고 있다. 시원시원한 성격이어서 힘든 와중에도 친구들을 챙겨주어 고마운 사람이기도 하다.

"이번, 주말에 형도 휴가 내요, 공부만 하는 것도 지루하잖아."

"백수가 휴가는 무슨. 형편이 안 좋은데 괜찮을지 모르겠네. 무슨 계획이라도 있어?"

"여행이나 다녀옵시다. 저 입대 얼마 안 남았는데 철은 아니지만, 산이라도 보는 게⋯."

"쉽지가 않네, 다른 동생들하고 재미있게 다녀와."

그의 말을 거절하고, 컴퓨터를 껐다. 지갑을 열어보니 휑하다. 통장 조회를 한 후 생각해 보기로 했다. 하지만 저축보다 인출이 많아서 걱정되긴 했지만 그래도 이것도 사람 사는 것이고, 여러 목소리가 머리를 사정없이 휘갈겨 댔다. '이놈! 네 이놈!' 이 소리가 귀를 울려 머리가 지끈거렸다.

불이 꺼진 거실, 열한 시 경. 집에서 나와 집 앞에 있는 편의점 현금 인출기에서 통장에서 오만 원을 찾았다. 잔액은 얼마 남지 않았다. 찾자마자 수수료가 깎여 나간다. 기계 사용한 비용을 대라그 이렇게 모질게 굴다니. 인출액의 일 퍼센트의 사용료가 아까워서7- 아니라. 아니, 설령 아깝다 해도 이것은 좀 심하지 않는가. 그들의 장삿속은 참으로 서비스라는 명목하에 저질러지는 것이지만 뭐라 할 수도 없는 노릇이다. 그들만의 사정이 있으니 어쩌랴. 사용자 입장에서는 입 다물고 조용히 따를 수밖에, 편의점에 들러 주머니에서 꺼낸 꾸깃한 천 원짜리 지폐를 내고 신라면을 집어 들었다. 집에 와서 냄비에 물을 채우고 가스레인지에 불을 올렸다. 새벽 밤참 준비다. 저녁을 대신하여 먹는 라면은 자취생이나 백수 폐인이 아니라면 공감하기 어려운 식사수행인 것이다. '짜빠게티', '신라면', '삼양라면' 등 익숙한 제품들로 텅 빈 속을 달래고 나면 머릿속에서부터 내장에서 발끝까지 채워지는 넉넉함에 밤을 새우기 적절해진다. 일단, 빈속을 채우고 금방 잔다는 것도 무리가 있어서 삼십 분쯤 있다가 잠을 청하기로 했다. 라면을 먹고 책장에 꽂힌 여러 책을 보던 중 이런 글귀가 눈에 들어왔다. '인간은 빵으로만 살 수 없다', 빵으로 살 수 없는 게 아니다. 그 빵을 구하기도 어려운 게 인생이라는 것을 꿈이나 지나가는 지식으로도 덮을 순 없지 않은가. 내 전공이 글과 관련 있는 학과여서 집에 쌓인 것은 책이요, 머릿속만 살 찌우다 보니 몸과 마음, 주머니와 청춘은 궁해져 버린 것이 현실이다. 아무리 그쪽 일을 한다 해도 하늘의 별 따기인 현실에서 얼마나 작가들이나 작가가 되려는 사람들에게 반영 되겠는가. 오늘도 그런 숙제를 떠안고 씨름하다 보니 어느덧 새벽 5시가 되었다. 또다시 똑같은 날의 반복되는 시간이며 영혼을 담는 시간이 오고 만 것이다. 굶주린 오늘이여 안녕.

　오늘도 어김없이 낮 2시에 일어났다. 평소에 할 일 없는 인간이다 보니 잠을 늦게 자는 바람에 깨어나는 시간조차도 불확실하다. 문을

열어보면 아무도 없다. 익숙했기에 위화감도 들지 않는다. 단지, 평소
와 다른 것이 있다면 사이렌 소리가 계속 울릴 뿐. 현관문을 열고 밖에
나가보니 옆집에 사는 사람이 실려 나가고 있었다. 귀동냥을 하며 대
충 주워들어보니 사인은 수면제 과다복용. 평소에도 고성과 울음소리
가 그치지 않았던 집이라 내게 있어 그저 컴퓨터를 할 때 방해가 되는
대상에 불과했는데, 이제 그 골칫덩이가 사라지니 참으로 편하다. 들
어가려는 참에, 동네 아줌마들이 떠드는 소리가 들리고 있었다. 그들
을 향해 짧게 목례를 했지만, 자기네들끼리 이야기를 하느라 나 자신
은 이미 아웃 오브 안중이다.

"세상에, 어제도 찾아왔었다며?"

"아유, 그 깍두기들이 저 치를 얼마나 볶아 대는지 여기까지 다 들
렸다니까요."

"오백만 원 빌려준 거 때문에 대출을 받았는데. 그게 이자가 점점
불어나서 결국은 사채를 썼다고 하던데, 그 이자가 점점 불어나서 저
지경이 된 거래요 글쎄."

"그뿐만이 아니야, 술집에서 '나가요' 아가씨로 일해도 돌아오는
것도 없고. 사채업자가 장기매매에 그것까지 강조했나 보더라고. 정말
세상이 어떻게 돌아가려는지….."

그녀들은 수군대며 각자의 집으로 들어간다. 그 때, 슬리퍼 밑에 뭔
가 걸렸다. 집어 들어 보니 '서민 대출'이라는 글씨가 박혀있는 종이
쪼가리에는 온갖 감언이설이 쓰여 있다. 하지만, 그것이 과연 누구에

게 이득인지는 생각 있는 사람이라면 잘 안다. 쓰고 싶지 않아도 써야 하는 사람들이 대부분이다. 그것을 잘게 찢고 대문을 닫았다. 밥솥을 열어보니 밥이 데워졌다. 주걱으로 밥을 퍼서 그릇에 담았다. 냉장고에서 김치를 가져다가 먹기 시작했다.

티브이를 켰다. 그곳에서는 정부의 정책들이 쏟아져 나온다. 다른 외계행성에서나 현실화 될 이야기들이다. 나와 아무런 상관도 없다. 실제 생활을 하지 않고 자기들 세계로 모든 것을 현실화하려는 외계인들에게 한국, 아시아, 유라시아, 세계, 지구를 맡기는 것은 미친 짓이라는 생각이 어렴풋이 든다. 항상 바뀌는 '용비어천가'에 나 같은 사람들이 얼마나 귀를 기울이겠는가. 그저, 헛소리에 불과하다. 내가 굶고 있을 때 누구는 살이 찌도록 먹고 있을 것이다. 학교에 다닐 때도 느꼈지만, 학생회든 학술동아리든 간에 아무리 죽어라 대의를 앞세우고 일해 봤자 돌아오는 것은 아무것도 없었다. 세상은 항상 출세하거나 노는 자들이 따로 있다. 지금도 생각해본다. 내가 낸 등록금이 과연 어디로 갔을까 하는 생각, 학생회비가 정말 나에게 혜택으로 돌아왔는지에 대한 생각. 자리만 지키는 총학생회의 짜장면 값 혹은 윗대가리라는 작자들의 술값으로 돌아갔는지도 모른다.

컴퓨터는 어느덧 화면보호기가 작동되어 검은 화면에 로고가 정신 없이 돌아다니고 있다.

개봉한지 얼마 안 되는 호러영화 [蟻]의 로고였다. 로고를 하나하나 잠식해가는 개미 떼가 화면까지 번져간다. 이 영화는 정말 보고 싶긴 하지만, 주머니 사정이 워낙 궁했기에 다운로드를 받아야겠다. 나도 처음에는 정품을 사용하지 않고 릴 된 타이틀을 다운 받는 것을 죄악이라고 생각했지만, 고등학교 시절 가던 게임매장이나 음반매장에는 점차 다양한 정품들이 사라져 가고 있었다. 달라진 것이 있다면 물가가 올라간 가격표가 전부였다. 디스켓이 사라지고, 시디가 만연하다가 디브디까지 기록하는 세상이다. 곧 있으면 블루레이도 복제된다고 하니 어디까지 '창과 방패' 의 싸움이 계속 될지는 모른다. 어차피 약간의 시간과 돈만 지불하면 다운 받을 수 있는 게 미디어이다. 이것의 공유는 이미 막을 수 없는 수준에 이르고 있다. 뭐, 저들의 책임이기도 하지만. 항상 저품질이나 수준미달의 미디어를 정품이라는 이유로 비싼 가격으로 매겨놓고 결국 재고만 쌓이는 환경에서 눈이 높아져 가는 대중들이 그냥 보겠냐 말이다. 옛날부터 미디어는 항상 위에 선자들의 전유물이었을지도 모르지만, 과학은 점차 그것의 격차를 좁혀나가고 있다. 그렇기에 위에 계신 분들이 법 운운하며 날뛰는 건지도 모르지만.

인터넷을 검색하던 중, 눈에 익숙한 단어가 들어왔다. '크리스마스는 케빈과 함께' 이 말은 꾸준히 들어온 말이다. '나 홀로 집에' 라는 영화에 나왔던 맥컬리 컬킨은 어느덧 청년이 되어, 부모가 자신의 돈 때문에 이혼하자 그 자신은 술과 담배에 찌들다가 마약을 하고 잠깐 철창신세도 졌지만 결혼하고도 이혼하고 갈팡질팡하면서 그럭저럭 살고 있다고 한다. 그가 연기한 '케빈' 의 존재는 아직도 화면 속에서는 계속 살아 있었다. 그가 항상 등장하는 영화 '나 홀로 집에' 는 꼭 크리스마스에만 방영 되었다. 영화관에서 아주 잘 팔리던 그 때 그 시절의 그 영화는 어느 덧 세대가 바뀌어도 꾸준히 해마다 방영되는 '장수촌 영화' 가 되고 말았다.

세상에는 케빈과 함께하는 나 같은 사람들이 대부분이지만, 일부는 케빈이 아닌 연인의 손을 꼭 잡고 눈이 오길 기다리는 존재들도 있다. 그 사람들이 있기에 크리스마스 이브나 발렌타인데이의 밤이 뜨겁게 달궈진다고 불평하는 사람들도 있다. 처음에는 나도 그런 불평을 늘어놓은 사람 중 하나였지만, 지금은 어느 쪽도 아니다. 거기까지 생각하기에 나는 거리가 멀어져 가는 사람이기에, 잉여생활도 벅차다.

"난 매일 방 안에서 꿈틀대는 벌레, 지루함 나른함에 몸은 축소되네…."

음악 재생기를 켜자 밴드 '도마뱀'의 '나이프 계시록'이 흘러 나왔다.

디시인사이드에 접속했다. 여러 가지 주제로 범벅된 그곳은 사진을 가지고 여러 가지 변형을 통해 새로운 것을 창조하기도 한다, 별별 사건들을 일으키는 곳이기도 하다.

오죽하면 인터넷에서도 인성 파괴 3대 최악 사이트 중 하나로 이곳을 꼽곤 한다. 들어가 보니 네티즌들은 여러 가지 다양한 사진들을 가지고 합성과 패러디를 해놓았다. 하지만, 정부에 대한 것보다도 주위에서 흔히 보기 어려운 사건이나 순간포착을 이용한 개그 물이 전부이다. 의미 없는 그들만의 속어는 댓글로 떠돌고 있었다. 그 게시판 중에 [백수] 게시판에서 눈길을 끄는 제목이 있었다. '세상아'라는 사람이 쓴 글의 제목이었다. 그 아래 달린 댓글들은 별 영양가 없지만.

'이태백'이라는 글쓴이 이름으로 댓글 하나를 달았다. '세상아'가 쓴 본문 글은 읽지 않았다. 최소한 제목이라도 내 기분을 말해준다면 그것으로도 충분하다. 내 말에 트집 잡는 댓글이 올라올 수도 있겠지만. 그것까지 신경 쓰고 싶지 않다.

그 때, 경찰차 소리가 들렸다, 어제처럼 자살사건이라도 벌어진 것

일까. 현관문을 열고 나가보자 익숙한 얼굴의 남자가 경찰들이 팔짱
낀 사이로 붙들려 차 안으로 들어갔다. 단번에 그 사람을 알 수 있었
다. 건너편 집에 사는 박 형이었다. 대체 무엇 때문에 잡혀간 것일까.
머지않아 그 해답은 말 많으신 아줌마들의 입을 통해 전해졌다.

"집회 같은 거 왜 나가서 똑똑한 사람이 사서 고생을 한데?"
"항상 성실하고 공부도 잘하던 학생이었는데. 장학금까지 받을 정
도로 똑똑했잖아요. 저 집 부모도 정말 속 타겠네. 졸업하고 나서 열심
히 공무원 시험 준비하고 있었는데 감방에 가게 생겼으니. 저런 사람
을 왜 잡아간담. 암튼, 세상에 옳은 소리 하는 사람들은 다 죽었다니
까. 티브이 앞에서 떵떵거리는 도둑놈들은 안 잡아가고…세상이 망하
려나 봐요."
"어이구, 새댁. 우리도 말조심합시다. 누가 알아요? 우리 말 듣고 비
방죄니 통신죄니 뭐니 하면서 경찰들이 잡아갈지. 인터넷에서 정부 관
련 글 썼다고 잡혀가는 사람들이 한 둘이에요? 그것보다도, 연속극 그
거 정말 웃기지 않아요? 정말 드라마도 막장이야. 어떻게 시어머니가
며느리를…."

수군대는 아주머니들의 주제는 Tv 드라마로 옮겨가고 있었다. 그들
에게 있어 나 같은 건 투명인간에 불과해 보인다. 주위 사람들이 하나
둘씩 사라져 간다. 이러다가 나도 사라지려나? 아줌마들은 삼삼오오
모여 있다가 조용히 자기 집으로 들어갔다. 아까 켜둔 컴퓨터에 띄워
진 인터넷 창을 종료시켰다. 매일 매시간 마다 새로운 것이 올라오지

만, 내게는 아무런 도움도 되진 않는다.

'New Job Change.com' 라는 사이트에 접속했다. 수많은 사람들이 실시간으로 정보를 교환하거나 혹은 취직을 위해 접속하고 있었다. 여러 곳을 살펴보고 있었다. 급여를 오픈 프라이스로 명기해놓은 곳도 많았지만, 거기에 아랑곳하지 않고 모여드는 사람들도 많았다. 나도 그들 중 하나다. 이곳뿐만 아니라 다른 취업 사이트, 지인을 통해 이력서를 들고 회사에 찾아갈 때가 잦았다. 첫 면접 실패 이후, 항상 서류 심사에서부터 자유롭지 못했고. '지삼대' 찌질이 답게 계속 유령처럼 맴돌고 있었던 것이다. 한숨을 쉬며 여러 사이트를 찾던 중, 눈에 띤 곳이 나타났다. 〈진호 그룹〉이었다. 다른 회사와 비슷비슷한 항목이 있었다. '특별한 조건' 부분에는 '폭탄이 터져도 회사에서 열심히 일할 인재' 라고 쓰여 있다. 다행히도 그렇게 까다롭진 않은 입사조건이다. 어떻게 보면 '위급상황' 도 견뎌내야 하는 현장 일이 있는지도 모른다. '신청' 버튼을 누르고 입사원서를 다운 받아 여러 가지 사항을 작성하다 보니 어느덧 저녁이다. 박스에 있던 라면을 끓이며 프린트 키를 눌렀다. 그러던 중, 검색 사이트 다음에 들어가 봤다. '탤런트 최진실 사망' 이라는 기사가 떠 있었다. 잠시동안 최진실이 누구지? 라는 생각을 했다. 대학을 나온 직후로 연예인들에 대한 관심이 사라진지 오래다. 라면이 다 익자 후루룩거리며 먹었다. 밤에 먹는 라면은 이게 마지막이길 바란다.

면접 준비 시간을 몇 시간 앞두고 일어났다. 시계를 보니 평소 일어난 시간보다 네 시간 더 일찍 일어났다. 핸드폰에서 문자가 왔다는 음

악이 울려 대고 있다. 문자가 오는 것이 한정된 내게 있어 갑자기 밀어
닥친 문자가 무엇인지. 행여나, 면접이 취소된 것은 아닐까 라는 불안
감을 뒤로하고 핸드폰 폴더를 열어보았다. 다시 인사이드 쪽 다른 사
람들이 보낸 것이었다. '최진실 사망' 혹은 '최진실이 자살했는데 왜
죽었을까?' 같은 내용이었다.

　탤런트 최진실, 그녀에 대해 아는 것이 아무것도 없다. 연기는 잘했
다고, 이혼했다고 Tv에서 떠들어 댔지만 아무런 상관이 없기에 그녀
의 존재에 대해 관심이 없다. 정보가 없는데 그녀에 대해 뭐라 하겠는
가. 그저 '안 되었네' 라는 생각뿐이다. 욕실에 들어가 다른 때보다 더
자세하게 씻었다. 머리끝에서 발끝까지 안 쓰던 바디 클랜저로 시원하
게 노폐물을 씻어내렸다. 샴푸도 린스까지 써가며 지성모발脂性毛髮을
정성스럽게 감아낸다. 평소 같았으면 대충 비누로 끝냈겠지만 지금은
새로운 면접의 시간이다. 지갑을 털어 택시를 타고 '진호 그룹' 으로
향했다. 끝나고 올 때는 지하철이든 도보든 상관없다. 목적지에 도착
하여 문을 열고 들어갔다. 중소기업에서 막 대기업으로 상승 중이라서
그런 것일까, 건물 내부는 신축 된지 얼마 안 되어 내부는 깔끔한 느낌

과 함께 대리석 바닥은 밟고 있으면서도 무거움마저 느끼게 했다. 서류를 받는 '인사과' 까지 제출하는 것은 얼마 걸리지 않았다.

화장이 짙은 여직원이 용건을 묻자. 서류를 제출하러 왔다고 하자마자 말이 끝나기도 전에 여직원은 서류를 받아들고 하던 일을 계속 하고 있었다.

"서류 면접 끝나고 연락드리겠습니다. 안녕히 가세요."

여직원의 몇 마디로 어제 온종일 준비했던 이력서 및 자기소개서는 넘어갔다. 알람시계처럼 똑같은 소리로 말하는 여직원을 뒤로 하고 인사과를 나왔다. 커다란 빌딩의 현관문을 빠져나와 길을 걸었다. 거리는 온통 회색 빛깔로 이루어진 거대한 숲이다. 그 사이로 같은 검은색 옷을 입은 사람들이 바쁘게 지나간다. 사람들이 일하는 회색빛 동네에 싱싱한 푸른 녹음이 짙기 바라는 것은 나처럼 세상을 읽지 못하는 인간의 허무맹랑한 광상狂想인 것일까? 그렇다고 해서 길에 나무가 없는 것은 아니었다. 차렷 자세로 서 있는 고동색 나무들은 자기 위에 군림하고 있는 덩치 큰 빌딩 앞에 일렬로 있을 뿐이다. 그 빌딩들 위에는 아무도 군림하지 않는다.

언젠가 저 나무들 중 하나가 되겠지. 파릇파릇하게 가꿔지다가 햇빛을 못 받고 장승처럼 서 있다 나중에는 뼈만 앙상하게 남는 고목나무가 되고 말거야.

그런 생각을 하자 순간 눈에서 물기가 돌았다. 반복되는 생을 은퇴까지 쭉 가야만 한다니. 순간 주위를 돌아보았다. 그곳을 바쁘게 지나다니는 사람들은 아이들이 가지고 노는 레고(Lego)의 부속품 같다. 똑같은 부품과 디자인, 행동으로 이루어진 레고 휴머노이드.

한숨을 쉰 순간, 주위가 시끌벅적했다. 뒤를 돌아보니 많은 사람들이 무리 지어 플래카드를 앞세우고 오고 있었다. 반대편에는 전경들이 방패를 앞세우고 늘어서 있었다.

"언론탄압 중단하라! 정권은 민주탄압 중단하라!"

구호가 울려 퍼지며 사람들이 점차 내 쪽으로 다가오고 있다. 빨리 이곳에서 벗어나고 싶었다. 전경들과 시위대를 피해 무작정 뛰었다, 나와 상관없는 일에 말려들기 정말 싫었다. 그 때, 어디선가 굵은 목소리가 들렸다.

"저 새끼 잡아!"

반대편에서 상관으로 보이는 자가 소리치자 전경들이 뛰어들었다. 사람들이 뒤로 도망치기 시작했다. 어디로 가야할지 몰랐다. 뒤에는 방패를 든 전경들이 모여들었다.

"잡았다, 이 시위대 새끼."

"너 같은 새끼 때문에 우리가 얼마나 깨지는 줄 알아?"

얼굴을 시위 진압용 장비 투구로 가린 전경 하나가 내게 소리쳤다. 마치 광화문 쪽에 서 있는 이순신 장군 동상의 모습처럼 보이기도 했지만, 그들은 그 동상에 견줄 수 없을 정도로 거칠어 보여서 먼지가 자욱하게 옷에 묻어나 초라해 보였다.

"나 시위하는 사람 아니라니까. 왜 이래요!"

"새끼야 닥쳐. 니가 시위대가 아닌지는 조사해보면 알아!"

분명한 건, 그들의 말에 대응하는 순간 고함 소리와 함께 뭔가 눈앞에서 불이 번쩍하더니 그다음은 생각이 전혀 나지 않았다.

경찰서에는 많은 사람들이 붙잡혀 와 있었다. 나도 수갑이 채워진

채 머리가 헝클어져 있고 땀 냄새에 절어 있는 험상궂은 주름진 얼굴
에 눈썹이 짙은 형사를 앞에 두고 앉아 있었다. 내 꼴은 말이 아니었
다, 누가 찢었는지 모르지만, 정장 왼쪽 팔 부분이 찢어져 있었다. 옷
전체가 하얀 먼지와 모래로 엉망이 되어 다시는 입기 어려워 보였다.

"아 대체 내가 뭘 했다고 그래요?"

"너 촛불시위 참가했지? 경제도 어려운데 쓸데없는 짓을 왜 하냐?
어디 단체 소속이야?"

"저는 시위 같은 거 안 했다니까요? 회사 면접보고 왔는데 너무하는
거 아니에요?"

앞에 있던 형사가 서류철을 세로로 세우더니 머리를 세게 내리쳤다.

"왜 때려요! 이 옷을 보라구요! 가뜩이나 한 벌밖에 없는 정장인데
당신네 전경들 때문에 이 지경 됐다구!"

"이 자식이, 뭘 잘했다고 큰 소리야?! 너 같은 놈 한둘 본 거 아니니
까, 오늘은 일단 저쪽 구석에 조용히 처박혀 있어! 내일이면 콩밥 먹을
거니까 말이야"

머리에 붕대가 감겨 있었지만, 언제 감겨 졌는지도 모르겠다. 앞에
있는 눈썹 짙은 사내는 계속 내게 배후가 누구냐며 소리를 질러댔다. 어
디선가 경찰 두 명이 오더니 날 양쪽에서 붙잡더니 세로로 된 긴 창살의
유치장에 처넣었다. 그곳에는 많은 사람들이 몰려 있었다. 개중에는 누
워 있기도 하지만, 앉아서 계속 구호를 외치는 사람들도 있었다.

"정부는 집회의 자유를 보장하라! 국민의 목소리를 막지 마라!"

맞은 머리가 울리는 느낌이다. 화가 치밀어 그들에게 소리를 쳤다.

"아 진짜 짜증나 죽겠네! 왜 자꾸 옆에서 이러는 거에요?"

이 사람들 때문이다. 이런 곳에서 데모자 취급이나 받아야 한다니. 그 때, 땀에 찌든 반소매 티셔츠와 청바지를 입고 여드름투성이의 얼굴에 안경을 쓴 뚱뚱한 남자가 말했다.

"당신은 분하지도 않아? 정부가 시계를 거꾸로 돌리고 있는데."

"내가 왜 이런 곳에 들어와야 하냐고! 댁들 때문에 지금 면접보고 오는 길에 이게 뭐냐고! 이게! 나 집에 가야 한단 말이에요!"

"여기 국개 한 마리 더 있구만. 지난 대선 때 누구에게 투표했어?"

"짜증나서 투표 안 했어요, 됐어요?"

사람들이 내게 달려들었다. 가뜩이나 머리도 아파 죽겠는데 마구 발길질을 해댔다. 누구 하나 말려주는 사람도 없었다.

"다들 조용히 안 해! 시위대 새끼들이 왜 이렇게 말이 많아!"

그 때, 밖에서 수군거리는 소리가 들렸다. 아까 나를 조사하던 경찰의 목소리도 들려왔다.

"실례지만, 누구신지?"

"우리 회사 직원이 연행되었다고 해서 왔습니다."

"찾는 사람이 누구죠?"

"그게, 심영인이라는 사람입니다. 입사한지 얼마 안 되었지요."

"그 사람이라면, 시위의 주동자로서 조사 중에 있습니다."

"시위의 주동자일리 없습니다. 제가 직접 면접을 봤으니 말입니다."

자세히는 알 수 없었지만, 누구든 나를 꺼내줬으면 하는 바람이다.

"아, 그랬군요. 하하, 요즘 시국이 하도 엉망이다 보니. 착오가 있었던 모양입니다. 어이 박 경사! 심영인 씨 석방시켜!"

분명히, 내 이름이 들렸다. 드디어 이 지옥으로부터 해방이다!

"별일 다 보겠군. 면접결과 통보받기 전에 이런 일로 만나는 사람은 자네가 처음이야. 아, 내 소개를 하자면. 이런 사람일세."

경찰서에서 나를 해방 시켜준 검은 피부에 아담한 체구, 머리를 포마드를 발라 깔끔하게 넘긴 중년의 남자는 내게 명함을 건넸다. 거기에는 〈진호 그룹〉 인사과 부장 송세현 이라고 쓰여 있었다.

"죄송합니다."

이런 일로 바쁜 사람을 불러냈으니. 이 회사하고는 영원히 끝이겠지. 매일 반복 되는 생활을 마감하고 사람답게 제대로 살아보고 싶었는데. 시위대에 휩쓸려 경찰에게 두들겨 맞기나 하고. 어쩔 수 없는 사회의 잉여인간인가. 뭘 해도 안 되는 놈은 나 같은 놈이다.

"옷이 엉망이구면, 자네 입을 옷은 더 있나?"

"아니요, 이게 전부입니다."

사내는 나를 천천히 보고 있었다. 아침에 말쑥하게 차려입었던 모습과는 전혀 다른 수용소에서 갓 탈출한 전쟁 포로처럼 머리에는 붕대, 손에는 타박상의 자국을 가리기 위한 반창고에 옷은 상의 하의 가릴 거 없어 찢어져 있었다.

"일단 급한 데로 친구 옷이라도 빌려 입고 내일 회사에 나오게."

순간 눈이 휘둥그레졌다. 회사에 나오라고?

"네에!?"

"자네는 우리 회사 직원이니까 출근해야 하지 않겠어. 우리 회사가 바라는 인재가 뭐지?"

"포, 폭탄이 터져도 회사에서 열심히 일할 인재입니다!"

190

"내일 나오면 할 일이 많을 거야. 놀라지 말고 열심히 하게나!"

뛸 듯이 기뻤다. 매섭게만 느껴지던 바람도 따뜻하게 얼굴을 덮어주는 기분이었다.

"대신, 오늘 있었던 일은 아무에게도 말하지 말게. 시끄러우니까."

그 말을 남기고 사내는 오십 미터 정도의 밤거리로 사라져 갔다.

사내의 멀어지는 뒷모습이 사라지자 가던 길을 다시 걸어갔다. 어둑어둑한 길에는 사람들의 자취를 찾아볼 수 없었다. 지갑을 열어보았다. 지갑에는 동전만 몇 개 들어 있었다. 그것을 세어보자 버스비로 쓰기에는 부족했기에 집까지 걸어가야 했다. 뭔가 내 머릿속을 스쳐갔다. 저녁도 안 먹었지만, 목이 미치도록 말랐다. 콜라를 한 잔 마시고 싶었다. 계속 걸었지만, 커피 자판기뿐이었다. 주위에는 어떠한 가게도 없었다. 그래도, 콜라를 마시고 싶은 마음은 여전했다. 얼마나 걸었을까. '코카콜라' 라는 붉은색에 파도 무늬를 띈 자판기가 눈에 띄었다. 동전을 세어 봤는데, 백 원이 모자랐다. 마실 수 없었다. 다른 것을 마셔야 한다. 뭔가 부당한 기분이 들었다. 평소 마시던 '펩시콜라' 가 계속 머리 속에 맴돌았다. 계속 걷기로 했다. 다리가 아프긴 했지만, '펩시콜라' 를 마시고 싶은 생각은 나의 발걸음을 더더욱 재촉하게 하였다.

이십 여분쯤 지났을까, 유리창이 하나도 없는 공중전화 부스 옆에 '펩시콜라' 라는 태극마크가 그려진 자판기가 보였다. 동전을 세어봤다. 제대로 액수가 맞아떨어졌다.

'딸그랑' 동전이 들어가는 소리와 함께 버튼을 누르자 콜라 캔이 나왔다. '딱~! 추우욱!' 하는 경쾌한 소리와 함께 캔이 따졌다. 콜라를 들이켰다. 가슴 속까지 시원한 바람이 불어 모든 것이 내려간다. 한 모금 더 마시고, 크게 웃었다. 세상을 다 가진 것 같은 기분이었다. 하지만, 순간 목이 메여 '콜록콜록' 소리와 함께 사래가 들렸다. 눈물과 콧물이 나올 것 같았다. 기침에 남은 콜라를 떨어트릴 뻔했지만, 겨우 그 위기는 벗어났다. 그래, 살았다. 얼굴 끝에 미소가 번져 갔다. 그래, 널 마시고 싶었어.

나 같은 초짜에게 이것은 아마도 한 계단씩 밟고 올라서느냐, 아니면 그저 명줄 떨어지지 않게 겨우겨우 살아가느냐를 결정하는 것이겠지. 분명한 건, 회사에 합격했다는 것이다.

진압봉에 맞았던 머리가 욱신거렸지만. 그것은 중요하지 않았다.

집까지 더 걷기로 했다. 내일부터는 어엿하게 살아가는 '직장인1'이 되어 있을 것이다. 반면, 이십 구세로 '졸' 하신 백수 이태백 선생의 장례식은 곧 디시인사이드에서 있을 예정이다. 가자가자, 집으로. 내일부터 잉여인간 생활은 끝이다.

집에 들어가자, 바깥까지 부모님이 나와 계셨다. 경찰서에서 연락을 받은 걸까. 고생했다며 어깨를 두드려 주었지만, 그보다도 '저 합격했어요' 라는 말부터 하고 싶었다. 하지만, 목에 사래가 걸린 탓일까. 그저 고개만 숙이고 있다가 들어갔다.

샤워를 마치고 컴퓨터 앞에 앉았다. 손가락은 자판 위에 놓인다. 이진수의 공간에서 날아다녔던 나, 이태백 선생을 위한 '장례식' 의 시작이다. 키를 꾹 눌렀다.

140400 나 갤 뜬다.. ㅂㅂ[8]　　　　　글쓴이 : 이태백　　　2008/10/05

└ re : 님하 잘가염 돌아오면 님 털을 거임　　글쓴이 : 슬로우스윗　2008/10/05

└ re : 오오 이태백 취업인가 ㄷㄷㄷ　　　　글쓴이 : 잉어인간　　2008/10/05

└ re : 좀비처럼 살아 돌아 오지마　　　　　글쓴이 : 잘생겼다　　2008/10/05

└ re : 닥치고 짜지셈　　　　　　　　　　　글쓴이 : 니입치료　　2008/10/05

└ re : 니입치료 저 인간 열폭 쩌네 ㅋㅋ　　글쓴이 : 붙는거야　　2008/10/05

└ re : 열폭은 무슨 ㅂㅅ아 싸울래?　　　　글쓴이 : 니입치료　　2008/10/05

└ re : 니입치료 주최 병림픽이 시작 되었습니다　글쓴이 : 안해유혹　2008/10/05

└ re : 바이바이 이태백　　　　　　　　　　글쓴이 : 고공비행　　2008/10/05

　많은사람들이 인사를 한 마디씩 던진다. 이곳에 다시 돌아오지 말라는 인사뿐만 아니라 익명성을 가지고 서로 스트레스를 풀려는 싸움 시작 댓글까지 다양하다. 이들을 다시 보긴 어려울 것이다. 이제부터 서류 더미와 컴퓨터 모니터에 얼굴을 처박고 살 거니까.

　핸드폰에 문자가 날아왔다. '진현'이 쓴 것이었다. 디시인사이드와 연계가 되어 있어서 댓글을 쓰자마자 그런 것일까. 그의 말 한마디가 심장에 날카롭게 꽂힌다.

　바이바이. 이태백.

그림자

1

지하철 6호선 망원역 3번 출구 앞 계단 근처에서 담배에 불을 붙이고 있었다. 얼마나 기다려야 할까. 내 앞으로 한 사내가 바닥의 장애인 인도 블록을 지팡이로 더듬거리며 조심스레 발걸음을 옮기고 있다. 문득, 어제 병원에 갔던 일이 생각난다.

"황신락黃神樂님 들어오세요."

병원 진료실 안 쪽 오른편에는 안경을 낀 서글서글한 표정의 의사가 기다리고 있었다.

"판막증입니다, 심장이 많이 손상되어 있네요. 완치하려면 빨리 수술을 받아야 합니다. 게다가, 환자분께서 호흡이 불규칙하군요. 심장과 폐의 혈관도 많이 손상되어 있고…."

의사의 전문적인 말은 여러 번 들었기에 이제는 제대로 들리지 않는다. 내 시선은 데스크 앞에 놓인 십자가에 집중되었다. 근엄한 상징 앞에 앉아 있으려니 몸이 못 견딜 것 같다.

진료실을 빠져나온 뒤 처방전도 받지 않고 병원 밖으로 나갔다. 더이상 그곳에 있고 싶지 않았다. 병원 입구에서 주차장으로 가려고 했을 때 앰뷸런스가 앞을 가로 막아섰다. 차 뒷문이 열리고 그 속에서 나온 피투성이의 여자가 이동식 병원침대에 실려 들어갔다. 갑자기 구역질이 나기 시작했다. 병원에 오기 전에 먹었던 햄버거를 쓰레기통에 토해냈다. 코로 시큼한 위액이 올라온다.

생각해 보면 그것은 중학교 3학년 때 학원에서 시작되었다. 연필을 가지고 연습장에 낙서를 하면서 지루한 시간을 보내고 있을 때, 옆자리 여자아이의 연습장에 세일러 문이 그려져 있었다. 만화책에 나올 만한 퀄리티로 아주 세련미 있고 깔끔했다. 나는 아무 말도 못하고 그 아이의 옆얼굴을 훔쳐보고 있었다. 참고서와 연습장, 열변을 토하는 학원 강사는 눈에 들어오지도 않았다. 몇 시간이나 훔쳐보았을까. 그 아이는 시선을 느꼈는지 그리던 것을 멈추고 참고서를 뒤적거렸다.

며칠이 지나 그 아이는 쉬는 시간에 말을 걸어왔다. 공부하는데 집중이 안 된다면서 왜 자꾸 자신을 쳐다보느냐고 말했다. 순간적으로 할 말을 잃었다. 나도 모르게 '그림'이라는 단어가 나왔고 그 아이는 고개를 갸웃거리며 미소를 지었다.

처음 정면으로 본 얼굴은 동그랗고 커다란 눈과 오똑한 코에 얇은 입술이 시디처럼 작은 얼굴에 조화를 이루며 포니테일 머리가 매력적이었다. 감청색 교복 안에 받쳐 입은 하얀 셔츠와 타이, 파란색 치마는 하얀색 긴 양말과 조화를 이루고 있었다. 그 아이의 이름은 정하영鄭河

永. 자신은 벽란여중에 다니고 있다고 했다. 왜 그림을 그리느냐 묻자 자신의 꿈은 일러스트레이터라고 했다. 우리는 함께 있는 것만으로도 좋았다. 학원은 공부하러 오는 곳이라기보다 그녀가 그리는 새로운 그림을 보며 그것에 대해 만화 스토리를 짜거나 그림을 따라 그리는 경우가 많았다. 학원의 교육에 비해 한 눈 팔기에 바빴기에 성적은 올라가지 않았지만 마냥 행복했다.

그녀의 밝은 옆모습을 볼 수 없게 된 것은, 프리지아 꽃향기가 짙게 나던 겨울에 있었던 그 일 때문이었다. 첫눈이 내리던 날, 어둠이 짙게 깔린 학원 주위에는 조금씩 눈이 떨어지고 있었다. 학원을 나온 우리는 손을 잡고 걷던 중 버스 정류장에 다다랐다. 헤어져야 할 시간이었다. 안녕, 그녀는 밝게 웃고 나도 미소를 지었다. 눈에 비치는 밝은 빛이 우리를 감싸고 있었다. 그 때, 밝은 빛을 따라 육중한 코뿔소가 한 마리 달려왔다. 둔탁한 엔진음과 함께 그 순간 하영은 그렇게 날아가 버렸다. 그와 동시에 주상복합 건물들, 사 차선 도로가 눈앞에서 무너졌다. 아무것도 남아있지 않은 세상이 펼쳐져 있을 때 십 미터쯤 퉁겨져 날아간 그녀의 머리는 부서져 있었다. 마리오네트 관절 인형처럼 제각각으로 따로 놀고 있는 팔다리는 완전히 꺾어져 있었다. 빨간색 물감이 그녀의 육체와 검은색 아스팔트를 물들이기 시작했다. 나의 몸은 움직이지 않았다. 모든 것은 흑백으로 변해가고 심장 뛰는 소리와 함께 머릿속을 어지럽히는 잡음소리의 볼륨이 크게 올라가고 있었다. 그와 동시에 어두컴컴한 세계는 하얗게 내 시야를 가렸다.

내가 깨어난 것은 그녀가 날아가 버린 날로부터 삼일 뒤였다. 어떻게 병원에 왔는지도 몰랐다. 현장에서 사람들이 비키라는 말에도 아랑곳하지 않고 돌처럼 굳어 있었는데, 구급요원 중 한 사람이 다가와 몸에 손을 대는 순간 뒤로 밀려 바닥에 쓰러졌다고 한다. 병원으로 후송되었는데 전혀 깨어나지 않아, 다들 나를 그녀가 데려갔다고 생각했다고 한다.

부모에게 그녀가 안치된 영안실을 알려달라고 했지만, 시신은 이미 화장되었고 지금은 내가 안정을 취해야 한다는 말만 했다.

한 달 동안 병실에 누워 지냈다. 티브이도 보기 싫고, 좋아하던 댄스음악도 듣지 않았다. 밥만 먹고 대소변을 보는 것이 전부였고 머릿속은 백지상태였다. 이상한 것은 그녀의 얼굴이 도통 생각이 나지 않았다. 단지, 사고 당시 그녀를 비추던 찬란한 빛만이 내 머릿속에 남아 있었다.

퇴원 후, 그녀의 유골함이 있는 납골당에 갔다. 영정사진을 봐도 그녀의 모습은 처음 보는 사람 마냥 낯설었고, 아무런 것도 기억나지 않았다. 하영의 얼굴은 그 찬란하고 아름다웠던 빛에 녹아버린 것일까. 아니면, 나의 뇌 속에 그녀의 그림자가 덮여 버린 것일까.

아름다운 하영은 마리오네트 인형처럼 부서진 채로 뜨거운 불 속에서 아름다움의 싹을 피워보지도 못하고 죽어갔다는 것이다. 반면, 하영을 죽인 덤프트럭 운전사는 오 년형을 선고받았다. 술이 떡이 되게 만취 상태로 마시고 여중생을 쳐 죽인 쓰레기가 고작 오 년. 아무것도 머리에 들어오지 않았다.

집으로 돌아와 이불을 뒤집어쓰고 잠들었다 깨어났을 때는 새벽이었다. 형광등 조명을 켜자 땀에 젖어 있는 내 몸이 보인다. 왼쪽 손목의 혈관이 푸른빛을 띠고 있었다. 새파랗게 한 줄로 쭉 이어진 선로 같은 푸른 동맥이 미웠다. 하나로 이어지지 못한 것들도 많은데, 내 몸의 일부라지만 매우 아름다웠다.

서랍에서 커터 칼을 꺼냈다. 더는 육체에 아름다운 것이 어울리지 않는다. 왼쪽 손목에 칼날을 대는 순간 망설여졌다. 그어야 할 것인가 말 것인가, 초조한 기분이 머릿속을 사로잡았다. 칼날이 피부를 찢지도 않은 상태에서 심장은 미친 듯이 뛰고 있었다.

눈을 감고 커터 칼로 팔목을 가로로 그었다. 피부를 찢고 뜨거운 혈액이 흘러나온다. 그렇게 내 육체 곳곳은 뜨겁게 달아올라 있었다. 눈에 이슬이 고였다. 뿌옇게 습기가 찬 안구는 안개가 낀 것일까. 하얗게 물든 시야에 한 여자아이의 얼굴이 보인다. 누군지 알 것 같다. 빨리 와 달라고 말하기도 전에 고통은 지나가 버렸다. 그 아이의 얼굴을 봤다는 것 하나만으로도 모든 것은 그렇게 안도감과 함께 날아간다.

그날, 처음 리스트 컷을 했다. 그 행위는 고교생활 전반을 채워주며 왼팔과 오른팔에 무수한 가로와 세로의 붉은 상처자국을 남겼다. 짧은 스포츠 머리에 안경을 끼고 교복을 입었던 작은 키의 꼬마는 그 날로 사라졌다.

담배꽁초를 버리고 잠깐 본 거울 속에는 꼬마 대신 하얀색으로 탈색된 머리카락에 호일 파마를 해서 여기저기 부풀어진 머리에, 귀에는 체인으로 연결된 피어싱이 빛나며 눈에는 붉은색 컬러렌즈를 낀 채 각질처럼 메마른 입술에도 화살 모양의 피어싱이 꽂혀 있었다. 양쪽 손목에는 리스트 컷을 한 흉터 자국으로 가득했고, 검은 가죽 재킷과 애나멜 팬츠는 백팔십오 센티의 큰 키를 받쳐주고 있었으며 레더부츠는 뒷굽이 아주 뾰족하다. 거울에 비친 얼굴에 걸쳐져 있는 메마른 입술에 담배를 꺼내 물고 불을 붙였다.

2

두 번째 열차가 출발하는 소리가 들려온다. 담배를 입에 문 내 앞에는 교복차림의 사내들 너댓 명이 서 있다. 그들은 의미 없는 단어와 욕을 지껄여 대던 중, 한 놈이 불 좀 있냐고 건들거리며 물었다. 그 말에 일회용 라이터를 건넸다. 라이터를 받은 녀석은 불을 켜자 갑자기 솟아오르는 불길에 깜짝 놀라 피우려던 담배를 떨어뜨렸다. 라이터 레버를 플러스 표시에 젖혀 놓고 개조를 해놓은 효과가 큰 것 같다. 세상은 쉽게 바뀌지 않아, 애송이.

그 순간, 담배를 떨어뜨린 사내는 욕설을 내뱉으며 다가왔다. 간단하게 그가 뻗는 주먹을 피하고 손목을 잡은 동시에 다리를 걸어 넘어뜨렸다. 그리곤 얼굴 정면을 정확하게 부츠 뒷굽으로 찍어버렸다. 다른 녀석들이 달려들었지만, 풋내기들이라 간단하게 팔을 꺾거나 기본적인 던지기로 땅바닥에 쓰러트리자 놈들은 전의를 상실하고 도망쳐버렸다.

손목에 줄이 그어진 그날 이후, 리스트 컷으로 말미암아 심해져 가는 가슴 통증이 심장질환이라는 사실을 알게 되어 심장 강화를 위해 배웠던 유도와 합기도는 이런 일이 있을 때 빛을 발하고 있었다.

대학시절, 혼자 살면서 전갈을 두 마리 키웠다. 하얀색의 모습을 띤 놈의 이름은 '스팅'이었다. 반면, 검은색을 띤 놈은 '마크'. 처음에는 그저 호기심으로 '스팅'을 데려왔었다. 먹이도 대충 곤충 종류를 주었을 뿐 애정은 별로 느끼지 못했다. 조그만 유체라서 그런지 먹이인 죽은 귀뚜라미를 주면 조용히 받아먹는 정도였다. 애완견과 다를 바 없고, 독도 없는 것 같아서 무섭지도 않았다. 자극하면 몸을 움츠리며 도망가는 꼬맹이 같았다.

어느 날, 동창인 재혁才奕이 왜 전갈을 키우냐고 내게 물었다. 별생각 없이 기르다 죽어버리거나 혹은 쓸모없으면 가차없이 버릴 것이라 말하자 그는 어이없어하며 말했다.

"차라리 두 마리를 키우지그래? 네 성격에 전갈이 그냥 죽어가는 건 흥미 없을 거야."

"두 마리나 키워서 뭐하게, 내 방이 무슨 동남아 밀림 인줄 아냐?"

나의 물음에 재혁은 에도가와 란포의 책을 읽다가 덮고 말했다.

"사람마다 다르지만, 네게 있어 지루한 사육보다 생존본능의 짜릿함이 마음에 들 거야."

그의 말을 듣고 나는 곧바로 '마크'를 샀다. 이미 '스팅'은 중간 크기로 자라 있었기에 같은 크기로 자란 것을 골랐다. 색도 대비를 이루는 검은색. 재미있는 것은 두 놈의 성격이 매우 달랐다. '스팅'은 항상 모래 밖으로 나와 있었고. '마크'는 돌을 파헤쳐 그 속이나 모래 안으로 파고들어 숨어 있는 편이었다. 두 놈은 충실하게 애완동물의 생활을 했다. 귀뚜라미를 충실히 먹고, 모래를 상대로 숨바꼭질 하는 것이 일상이었다.

두 마리를 키워도 별 영향이 느껴지지 않아서 지루함을 느꼈다. 그러다 보니 녀석들의 먹이가 소진되어 가도 신경을 쓰지 않았다. 오히려 죽어가는 날만을 기다렸다.

일주일 뒤, 재미있는 광경을 보게 되었다. 먹이인 귀뚜라미는 놈들을 피해 달아나고 있었다. 녀석들은 귀뚜라미가 아니라 서로 공격하기 시작했다. 꼬리로 상대를 공격할 줄 알았지만, 그것은 나의 잘못된 생각이었다. 녀석들은 집게로 서로 잡아채고 던지며 등 마치 그래플러식의 레슬링 싸움을 하고 있었다. 무엇 때문에 두 놈은 싸우는 걸까.

인터넷을 검색해 보았다. 뒤늦게 알게 된 놈들의 습성이 재미있었다.

– 원래 전갈은 암수끼리 두면 상관이 없지만. 먹이가 한정되는 공간에서 같은 성별 개체를 두게 되면 싸움을 하게 된다. 특히, 먹이를 챙기지 못했을 때 그 싸움은 격렬하다.

인터넷 검색 글을 읽고 웃음이 나왔다. 이렇게 재미있는 싸움이라면 최고였다. 녀석들에게 더 이상 귀뚜라미를 주지 않았다. 햄스터의 새끼인 살아있는 핑키와 일반인들이 보기에 징그럽게 여겨지는 하얀 몸에 줄이 층층으로 그어진 밀웜을 사서 넣었다. 먹이를 절대 그냥 주지는 않았다. 딱 한 마리만 던져줬다. '스팅'과 '마크'는 먹이를 사이에 두고 미친 듯이 싸워댔다. 싸움에서 진 놈은 다른 수조로 옮긴 뒤 굶기고 이긴 놈에게 먹이를 주었다.

냉동된 귀뚜라미를 조용히 먹을 때와 달리 두 녀석은 예전보다 공격성이 높아져 있었다. 핑키의 살을 집게로 잡아 뜯어가며 독을 쏘기까지 하는 녀석들은 싸움에 있어 더욱 영리해져 있었다. 고맙다, 재혁. 역시 너는 내게 있어 얼마 되지 않는 친구다. 지금 생각해 보면, 내게 있어 친구는 한정된 품목이다. 고등학교 때부터 같은 교실에 앉아 똑같은 교과서로 배우는 녀석들에게 아무것도 느끼지 못했다.

평소 세상에서 완전히 보내버리고 싶었던 놈이 있었다. 택용이라는 놈이었는데. 녀석은 아무나 붙잡고 돈을 요구하거나, 누구라도 심하게 따돌림을 시키는 주동자였다.

내가 평소 드러나지 않는 존재라서 별 충돌은 없었지만 점차 늘어가는 팔의 상처에 아이들은 나를 곁눈질하더니, 택용의 하이에나 같은 눈길도 점점 가까워지고 있었다.

그날도, 리스트 컷에 의한 상처를 만질 때, 택용이 다가왔다.

"커터 칼 가지고 노는 거 재미있냐? 나도 좀 끼워주라? 또라이."

찡그린 택용의 얼굴은 거대한 칼자국을 남기고 싶을 정도로 기분 나빴다. 왼쪽 손바닥을 커터 칼로 조용히 훑었다. 화끈거리고 뜨거운 혈액이 흘러나오고 있었다.

택용은 아주 가까이 얼굴을 들이대고 실실거리며 웃었다. 조금이라도 빈틈을 보인다면 내가 제압당할 수도 있었다. 그가 내게 집중하며 몸을 밀착시키고 있을 때 피가 흐르는 왼쪽 손으로 그의 옆구리를 훑었다. 이죽거리는 그의 얼굴을 쳐다보며 말했다.

"남 신경 쓰지 말고 묻은 피나 닦지 그래."

내가 택용의 옆구리를 가리켰다. 그는 옆구리 부분에 피가 묻은 것을 보고 화들짝 놀라 엎어졌다. 그리곤 이 새끼가 사람 죽이려고 한다며 고래고래 소리를 질러댔다.

"그거 내 피인데? 덩치는 산만치나 크면서 겁이 많네."

나는 웃으면서 자리에서 일어났다. 택용은 자신이 찔린 줄 알았다가 망신을 당했다는 것에 큰 수치심을 느꼈는지 끝나고 내게 옥상으로 올라오라며 소리를 질렀다. 다자이 오사무의 〈인간실격人間失格〉을 다 읽어 가고 있었다.

7교시가 끝나고, 택용이 말한 대로 옥상으로 천천히 발걸음을 옮겼다. 그는 자기 패거리를 이끌고 나를 기다리고 있었다. 나는 왼손에 든 〈인간실격〉을 내려놓았다.

피식 웃었다. 택용은 아까처럼 죽이네 살리네 하며 내게 다가오고 있었다. 그의 주먹을 간단히 피해버렸다. 옥상에 온 이상 안전지대에 있는 것은 무의미하다.

펜스 쪽으로 이동했다. 택용은 씩씩거리며 내 쪽으로 뛰어 왔다.

그가 주먹을 뻗었다, 나는 간단하게 우측으로 피했다. 그러자 택용은 중심을 잃고 곰 같이 육중한 몸이 머리부터 먼저 떨어지더니 퍽! 하는 소리가 났다. 3초 뒤, 학교를 울리는 비명이 교실과 옥상에서 울리자 아이들과 선생들이 뛰어나왔다. 옥상에 있던 택용의 패거리와 뒤늦게 싸움구경을 온 아이들은 놀라 아래층으로 뛰어가거나 오들오들 떨며 주저앉거나 기절하기도 했다. 그것을 보며 미친 듯이 큰 소리로 웃었다.

다자이 마냥 다미가와 상수까지는 아니더라도, 나 같이 살 가치가 없는 쓰레기도 뛰어내릴 자격은 있기에 두 팔을 벌리고 뛰어내렸다.

중력은 내 몸을 가볍게 만들고 빠르게 낙하했다. 이제 일 초 뒤면 나도 완전히 박살이 나겠지, 즐겁다고 생각하면서 눈을 감았다. 깨어나 보니 몸이 욱신거렸다. 죽은 건 택용이었고, 나는 뛰어나온 아이들의 머리 위로 떨어져 가벼운 찰과상을 입고 기절했던 것이다. 문제는, 이 일로 인해 교장과 담임은 사표를 냈고 교내폭력 단속 기간이라 경찰들이 수사 하느라 학교가 발칵 뒤집혔다는 것이다.

그 사건 이후 유일하게 재혁만 다가왔다. 모두 택용의 횡포에 그동안 숨죽여 온 것은 사실이었지만 그를 죽인 것은 결국 따져보면 나였기에 모두들 나를 피했다.

"아직은 아니야, 제발 사람 놀라게 하는 건 그만둬. 최소한 네 목표를 가지고 살라구."

병원으로 문병을 유일하게 온 재혁은 조그만 책을 내밀며 말했다. 제목은 〈무소유〉였다.

"이건 내가 존경하는 선생님께서 내게 주셨던 책인데 읽어보고 많은 것을 느꼈어. 어제 읽던 중에 너에게 필요한 구절이 있더군. 어제 새로 한 권 사서 너에게 선물로 주는 거야. 참 79페이지 부분은 꼭 읽어봐. 이제 학원에 가야 해, 퇴원하고 보자!"

재혁에게 책을 받고 온종일 그 책을 읽어봤다. 정말 이해할 수 없었다. 타인이 보기에 혼란의 삶을 사는 내게 있어 절제와 지혜는 대체 어떤 의미란 말인가.

분명한 것은, 녀석 덕분에 고교 생활은 '점수'와 '탈출'을 위한 수단으로 조용히 흘러갔다는 것이다. 가끔 무단결석을 해준 덕분에 여러 번 부모와 선생님들에게 혼이 났지만.

일문과에 재혁과 함께 진학했지만 스물다섯 해가 되던 때, 갑작스럽게 작가가 된 재혁이 첫 고료를 받은 날, 녀석이 쏜다기에 나갔다. 처음엔 술인 줄 알았는데 수제 케이크 집에 가서 차와 함께 타르트라는 케이크와 와플을 먹는 것을 보고 한숨이 나왔다. 호러물을 좋아하는 놈이 좋아하는 게 여자애들 마냥 딸기 케이크라니. 술을 한 잔 마실 만도 한데 너는 너무 얌전한 게 아니냐고 묻자 재혁은 웃었다.

"공포소설을 쓴다고 해서 원숭이 골이나 피가 흐르는 레어 스테이크를 먹는 건 아니니까. 미스터 카쿠라神樂씨. 참, 내가 직접 짜준 털장갑은 어때? 따뜻하디?"

말을 마친 재혁은 조용히 포크로 케이크에 있는 딸기를 꽂더니 입에 넣고 우물거렸다. 은근히 타인이 내 이름을 일본어로 부르는 것은 왠지 기분이 좋지 않았다. 내 이름도 한심하다. 황신락이 뭐냐, 황신락. 자칫 아라카미아쿠荒神惡, 신악神惡으로 불릴 수 있다는 사실상 느낌이 안 좋았다.

정말 이 녀석은 머리와 몸이 따로 노는 놈일까. 그런 생각을 하고 있는데, 바깥에 학교에서 몇 번 봤던 여자가 지나갔다. 기억이 맞다면, 문헌정보학과의 박사 과정 중에 있는 '글래머 엘리트 퀸카 누님' 이다. 이 녀석에게 저 여자는 어떻게 비칠지 궁금했다.

"저 여자 어때? 문정과 퀸카, 되게 지적이고 매력적이지 않아?"

내가 손가락으로 그녀를 가리키자 재혁은 케이크를 먹다가 고개를 천천히 들었다. 뭐가 지나갔냐는 어리둥절한 표정을 지으며 입술에는 생크림이 묻은 채로 남은 케이크에 다시 손을 대고 있었다. 나는 그의 머리를 툭 치며 짜증을 냈다.

"이 자식아 사람이 말을 하면 좀 들으라고!"

이런 재혁의 모습은 정말 호러물과 어울리지 않는다. 온갖 몬스터와 악마, 고문과 추함을 묘사하며 독자들에게 공포심을 자극하는 이 녀석은 하얀 피부에 가는 눈초리에 색기色氣가 있는 눈동자와 가녀린 눈썹, 조각 같은 코, 계란형의 얼굴, 빨간 입술을 가진 이 녀석은 정말 속내를 알 수가 없다. 그가 내게 줬던 책과 전갈들의 싸움만 해도 그렇고, 하지만 나를 더욱더 놀라게 했던 것은 재혁이 케이크 집 바깥에 지나가던 그 여자와 갑자기 결혼을 해버린 사실이다. 내가 모르게 녀석에게는 또 다른 눈이라도 있는 것일까.

하지만, 내가 전갈을 키우지 않게 된 것은, '하미河美' 때문이었다.

"오빠, 그거 안 키우면 안 돼? 싸우는 거 보면 무섭단 말야. 그리고 햄스터가 불쌍하지 않아? 아직 눈도 뜨지 못한 아기인데."

그냥, 포상일 뿐이라고 말했다. 파이터들도 싸우고 대전료를 받는 것처럼. 저 녀석들은 내 눈을 즐겁게 하고, 야생성을 보존하기 위한 작업인 만큼 다른 개체에 대한 더 이상의 의미는 없었다. 이 녀석들의 치열한 싸움이 즐거울 뿐이다.

"이럴 거면 차라리 키우지 마, 오빠는 너무 사람이 잔인해."

너도, 게임을 하면서 네가 조종하는 플레이어로 적을 처리할 때 그만큼 포인트를 얻잖아. 그것과 이게 다를 바가 뭐 있지? 라고 하자 그녀는 뽀루퉁한 표정을 지으며 말했다.

"가상과 실제는 달라, 사실이 소설보다 더 재미있듯이 말이야."

그렇다면 니가 한 마리 키워봐. 야성 없이 온순하게 말야! 라고 말하며 '스팅'을 하미에게 넘겨버렸다. 처음에는 안 키운다고 하던 하미였지만 조용하게 받아갔다.

다음날 재혁에게 '마크'를 넘겼다. 또 한 마리는 어디 있느냐는 그의 물음에 여자친구에게 줘버렸다고 했다. 때 되면 짝 지어줘야겠네 라는 그의 말에 피식 웃었다.

나만 빼고 다른 사람들에게는 종족 번식이라는 것이 있는 것인가.

내 꿈이 이루어지려면 멀었다는 생각이 들었다.

3

　담배를 한 갑 샀다. 비닐을 뜯고 한 개비를 입에 문다. 한숨을 토해내며 하늘로 춤 추며 날아가는 짙은 연기는 깊은 밤에 혼자가 아닌 긴 여운 뒤 잠깐 다른 세계로 날아가고 싶을 때, 천장을 보며 태우는 맛과는 전혀 다르게 썼다.

　눈을 감고 어둠 속에서 꿈을 꾼다. 세계를 찢어버리는 작은 소망이 하나하나 부서지는 것을 보면서 웃는다. 그 세계는 하나로 모여 잘게 조각나서 내 몸에 박힌다.

　"Nothing's alright Nothing is fine I'm running and I'm crying….."

　귀에 꽂은 PMP에서 [Papa Roach]의 'Last Resort'가 흘러나왔다. 담배를 떨어낸 내 왼손에는 커터 칼이 들려 있다. 왼쪽 손목에는 이미 수십 군데의 상처가 선명하게 드리워져 있다. 망설이는 것은 한두 번이 아니다. 그어야 할 것인가, 그만둬야 할 것인가. 오랜만에 고민하게 된다. 빌어먹을 기분을 안정시키기 위해 그어버리자.

　칼끝이 오른쪽 손목 피부에 조금씩 흠을 낸다. 찢긴 상처 사이로 흘러나오는 붉은 액체는 몸을 뜨겁게 한다. 그것을 흘려보낼 때마다 핑크색으로 상기된 상처 주위의 살들은 빨갛게 물이 든다. 심장이 밧줄로 조이듯 아파온다. 언제까지 이렇게 살아 있어야 하는 걸까.

하지만, 멈출 수 없는 것이 현실이다. 이런 고조된 기분을 느낀 것은 중학교 때 수음을 했을 때가 처음이었다. 기분이 높게 쳐 올랐을 때 누가 오지 않기를 바라면서 방문을 모두 닫고 처음 생각했던 수음의 상상 속 상대가 누구였는지 생각나지 않는다. 이것 역시 빌어먹을 그 일 때문일까. 어느 때부터 아랫도리의 유희에서 느낀 재미는 끝나 버렸다. 체위를 아무리 바꿔 봐도, 상대가 바뀌어도 아무것도 느낄 수 없었던 것이다.

오히려 육체가 서로 뱀처럼 꼬여버리는 것은 지루해져 버렸다. 하미와 첫 밤을 보냈을 때도 마찬가지였다. 그나마 내게 안정을 준다는 것이 다를 뿐, 첫 밤에도 유일하게 내게 복수하겠다고 화낸 여자도 그녀, 하미다.

그녀를 처음 만난 것은 대학 시절 소개팅 덕분이었다. 전혀 원하지 않았던 자리였지만 일문과 후배들이 주선한 자리에 과 동기가 빠지게 되어 대신 나가게 되었다.

다른 여학생들은 별로 눈에 뜨이지 않았다. 하지만, 도수 높은 안경을 쓰고 얼굴을 가리는 긴 머리가 자꾸 눈에 거슬렸다. '하미' 라고 해요. 자기소개가 끝나자마자 오른손을 들어 어이, 머리를 올리는 게 훨씬 낫겠네 라며 그녀의 이마를 가린 머리카락을 손으로 뒤로 넘겼다. 순간 안경이 떨어지면서 맨얼굴이 드러났고, 모두 내 행동에 깜짝 놀랐다. 하미는 얼굴이 빨개지며 안경을 찾아 썼다.

다들 나에게 불쾌감을 느끼지 전에, 나의 무모한 행동보다 하미에게 눈길이 가고 있었다. 그녀가 나온 여자들 중에 제일 괜찮았기에, 나를 제외한 남자들은 하미에게 러브콜을 보내느라 정신이 없었다. 어느덧

긴장감도 사라지고 소개팅 자리가 시시해져 버린 나는 미소를 지으며
찻값을 계산하고 조용히 나와 버렸다.

　다음 날, '바보! 내 이마 물어내!' 라는 문자가 왔다. 하미는 그렇게
내게 다가왔다. 첫 만남에서부터 우리는 꼬였지만, 애프터 상대로 나
를 지목한 이유는 그 행동 덕분이었다. 그녀는 여고시절부터 만화를
그리느라 자기 자신에게 별다른 신경을 안 썼기에 자기 외모에 깔린
매력에 대해 모르고 있었다. 그럴 수밖에 없었던 것은 그녀의 하루 일
과는 전공과 먼 게임과 만화 그리기였기 때문이다. 동인지를 내며 인
터넷을 통해 판매를 할 정도로 일러스트레이터의 길을 걷는 그녀에게
왜 만화를 그리게 되었냐고 물어보자 그녀는 자기 의지는 아니라고 했
다. 그림을 잘 그리지 못했는데 어느 날부터 시작하게 되었다고 했다.
그 어느 날이 언제냐고 묻자 그녀는 아무 말도 하지 않았다.

　하미와는 편하게 지냈다. 그녀가 리드하는 대로 만나 데이트하고 통
화하거나 메신저로 대화했다. 한편으로는 귀찮기도 했지만 나를 좋아
해주는 사람이 있다는 것만으로 서로 존중할 필요가 있었다. 그녀의
얼굴은 매끄러운 피부를 지녔으며 커다란 눈에 귀족 코와 얇고 마른
입술이 조화를 이루며 긴 생머리가 찰랑거렸고, 스쿨룩을 즐겨 입어
귀여움이 느껴졌다.

　하미를 만나고 나서부터 중3 때부터 내가 살아있다는 것을 확인하
는 행위인 리스트 컷은 중단되었다. 커터칼로 피부를 찢어가며 뜨거운
피를 확인하는 것이 더 이상 무의미했다. 게다가 그 덕분에 한 번도 즐
거운 기분을 가지지 못했던 것이 사실이다.

　사는 것이 귀찮았던 내게 있어 예전에 잠시나마 고통을 잊고자 연애

보다도 클럽에서 몸을 움직여 대고 서로 눈이 맞으면 근처에서 원나잇 스탠드를 즐기기도 했던 때가 있었다.

처음에 즐긴 섹스는 서로의 몸을 탐닉하고 체액교환에 불과했기에 재미가 없었다. 즐기고 나면 상대의 얼굴이 흑백으로 보였다. 혀가 혀를 먹어치우고 아랫도리가 얽혀도 상대의 얼굴에 있는 모공과 조그마한 땀 한 방울마저도 내 눈에는 크게 보였다. 게다가 육체에서 풍겨 나오는 화 장품 냄새, 뱀의 비늘 같은 피부는 혐오감마저 불러일으켰다.

차라리, 너희는 더미(Dummy)가 되는 것이 낳겠다는 생각에 조금 은 힘들지만, 커터 칼을 가지고 다니며 섹스 전에 상대 여자들에게 제 의했다. 몸을 좀 더 뜨겁게 하고 싶어 약간의 피를 보고 싶다고. 대부 분의 여자들은 욕설을 퍼부으며 관계를 하기도 전에 도망쳤다.

하미에게 정말 이런 제의를 하기 싫었다. 하지만, 머릿속의 그림자 를 떨쳐내기 위해서는 잠시나마 필요하지 않을까? 라는 생각이 계속 들었다. 하미가 과연 자기 자신을 나에게 허락할 것이라는 보장도 없 고 다른 여자들처럼 도망갈 수도 있었다.

그날은 기일 전날이었다. 납골당에 갔다가 집에 돌아왔다. 내 방은 일어번역가라는 직업 특성상 일어로 된 원어 책과 문법 관련 책이 꽂 혀 있는 조그만 책장과 컴퓨터, 미니 냉장고, 세탁기가 전부이다. 가끔 하미가 청소와 빨래를 해주기에 그녀에게 많은 신세를 졌다. 컴퓨터 책상 위에는 항상 담배와 라이터, 재떨이가 함께 있다. 구석에는 전갈 두 마리가 있었지만, 재혁과 하미가 각각 한 마리씩 가져가서 이제는 아무 것도 없다. 이러한 풍경은 나처럼 원룸에 혼자 사는 사내에게 적 절하게 어울리는 구조다.

　　신발을 벗고 들어가자 흐느끼는 소리가 들려왔다. 방으로 들자 하미가 침대에 누워 베개에 얼굴을 묻고 울고 있었다. 어디 다녀왔냐는 말에 오랜만에 친구를 보고 왔다고 하자 그녀는 자기를 버리지 말라며 갑자기 내 품에 안겼다. 무슨 일이냐고 물었지만 아무말도 하지 않았다. 손수건으로 눈물을 닦아주고 주위를 둘러봤다. 하미의 스케치 북이 방바닥에서 뒹굴고 있었다. 그것을 펼치자 평소 그녀가 그린 화려한 그림이 있었는데, 전부 엑스자로 그어져 있었다. 무슨 일이냐고 물어도 아무 말도 하지 않았다.

　　안아줘, 라는 말에 그녀를 조용히 안아주었다. 하미는 이제 그림 같은 것은 다시는 그리기 싫다며, 자기는 자기 자신이라며 울먹였다. 자신은 이대로 영원히 내 품에 안겨 있는 게 좋겠다고 말하며 울었다. 무슨 생각인지 이해할 수 없는 상황에서 돌려보낼 수도 없었다. 아니, 돌려보낸다고 해서 갈 것도 아니었다. 그녀는 집에 가면 숨이 막힐 것 같다며 눈물을 닦았다.

　　자기는 누구의 대용품이 아니라는 등 알아들을 수 없는 말만 하고 있었다. 거듭해서 집에 들어가기 싫다고 했다. 철부지 같았지만, 강제로 데려다 주기도 어려운 상황이었다. 하미에게 오늘은 조금 길게 느껴질 수도 있는 내 이야기를 들어주겠냐고 물었다. 그녀가 '뭐든지'라며 수긍하자 다른 여자들에게처럼 뭉뚱그리는 말보다도 솔직히 말하는 것이 낫겠다고 생각했던 것일까. 중학교 때 있었던 하영에 대한 일과 오늘 친구를 만났다는 사실도 그 일 때문이라는 것을 밝혔다. 비록 그녀의 이름은 말하지 않았지만 그동안 고통을 잊기 위해 해왔던 리스트 컷에 대해 말해버렸다. 하미에게 리스트 컷에 대해 말한 것은 처음이었다.

내 말이 끝나자, 하미는 무슨 생각을 했는지 침대에 누웠다. 그리고 옷을 하나씩 벗어던졌다. 그녀는 두 손으로 자신의 얼굴을 가렸다. 아담한 체격이면서도 빈약한 가슴은 아니었고 살결은 너무나도 희었다. 군살 하나 없는 하미의 육체는 나에 의해 고통을 받을 것이다.

칼로 왼쪽 손목을 조용히 그을 준비를 마쳤다. 제발, 오늘로서 하영의 그림자는 사라져야 한다. 더 이상 고통 속에 사는 것은 힘들기에 마지막으로 얼굴을 떠올린다. 내 옆에는 하영이 아닌 하미가 있기에 잊어야 한다. 내 몸을 하미의 몸에 포개며 입을 맞추었다. 서로의 육체가 뒤섞이는 가운데, 의식이 끝나면 팔과 침대 한쪽은 조금씩 붉게 물들 것이다. 나의 시야는 리스트 컷 때 나타나던 하얗게 점멸하는 빛과 함께 슬슬 하영의 모습이 나타날 것이다. 하미는 자신의 다리 사이로 발기한 남성이 들어오자 얼굴을 심하게 찡그린다.

아랫도리를 조금씩 움직이며 왼쪽 손목을 커터 칼로 그었다. 마지막이라서 그런 것인지 별로 두렵지 않았다. 왼쪽 팔에서 조금씩 뜨거운 혈액이 배어 나오는 순간 나도 모르게 놀라고 말았다. 시야에 하얗게 비친 것은 하영이 아닌 나의 상처를 지혈하면서 또 한편으론 피부에서 핏방울을 핥는 하미였다. 그 때처럼 교복만 입지 않았을 뿐 내가 열여섯 살 때부터 고통의 순간마다 떠올렸던 바로 그 얼굴이었다. 그녀는 예전의 그대로 있었기에 더더욱 놀랄 수밖에 없었다. 내 뺨에 눈물이 줄줄 흘렀다. 하미는 내가 들어오는 고통에 찡그린 표정을 지으며 뜨거운 숨을 토해내더니 출혈하는 나의 손목을 잡고 있었다. 심장이 가빠져 왔지만 멈출 수 없었다. 내가 진심으로 사랑했던 사람을 잊으려

했지만, 그것이 불가능하다는 사실은 나와 하미 사이에 펼쳐질 육체의
쾌락 속에 영원히 달라붙어 있을 것이다.

그날 이후, 더는 리스트 컷을 하지 않았다. 서로를 아프게 하는 것보
다 순수함으로 돌아가는 것이 더 좋았기에 죽을 때까지 그녀 앞에서는
피부를 찢는 것만큼은 하지 않겠다고 다짐했다. 단지 나와 하영에게
이런 고통을 준 사람의 현실과 미래를 내 눈으로 직접 보고 싶다는 것
이 목표가 되어 버렸다. 오랜 시간 동안 나 자신을 구원하기 위해 빌어
먹을 계획은 시작되었던 것이다.

4

하미로부터 5분 뒤에 도착한다고 문자가 왔다. 이제, 정리의 시간이
왔다. 몇 시간 전 사람을 죽였다. 이것은 고의가 아닌 나 역시 놈처럼
알코올에 이끌렸을 뿐이다. 내가 죽인 놈도 어차피 그 말을 했기에 상
관없는 것이다. 내가 그놈을 죽이려고 살인 계획을 세운 것은 아주 오
래전이었다. 나 자신이 항상 죽으려다 죽을 수 없었던 것은 어쩌면 이
날을 기다려왔기 때문인지도 모른다.

그날, 나의 모든 것을 빼앗아 간 쓰레기에게 그 정도의 선물은 당연
하다고 여긴다. 일요일 아침, 고층빌딩과 상가 사이로 오가는 사람들
의 얼굴은 각양각색이다. 물론 똑같은 옷을 입은 인간들은 다 거기서
거기다. 동네 곳곳마다 교회의 십자가가 걸려 있다. 얼마나 많은 사람
들이 6일간 저질렀던 죄를 청소하려고 모여드는 것일까. 그날 이후로

성경과는 거리가 멀어져 버렸기에 사람들이 교회에 꼬박꼬박 가는 이유를 이해할 수 없다.

쓰레기는 기도를 마치고 사람들과 교회에서 나오고 있었다. 지인들과 악수를 하며 성경책을 들고 웃고 있는 그의 모습은 누구 못지않게 행복해 보였다. 정말 그 얼굴 가죽을 벗겨 내고 싶었다. 가족들로 보이는 중년의 부인과 아이들이 보였다.

가와사키 닌자 모델의 모터사이클에 앉아 쓰레기를 노려보다가 헬멧의 쉴드를 내렸다. 더 이상 그들을 바라보면 결심이 흐트러질 것이다. 조용히 차량을 뒤쫓다가 그의 집 근처에 이르렀다. 가족들이 내려 집으로 들어가자 차를 주차하던 놈에게 쓰레기를 던졌다. 뭐냐고 소리치는 놈에게 돌을 던지자 차 유리가 박살이 나고, 놈은 나를 끈질기게 쫓아오기 시작했다. 얼마나 달렸을까, 한참을 달리다 화성시의 마을 외곽 도로에 모터사이클을 세웠다.

쓰레기가 차에서 내려 욕설을 퍼붓는다. 사람들 앞에서 공손하던 그 모습은 어디에 갔는지 궁금할 정도였다. 조용히 그에게 다가가서 간단하게 한 방 먹였다. 놈에게 뻗은 주먹은 코에 적중했고 놈은 길바닥에 쉽게 쓰러져 버렸다. 놈을 들쳐 매고 테이프로 칭칭 묶어버린 뒤, 차 트렁크를 열어 그곳에 집어 넣어버렸다.

나도 모르게 계속 달렸다. 차에 부착된 내비게이션을 끄고 무작정 철로가 있는 곳으로 달렸다. 얼마나 시간이 지났을까. 건널목 근처에 인적이 드문 곳에 차를 세웠다. 트렁크에서 놈을 꺼내어 입에 부착된 테이프를 떼어냈다.

"아저씨 오랜만이야. 빌어먹을 헤드라이트 비추는 건 여전하데?"

겁에 질린 놈은 대체 왜 이러냐며 돈이 필요하냐고 물었다.

"기억나? 니가 사람 쳤던 거 말이지. 그러고도 잘 살아 있네."

순간 놈의 얼굴이 일그러진다. 그 일은 이미 자기도 죗값을 갚았고 계속 그녀를 위해 기도하고 있다며 소리친다. 쓰레기의 발목에 굵은 로프를 감았다.

"어이, 목사 양반. 사람 죽여 놓고도 성경책 몇 구절 읽고 하느님 찾으면 다들 당신을 선량하고 아름다운 목회자로 볼 줄 알았어? 세상사람 전부다? 하긴, 감추려면 뭔 짓을 못 해. 당신도 빵 다녀왔으니까 알겠지만, 사형수들도 죽기 전에 하느님 믿으면 천국 간다는 말에 할렐루야를 외친다며? 똥 싸놓고 남이 치워주길 바란다니. 진짜로 믿는 사람들 엿 먹이네."

제발 살려달라며, 이러면 지옥 불에 떨어질 것이라고 놈은 소리치고 있었다. 팔에 로프를 둘러 묶자 부인과 자식이 있는 몸이라며 제발 살려주면 신고는 하지 않겠다고 울먹였다.

"지옥? 그런 게 있다면 당신은 왜 살아 있지? 함부로 사람 목숨 뺏어놓고 말야, 그리고 아저씨가 어떻게 살던 그건 나하고 상관이 없어. 당신도 술 먹고 사람 친 게 알코올에 취해 돌진했으니까 그런 거 아냐? 사람이 죽는 건 똑같은 이치야."

그 때, 멀리서 기차의 경적소리가 들린다. 그의 몸을 철로에 묶었다. 누워있는 놈은 미친 듯이 울부짖기 시작했다. 점점 기차 소리가 가까워져 간다. 이제 기차의 앞부분이 보인다.

"잘 가요~니 혼자 구원받은 새끼야."

순간 놈의 몸 위로 기차가 지나갔다. 기차의 앞부분이 피로 물들고 동시에 철로 주변은 조각난 놈의 몸뚱이가 뒹굴고 있었다. 그것을 보다가 십자가 모양으로 예수가 못 박혔던 포즈를 취했다. 한참 지났을까, 내 머리 위로 눈이 내린다. 철로를 붉게 물들이고 부서진 몸 위에도 눈이 조금씩 쌓인다. 타인이 봤다면 천벌받을 것으로 생각될 나 자신은 아무런 의식도 느끼지 못했다. 그럼에도, 아주 평온하게 눈은 하얗게 내리고 있었다. 저 멀리, 시골 교회의 종소리가 들린다. 참회와 안식을 노래하는 일요일 임에도 불구하고, 차를 세워둔 곳으로 가기 위해 반대편으로 발길을 돌렸다. 나도 모르게 눈물이 흘러나온다, 저 곳으로 다시는 돌아갈 수 없기에, 앞으로만 가야 한다. 하얀 입김이 새어 나왔다. 프리지아 꽃향기가 어디선가 풍겨와 내 코를 찌른다.

차 안에는 성경이 있었다. 나라는 인간에게는 그것을 본다는 것조차 커다란 사치이며 자격은 상실 된 지 오래다. 성경을 조용히 뒷자리에 놓고 놈의 차를 운전하여 모터사이클이 세워져 있던 곳으로 가서 놈의 차량을 버린 채 다시 모터사이클을 타고 서울로 돌아갔다. 돌아가기 전에 하미에게 문자를 넣었다. '망원역 3번 출구에서 만나자'.

경찰들에게 전화를 했다, 몇 년 전 8톤 트럭을 몰고 사람을 죽인 뒤에 뻔뻔하게 착한 척하는 놈을 철로에서 열차에 치이게 해 죽였다고 했다. 그들은 무슨 소리냐며 장난전화하지 말라는 식으로 말했다. 그들의 미적지근한 대응에 화가 머리끝까지 나서 욕설을 퍼부었다.

"견찰 새끼들아 쓰레기 청소했는데 너흰 그게 장난으로 보여?"

그들은 전화를 끊었다. 더 전화 한들 소용이 없을 것 같다.

2시간 후, 하미를 기다리고 있었다. 그 동안 있었던 일들을 뇌까리면서 말이다. 하미가 오고 있었다. 빨간 코트와 검은 부츠를 신은 그녀는 여느 때보다 귀여웠다.

　매서운 추위에 떨고 있는 하미의 볼은 상기되어 있었다. 나를 만나러 온 그녀에게 이제, 확실하게 말해야 한다. 지금 이 순간이 내게 있어 영원이고 기억이다.

　"부탁, 들어주겠어? 내 꿈을 실현하고 싶은데. 미안하지만…들어줄 거지?"

　무슨 일이냐고 묻는 하미에게 단도직입적으로 말했다.

　"날 잊어줘, 그리고 나를 죽게 만들어줘. 그게 내 소원이야."

　내 말에 하미는 고개를 흔들며 무슨 일이냐고 묻는다. 그리고는 손을 붙잡았다. 누구도 의미 없이 태어난 것은 아니라며 내가 자신에게 어떤 의미냐고 묻는 하미의 말을 더 이상 들을 수 없었다. 이대로 손을 잡고 있으면 나뿐만 아니라 그녀에게도 계속 피해가 갈 것이다. 손을 꼭 잡고 우는 하미는 나를 부둥켜안았다. 이제 방법은 그것인가.

　조용히 품에서 커터 칼을 꺼내어 하미의 왼쪽 손목을 칼날로 그어버렸다. 순간 하미는 내 손을 놓고 피로 물든 자신의 손목을 붙잡으며 고통스러워했다. 나는 무작정 뛰었다.

　하미를 잊어야 한다. 더는 계속 있을 수가 없었다. 주위 사람들은 손가락질 하며 경찰을 부르고 있었다. 경비들과 경찰, 공익 몇 명이 나를 붙잡으러 뛰어오고 있었다. 그들을 따돌리며 승강장으로 뛰어갔다. 새로운 열차가 오는 소리가 들렸다. 뒤에는 계속 경찰들이 쫓아오고 있었다. 승강장에는 사람이 얼마 없고 열차의 불빛이 강렬하게 시선 속으로 빨려 들어온다. 승강장으로 들어오는 열차로 몸을 날렸다.

　강하게 퉁겨져나간 몸이 욱신거린다. 오른쪽 눈만이 모여드는 사람

220

들을 감지할 수 있다. 나는 내 모습을 볼 수 없지만 이미 왼쪽은 날아
가 버린 것 같다.

　육체의 고통이 있었지만 조금씩 기어갔다. 사람들이 모여도 뱀처럼
꿈틀거리며 기어간다. 내 마지막 모습이 보고 싶어서 고통에 떨리는
손을 움직여 핸드폰에 부착된 거울에 나를 비추었다. 내 꼴은 제대로
참혹했다, 얼굴의 절반이 날아가 버렸고. 왼쪽 피부가 혈관과 뼈가 엉
켜 있는 것이 선명하게 보였으며 붉게 물든 이마 윗부분의 뇌도 조금
씩 보였다. 눈앞에서 점점 어둠이 한 꺼풀씩 깔리기 시작한다. 육체에
서 비릿한 피 냄새가 날 줄 알았는데, 프리지아 꽃향기가 풍겨오며 따
듯하고 포근한 그 때가 내게 오고 있었다.

　갑자기 떠나버려서 하미야 미안해, 혼자는 너무 외롭기에 길동무가
필요해. 아무나 붙잡기에는 너무 늦어 버렸는 걸. 이제 잠깐의 망설임
을 잊게 하는 것도 필요 없겠지.

여인, 그리고 주인 사내

여인은 눈을 비비며 천천히 일어났다. 길게 뻗은 검은 머리카락이 커튼처럼 얼굴을 가리고 있다. 머리카락을 정리하자 여인의 피부가 도드라져 보이는 어깨가 드러났다. 여인의 시선은 아래로 향하고 있었다. 실오라기 하나 없는 자신의 육체가 바닥 위에 눕혀져 있다. 순간적으로 여인은 손으로 머리를 감싸 쥐며 주위를 둘러보았다. 벽이 온통 베이지색으로 되어 있는 방이었다. 좀 더 둘러보자 빨간색 문이 눈에 띄었다. 여인은 누워 있던 곳에서 일어나 손으로 가슴과 사타구니를 가리며 문으로 조금씩 한 발짝 걸어나갔다. 손잡이를 돌리자 철컥하는 소리와 함께 문이 열렸다.

"일어났군. 영영 못 일어날 줄 알았더니 말이야."

여인은 목소리가 들린 쪽으로 시선을 옮겼다. 긴 머리카락에 마치 알비노 환자에 가까운 백지장 같은 새하얀 피부, 왁스로 바짝 세운 머리카락, 커다란 눈에 보라색 눈동자와 날카로운 콧날, 붉은 입술이 도드라져 보이는 얼굴에 일자로 길게 뻗은 체구에 붉은색 가죽 옷을 입은 사내가 서 있었다. 여인은 주위를 둘러봤다, 거실인지 방인지 모를 넓은 공간은 베이지색으로 도배되어 있었고, 그곳은 아담한 탁자 하나와 벽걸이 텔레비전, 벽난로, 그리고 두 곳의 커다란 문이 있었다. 그때, 사내의 목소리가 들려왔다.

"남의 집 구경하기 전에 나 좀 그만 흥분시키지 그래?"

여인은 자신의 몸을 보았다. 순간적으로 다시 가리긴 했지만, 아무것도 걸치지 않은 무방비 상태의 육체는 충분히 사내에게 좋은 구경거리이기도 했다.

"뒤에 있는 거 걸치고 따라와."

여인은 뒤를 돌아봤다. 옷가지가 바닥에 놓여 있었다. 사내는 다른 방으로 사라졌는지 보이지 않았다. 옷을 입은 여인은 사내가 어느 방으로 들어갔는지 고개를 두리번거렸다. 사내의 목소리가 나는 쪽으로 여인은 문을 열고 들어갔다. 실내는 아까 그 공간보다도 넓었다, 각종 음식조리기구와 재료들이 정리되어 있었다. 중앙에는 하얀 시트가 씌워진 긴 테이블이 놓여 있었다. 여인의 앞에 놓인 의자를 사내는 오른쪽 손가락으로 가리켰다. 그녀는 거기에 앉았다. 사내는 만들어진 음식을 하나하나 놓기 시작했다. 각종 산해진미가 올라오고 있었다. 하나하나 올라온 음식은 두 사람이 먹기에 너무 과분한 양이었다.

"부족하면 말해, 음식 많은데 안 먹는 건 질색이니까 말이야."

여인은 음식을 먹기 시작했다. 그러던 중, 그녀는 깜짝 놀랐다. 차려진 음식이 맛이 있었기에, 그것을 음미하는 것조차 잊어버린 듯 먹는 것에 정신이 팔려 있었다.

226

"아주 맛있어요! 직접 만드신 건가요?"

사내는 고개를 끄덕였다. 그의 얼굴에서는 어떠한 미동도 나타나지 않았다.

"아. 지금 네가 먹는 그 음식은 샤실리크라는 건데, 자우어 크라우트하고 같이 먹어봐. 느끼함이 많이 사라질 거야. 그래, 그거 말이야. 양배추처럼 생긴 거."

"아, 예. 지금 드시는 건 뭔가요? 통닭같이 생긴 거요."

"탄두리 라고 하는 건데 구워 먹는 거지. 혹시 다이어트 하나?"

여인은 머리를 매만졌다. 사내는 눈을 감으며 말했다.

"내가 괜한 걸 물어봤나. 너는 다이어트가 필요 없을 몸이군. 아직 그 때도 아니고."

여인은 사내가 '그 때' 라는 말을 하자 약간 의문이 생겼다. 그녀는 자신에 대해 아무것도 아는 것이 없었기에 더더욱 불안감은 커져만 갔다.

건들거리는 그의 행동은 호의적인 것과는 거리가 멀어 보였기에 여인은 더욱 불안했다.

"저, 별일 없었던 거죠?"

"물에 빠진 생쥐 꼴로 쓰러져 있었어. 내가 한 일은 죽을지 살지도 모를 너를 운반한 것밖에 없다. 그건 그렇고, 간만에 점심을 함께 먹을 사람이 있으니까 좋네."

퉁명스러운 사내의 말을 들은 여인은 말을 잊었다. 음식 솜씨에 비교하면 이 사내는 무슨 생각을 하고 살기에 까칠한 남자가 된 걸까 라는 생각하며 그녀는 한숨을 쉬었다.

"혼자 사세요? 이렇게 좋은 음식 솜씨에 정갈하게 사는데도 부인이 없다는 건….”

사내의 입술 오른쪽이 올라가 있었다. 그는 여인을 무표정하게 보고 있다. 그는 더 이상 대꾸조차 하기 싫다는 것인지, 귀찮다는 것인지 여인은 알 수 없었다.

“사람이 살면서 각자의 사정이 있는 법이지. 자네 이름은?”

사내의 말에 여인은 머리에 통증을 느꼈다. 머리를 감싸고 바닥에서 뒹굴던 그녀의 이마에 식은땀이 흘러내렸다. 그녀의 기억 속에서 ‘이연지’ 라는 이름이 자꾸 반복되어 나타나고 있었다.

“생각났어요! 연지라고 해요. 그쪽은 이름이 어떻게 되세요?”

“연지. 다행히 자기 이름은 기억하나 보군. 내 이름은 안 가르쳐줘.”

연지는 사내의 행동에 말이 막혔다. 친절함과는 거리가 멀어 보이는 그에게 신세를 지는 것이 부담스럽게 느껴진 그녀는 빨리 이곳을 나가고 싶었다. 이름만 아는 자신의 기억이야 어찌 되었든 더 이상 신세를 지는 것은 위험할지도 몰랐기에 불안했다.

“폐를 많이 끼친 거 같은데, 저는 옷이 다 마르면 가볼게요.”

“멀었으니까. 좀 있다가 가지? 너는 이름 외엔 전혀 모르잖아.”

“이름도 안 알려주시는데 꼭 굳이 알아야 할 필요는 없잖아요.”

연지는 볼을 부풀리더니 뾰루퉁한 표정을 지으며 입술을 내밀었다.

“피차일반인가, 목이 타는데 말야, 콜라나 한 병 마셔야겠네.”

사내는 냉장고 문을 열더니 콜라를 꺼내 마셨다. 탄산이 터지는 소리와 함께 그의 타는 목마름을 채워주고 있었고, 그것을 반영하듯 목젖은 위아래로 왕복하고 있었다.

“이 집 출구가 어딘 줄 알고 그냥 나가겠다는 거야?”

228

콜라병을 비운 사내의 말에 연지는 놀라며 그가 있는 곳을 보았다.

"모르는 게 있으면 일단 물어보라고, 현관은 저쪽이야."

사내가 손가락으로 가리키고 있는 곳에는 현관문이 있었다. 그로테스크한 문양과 검은색 유리로 현관이 장식 되어 있었지만, 불투명한 색으로 말미암아 밖을 볼 수 없었다.

"여기, 세상에서 제일 높아. 그래서 사람은 잘 안 오지, 외롭긴 하지만 나쁘진 않다네."

사내의 말에 연지는 이해가 가지 않았다.

"여기가 지금 제일 높은 곳이라는 건가요? 남자 혼자 사는 집이 이렇게 넓고 높은 곳이라니, 이해가 안 가요. 옥탑방 치고는 크네요."

사내의 미묘한 표정은 어딘지 모르게 비웃음을 담은 것 같았다.

"옷이 말랐다면, 이제 좀 나가고 싶어요. 저를 구해주셨으니 어떻게든 보답할 방법도 찾아야 하고 폐 끼치긴 좀 그렇잖아요?"

연지의 말이 끝나기도 전에 사내가 고개를 뒤로 젖히며 말했다.

"이곳은 허공 속에 길게 세워진 곳의 방이야. 나가면 위험해."

위험하다는 말에 그녀는 약간 의아한 기분을 느꼈지만, 사내의 행동을 봐선 신뢰가 가진 않았다. 연지는 현관 앞에서 냉소적인 음성을 띠며 말했다.

"그럼 여기 밖에는 뭐가 있죠? 비행기?"

문을 열고 현관에서 발을 디딘 순간 연지는 무심코 아래를 보았다. 성냥갑만 한 집과 빌딩. 회색으로 물들여진 들판이 펼쳐져 있었다. 그녀는 놀라 몸을 뒤로 뺐다. 파랗게 물든 하늘과 하얀 구름, 잔잔한 바람이 뺨을 스쳐 갔다.

“남의 집 문을 주인 허락 없이 함부로 여는 건 좋지 않은 일이야.”

사내는 조용히 문을 닫았다. 연지는 뒷걸음질치며 그의 행동을 보고 있었다.

사내는 담배를 물고 불을 붙이더니 창밖을 내다보며 말했다.

“내가 이 집을 높게 지은 건, 살다 살다 열이 받아서 말이지.”

사내가 폐 속 깊이 빨아들이는 담배는 빨갛게 타오르며 작고 하얀 몸체에서 연기를 토해냈다. 사내는 연지에게 조용히 다가와 머리에 자신의 손바닥을 댔다. 그녀의 시각은 점차 어두워져 가고 있었다.

맑은 하늘에서 본 들판은 노란 빛깔을 띠고 있었다. 그 위에 집 한 채가 세워져 있었고 흙으로 만든 벽에 지붕은 지푸라기로 엮여 있었다. 사내는 천으로 중요한 곳만 걸친 채 담배를 피우고 있었다.

그 때, 중요한 곳만 가린 사람들이 대열을 지어 몰려오더니 그들은 커다란 벽돌을 운반하거나 그것을 쌓아가며 뭔가 만들어 가고 있었다. 일하는 사람들에게 주어지는 것은 마늘이 전부였지만 그들 뒤에는 금빛 투구와 갑옷으로 무장한 군인들이 채찍을 휘두르며 욕설과 함께 언성을 높이고 있었다. 그것을 본 사내는 군인들에게 물었다.

“뭘 만들고 있기에 사람들을 이렇게 부려 먹는 거요?”

“우리의 위대하신 황제께서 내세에서 쉬실 크고 웅장한 영묘를 만드는 중이다!”

군인의 말에 사내는 콧방귀를 뀌더니 그들을 뒤로하고 집으로 들어가 버렸다. 그는 담배를 벽에 비벼서 끄곤 잠을 청했다.

몇 분이나 지났을까. 이번에는 노랫소리가 밖에서 들려오고 있었다.

사내는 귀를 손으로 막더니 얼굴을 찡그리며 문을 열고 나갔다.

"뭐가 이렇게 시끄러운 거야?"

밖에 나온 사내의 앞에는 수많은 사람이 노래를 부르고 있었다. 검은색으로 된 정복을 입고 거수경례를 하는 그들은 '총통 만세'를 외치며 '게르마니아'를 부르짖고 있었다.

"정말 돌겠구만, 이 쓰레기들 꼴 보기 싫어서라도 내 집을 아주 높게 올려야겠다."

사내가 움집으로 들어가자 순식간에 그곳은 길고 긴 빌딩처럼 높아져만 갔다. 움집의 형태는 일찌감치 사라지고 이미 높고 높은 마천루摩天樓가 들어서고 있었던 것이다.

땅 위의 사람들은 전혀 그 사실에 대해 모르고 있었다. 그것은 소위 기원전 혹은 그 이상의 태고대 일 수도 있었지만. 누구도 인간의 손으로 만들어지지 않은 이 찬란하고 부끄러운 건축물에 대해선 몰랐다. 그 이유는, 눈에 전혀 보이지 않았으니까.

사내는 집을 마천루로 올린 뒤로 지상에 대해 볼 수 없었다. 높아질 대로 높아진 집은 그 자신이 주체 못할 정도로 하늘과 맞닿아 있었기에 항상 그의 발에 느껴진 감촉을 폭신하게 했던 들판과도 영영 이별이었다. 문을 열어도 그저 파란 하늘 위에 떠 있는 하얀 구름과 땅 아래는 초록색 물결들이 사라지고 점차 회색빛으로 변해가고 있었다.

"다시는 문을 열기가 싫군. 손님이 올지 안 올지는 모르지만."

사내는 현관문을 닫았다. 한숨을 내쉬며 담배를 꺼내어 물었다. 그 뒤로도 가끔 그의 집에는 다양한 손님들이 왔지만, 그의 마음에 들지 않는 경우가 대부분이었다. 괜찮은 사람들에게 함께 살자고 권유하기

도 했지만, 그들은 '사람들'을 위해 사양하고 떠났다. 하지만, 대부분
은 사내를 실망시키는 경우가 많았다. 자신이 세계의 왕이라며 이곳을
궁궐로 하겠다는 사람도 있었고. 공동의 소유를 주장하며 자신이 그것
을 주장하는 당의 감시자라고 떠벌리는 자도 있었다. 사내는 그들을
현관문 밖으로 걷어차는 것이 일상화되었다.

"내가 왜 집을 허공까지 올렸는지 알겠어?"

깨어난 연지는 사내를 보고 있었다. 그는 노했던 표정을 풀더니 고
개를 오른쪽으로 비스듬히 내리더니 퉁명스럽게 말했다.

"의심도 많네. 말했잖아, 여기 집주인이라고. 몇 번을 이야기해야
알아듣나?"

웃음을 띤 사내는 담배를 꺼내어 불을 붙이더니 연기를 토해내고 그
녀를 보며 말했다.

"본론으로 들어가 볼까? 찾아온 상대에게 이십 사 시간을 주곤 해.
나에 대해 알고, 준비하고, 타협 혹은 싸울 시간을 제공하는 거지. 너
에게 남은 시간은 다섯 시간이야."

사내의 말에 연지는 심각한 표정을 지으며 말했다.

"여기서 나가려면 꼭 그 길밖에 없나요?"

"내가 아는 한계에서는 그래. 시간이 되기 전에 알아서 날아가는 경
우가 더 많지만. 몇몇은 날 이기고 여기를 차지하려고 하더라? 하지만
빼앗은 자는 한 명도 없었어. 심성이 바른 사람들에게 이 집을 주고 싶
은 생각도 있었어. 정작 그 녀석들은 별로 집에 관심을 안 둬서 섭섭했
지. 그런 사람들은 얼마든지 상관없는데. 그건 그렇고, 슬슬 저녁을 먹

어야겠네."

사내는 주방으로 향했다. 뭔가를 꺼내던 그는 큰 소리로 말했다.

"나 좀 도와주겠나? 남자 혼자 살림하기에는 힘들어, 내 손은 두 개밖에 없거든."

사내의 목소리에 이끌려 연지가 들어간 주방은 굉장히 넓었다. 요리연구가들의 주방보다도 더 커 보였다. 각종 요리용 칼과 냉장고, 화덕, 오븐이 있었고. 신선한 각종 고깃덩이가 줄에 매달리고 냉장고를 열자 싱싱한 과일과 풀들이 있었다. 하지만, 연지는 이곳저곳을 둘러보면서 설마 이 남자가 자신을 해치려고 이상한 것을 넣지 않을까 하는 마음이 불안했다.

"여기에서 지낸 시간은 셀 수 없다. 괜한 거 생각해도 네가 생각하는 건 나오지 않아."

연지는 침을 꼴깍 삼켰다. 사내는 찬장을 손가락으로 가리켰다.

"내가 원하는 건 저기 있으니까 열어서 그릇에 좀 담지 그래."

찬장을 열자 각종 향신료가 조그마한 통에 하나하나 담겨 있었다. 일부 통에서는 파란빛이 조금씩 새어 나오고 있었다. 연지의 하얀 손이 파란빛이 나오는 통을 하나하나 집어 들었다. 통 속의 향신료를 그릇이나 음식에 뿌리자 처음 맡아보는 향긋하고 푸근한 냄새가 났다.

"그거 말이지, 구하기 굉장히 어려웠어. 하루에도 몇 만 개씩 저런 게 사라지거든. 인간들은 자기도 모르게 함부로 밟아대는 풀 한 포기가 사실 최고의 음식 재료나 약재라는 것도 모르지. 평소에 소중한 걸 전혀 모르니까…네가 집어든 건 삼백 년 전에 멸종된 약초다."

사내가 지시하는 순서에 맞춰 각종 향신료와 음식 재료를 건네는 일을 하고 난 뒤, 그가 손을 저으며 기다리라고 하자, 연지는 거실을 둘러보았다. 아까 제대로 보지 못했던 벽에는 벽걸이 티브이와 초상화가 걸려 있었다. 초상화에는 사내의 모습이 그려져 있었다. 지금처럼 퉁명스러운 얼굴이 아닌 환한 얼굴로 웃고 있었다.

"오랫동안 기다렸다. 어서 들지그래."

연지는 처음 보는 음식들이었다. 이 집주인은 무슨 존재이기에 처음 보는 희귀한 재료들을 가지고 이런 작품을 만들어 내는 것인지 궁금했다. 아까와는 다르게 이 세상에서 처음 보는 요리들로 가득했다. 이미 조리법 자체가 사멸해버린 것들일지도 모른다.

"참, 정했어? 이제 시간은 네 시간 밖에 안 남았다. 이미 이 시간대에 결정하는 녀석도 있었는데, 너의 생각이 참 궁금해."

연지가 고개를 좌우로 흔들자 사내는 여전히 답답하다는 표정을 지었다. 그녀 자신도 답답하긴 했지만 어쩔 수 없었다. 전혀 기억나지 않는 현실이 원망스러울 뿐이었다.

"그건 그렇다 치고, 잠깐이지만 여기에 있어보니 어떤가."

"글쎄요, 꼭 꿈을 꾸고 있는 거 같아요. 맛있는 음식이나 큰 집. 처음 보는데도 그 어디보다도 매우 아름다운 거 같아요."

"어쩌면 이건 꿈일지도 몰라. 니가 지금 있는 이곳은 짧은 꿈이기 이전에 현실이야. 너의 생각에 따라, 이상적인 세상이 될 수 있지만 반대로 지옥이 될 수 있다는 것 또한 알아둬."

사내는 미소를 지어 보였다. 하지만, 언제 그가 역정을 낼지는 몰랐기에 연지는 불안했다.

"한 가지 묻지. 너는 네가 원하는 인생을 위해 제대로 살았던가?"

갑작스러운 사내의 물음에 연지는 망설이더니 대답했다.

"너는 이해가 안 될 수도 있겠지만, 인생 살면서 그렇게 매달리고 살아야 하나? 왜 다들 필요 없는 것들에 매달리는지 모르겠어. 출세를 위해 정치, 학벌, 인맥. 이런 쪽에 하나라도 더 줄을 쳐 달려고 목을 매고 있으니. 고작 다른 사람보다 더 잘 산다는 것이 다가 아니잖아. 진정한 자기 자신을 잃어버리는 건 아무것도 아니라 이건가?"

사내의 말에 연지는 잠시 생각하다가 대꾸했다.

"한 계단 힘들게 올라서려면 방법이 없어요. 뭐든지 조금이라도 편해지려면 하나라도 잘 아는 사람이 필요해요. 서로 도우면서 사는 것이기도 하니까."

연지의 말에 사내는 마시던 차를 들이키더니 말했다.

"네 말대로 서로 돕는 것도 아끼는 마음에서 순수한 생각에서 비롯되기도 해. 하지만, 힘과 지배의 원리가 지속된 빌어먹을 세상은 원래 그랬으니까."

사내의 표정은 밝아 보이지 않았다. 연지는 사내의 말에 대꾸했다.

"당연한 거 아닐까요? 일단 자기가 선택한 길이니까. 그리고 자신이 사랑하는 사람들과 가족들을 위해서 어쩔 수 없잖아요. 현실이 그런 걸 어쩌겠어요."

"다시 한 번 너의 평소 일상을 되돌려 보는 게 좋겠어. 솔직하지 않으니까 말이야."

연지는 머리에 통증을 느꼈다. 주위의 모든 것들이 뿌옇게 보이기 시작했다.

“이연지 씨, 오늘 강남 〈헤스페로스〉 모델하우스에 가는 거 알지?”

책상 위에는 아래아 한글, 포토샵, 액셀이 돌아가는 컴퓨터와 프린트된 서류 더미, 커피가 담긴 머그컵이 놓여 있었고 일정들이 빼곡히 적혀 있는 작은 달력이 컴퓨터에 매달려 있었다.

“거기, 이번에 새로 지었다고 들었어요.”

“시공자가 굉장히 최첨단 공법으로 주택을 지었다고 하는데, 의외로 사람들 앞에 모습을 나타내는 걸 싫어해서 말이야. 계속 인터뷰를 시도하되 거절하면 이메일로 인터뷰라도 추진해서 리포트에 올려.”

박 부장이 말하자 연지는 고개를 끄덕이며 말했다.

“알았어요. 참, 〈사랑의 동산〉 주택 취재는 어떻게 할까요?”

“그건, 심 기자에게 맡겨. 참, 이 기자는 어디 갔어? 원래 〈사랑의 동산〉 주택 취재는, 그 친구 전담 아니었나?”

“이 기자는 환경 친화 공법으로 지은 산림 주택 건 때문에 설악산으로 밀착 취재를 가는 바람에 취소되었어요.”

박 부장은 담배를 꺼내 물더니 한 모금 빨고 연기를 뿜으며 말했다.

“이거 참, 중요 인력들이 다들 자리를 비웠구먼. 이번 건은 연지씨가 여기에 집중적으로 투자해줘. 알았지? 어제 터진 부실공사 관련 기사 검토하러 가네, 그럼 수고!”

박 부장이 사라지자 취재를 나갔던 심 기자가 들어왔다. 비니를 쓰고 약간 단발 직전의 머리에 뿔테 안경을 쓴 그는 미키마우스 티와 청바지를 입고 스니커즈를 신고 있었다.

“심 기자님. 부장님이 〈사랑의 동산〉 주택 취재 대신 해 달래요.”

“웬걸, 내가 꼭 맡아야 하는 필수적인 이유라도?”

심 기자는 고개를 갸웃거리며 연지에게 물었다.

"산에 가신 이 기자님 대신 맡아 달래요."

"아 진짜, 이 기자는 왜 갑자기 산에 가서 사람을 피곤하게 만드는 거야. 나무로 집 짓는 야생 비버도 아니고. 다들 모델하우스 다니면서 아토피에 피부 상하고 있는 판에 하필이면 산에 가서 있는 거야?"

심각한 듯 보이는 심 기자는 금세 표정을 풀더니 말했다.

"알았어, 내가 맡도록 하지. 담배나 한 대 태우고 시작해야 겠네."

심 기자는 밖으로 나갔다. 그는 말보로 미디엄을 한 개비 빼어 물고 불을 붙였다. 그는 담배연기를 깊게 빨아 들였다가 연기를 토해내며 익숙한 손놀림으로 재를 털었다.

연지도 취재를 위해 옷과 가방을 챙겨 들고 나섰다. 차를 타고 강남으로 가는 도로는 퇴근 시간대에 가로막혀 동맥경화가 심각하게 일어나는 혈관처럼 도로가 거의 정지 되어 있었다. 연지는 자신의 머리카락을 손가락으로 마구 헝클었다.

"왜 이렇게 꽉 막힌 거야? 짜증 나게."

연지의 얼굴은 항상 굳어 있었다, 취재와 보고서 작성의 연속인 삶 속에 그녀의 아파트는 항상 그녀가 취재하는 주택이나 건물에 비해 초라한 마구간 같았다.

"제발, 하루라도 좋으니까 멋지고 좋은 집에서 살고 싶어. 이런 생활 너무 싫어."

평소 버릇대로 그녀는 중얼거리며 운전대를 잡고 이삼십 분 정도 달렸을까, 목적지인 모델하우스, 〈헤스페로스〉에 도착했다. 시공자이자 디자이너는 나타나지 않았다. 남자가 지었다고 하기에는 어딘지 모르게 아기자기한 타일 문양과 디자인이 여성스러운 느낌이었다. 부드러운 곡선, 군데군데 들어간 시니컬한 느낌은 남성인지 여성인지 알 수 없었다. 취재를 하면서도 여러 가지를 살피던 연지는 디자이너의 비서로 보이는 여자를 만났다.

"디자이너 분을 만날 수 없을까요?"

"죄송합니다, 우리 이 선생님께선 그저 워킹으로만 승부하는 분이거든요. 언론에 비치는 걸 그렇게 좋아하시는 분이 아니라서. 힘드실 것 같습니다."

"그분의 이메일이라도 알 수 있을까요?"

"잠시만 기다려 주시기 바랍니다."

비서는 연지에게 이메일 주소를 쪽지에 써서 주며 말했다.

"선생님께선 함부로 가르쳐 주시는 것을 좋아하지 않으세요. 작업에 방해가 되신다고. 괜찮으시다면 하루 전에 연락하세요. 제가 미리 선생님께 말씀드리죠."

연지에게 목례를 하는 비서는 공손했다. 비즈니스 시대에서 필수적이다. 비서를 뒤로하고 모델하우스를 나온 연지는 잠깐 휴식을 취하고자 그녀의 단골 카페 〈조나단〉으로 향했다. 짧은 머리에 안경을 끼고 진지한 표정을 짓고 있지만, 그것과는 상반되게 보이는 상체가 근육질로 뭉쳐져 건장하게 보이는 바리스타가 연지에게 메뉴를 물었다. 그녀는 익숙한 목소리로 즐겨 마시는 캐러멜 마키아토 한 잔을 시켰다.

주문을 마친 연지는 자리에 앉아 DSLR 디지털 카메라로 찍은 모델하우스의 풍경과 주위 배경을 살펴보고 있었다. 노트북으로 여러 가지 취재 사항을 편집했다. 오 분쯤 지났을까, 큼지막한 잔에 커피가 가득

채워져 있었다.

　연지는 자신의 미니홈피를 보던 중, 사진첩을 클릭했다. 사진 속에는 자신과 함께한 사람들과 지낸 즐거운 나날들이 추억으로 남아있었다. 하지만, 그녀는 웃지 않았다. 다이어리를 클릭하고 '글쓰기'를 눌렀다. 항상 그렇듯이, 그녀는 모델하우스에 대한 막연한 동경심을 적는 것이 일상이었기에 오늘도 익숙하게 봤던 돼지 목에 진주 목걸이를 두른 살찐 오십 대 복부인들을 비난하는 글을 담았다. '나는 저렇게 늙지 않을 거야' 라는 혼잣말은 그녀의 바람이기도 했다.

　하지만, 그녀에게 있어 겨우 사 년제 대학을 나와 취직한 인테리어 잡지사는 자신이 원하는 집을 둘러볼 수 있는 것에 대한 동경이었다.

　그러나, 해가 가면 갈수록 그녀에게 남은 것은 모델 하우스에 대한 증오심뿐이었다. 평생 일해도 결코 들어갈 수 없는 고급 아파트는 부러움과 경멸스러운 중년의 아줌마 군단의 상징이었기에 박봉의 월급으로 꼬박꼬박 세금을 내며 사는 그녀에게는 일을 그만두고 싶을 정도로 싫었다. '한 번만이라도 죽기 전에 살아봤으면' 이라는 생각은 꿈일 뿐이다.

　커피를 한 모금 마시고 바깥을 둘러보던 중, 그녀의 눈에 이상한 건물이 들어왔다. 아무도 살지 않는 허름한 건물. 화려하고 거대한 강남의 분위기에 전혀 맞지 않는 다 쓰러져 가는 폐건물이었다.

　"사장님, 저기 건물 언제부터 저랬어요?"

　"아, 저기요? 여기서 카페 한 지 좀 되었는데 저기는 예전부터 있었던 걸로 압니다만…평소에 눈길조차 들어오지 않았는데. 손님이 말씀하신 덕분에 저곳을 다시 보는군요."

바리스타의 말을 들은 연지는 자리로 돌아와 커피를 마시며 노트북을 두드렸지만, 그 폐건물은 계속 그녀의 시선을 잡아끌고 있었다. 카페를 나온 그녀는 자기도 모르게 폐건물로 향했다. 입구에 들어서자 싸늘한 느낌이 전해졌다. 회색 건물 내부는 텅 비어 있었던 것일까. 폐허 속에서 자리하는 것은 길고 긴 계단이었다. 연지는 그곳으로 발걸음을 옮겼다.

건물은 계단을 올라갈수록 주위가 좁아지는 느낌이다. 빛 하나 들어오지 않는 공간이었지만 밟고 올라가는 계단은 오히려 밝게 느껴진다. 매캐한 먼지가 쌓여 걸을 때마다 흩날려 공기 중에 섞여 코와 입으로 들어왔다. 예전에는 많은 사람이 왕래했을 계단, 지금은 아무도 없다. 깊은 어둠만이 있을 뿐이다. 아무도 가지 않은 길이라면 그것에 대한 자신만의 의미라도 있지만, 걷는 것 외엔 아무런 목적이 없다.

'이 건물, 사람이 살았다면 어떤 사람일까?' 같은 생각이 연지의 머리에 들어오고 있었다. 그녀는 한참을 걷던 중, 자신의 몸의 떨림이 점차 커지고 있다는 것을 느꼈다. 무엇보다도 빛이 점차 희미해져 가고 있었던 것이다. 어둠이 점차 잠식해 가는 것은 빛만이 아니었다. 연지는 자신의 몸과 마음마저도 점차 뭔가 둘러 쌓여가고 있다는 것을 느끼기 시작했다. 그녀의 앞에는 검은 그림자가 짙게 깔려가고 있다. 그보다, 더욱 고통스러웠던 것은 점점 자신의 코에 시큼한 연기가 들어오고 있었다는 것이었다.

"꿈을 꾸고 싶은가?"

연지의 머릿속에서 전혀 생소한 목소리가 들리더니 목을 휘감아 왔다. 계단이 출렁거리고 네모난 모서리는 점차 곡선을 깊게 그리며 더

더욱 꼬여갔다. 뫼비우스의 띠처럼 구불구불하게 머리를 맴돌았다. 그녀는 현기증을 일으키며 쓰러졌다.

얼마나 시간이 지났을까, 연지는 눈을 가늘게 떴다.

"나, 기억났어요. 나라는 사람, 내가 했던 일 모두다."

사내는 담배에 불을 붙이더니 한 모금 쭉 빨며 그녀를 보고 있었다.

"저는 이미 이승에서는 죽은 건가요?"

연지는 금방이라도 울 것 같은 얼굴로 물었지만 사내는 달라지는 기색 하나 없이 말했다.

"그건 네가 생각하기 나름이야. 나에게 물으면 어쩌나."

"당신이 데려왔다고 하지 않았나요?"

"내가 데려오긴 했지만. 사실, 너의 바람도 있었어."

사내는 담배를 빼어 물더니 말을 이어갔다.

"너는 항상 반복되는 생활을 싫어했지. 하지만, 그 보다 너는 남들보다 더 화려하게 살고 싶었던것 아니었나?"

사내의 물음에 연지는 고개를 천천히 들었다.

"취재하면서 그런 생각이 없지 않아 있었죠."

"내가 제일 행복 했을 때가 언제인 줄 알아? 움막에서 조용하게 살고 있을 때야. 그 때는 지금처럼 높은 옥탑방에서 생활하며 아래를 그리워할 필요가 없었어. 문을 열면 초원과 들판이 있었고, 동물과 식물도 얼마든지 볼 수 있었어. 복잡한 이런 기기도 필요 없고 말이지. 하지만, 그 때로 돌아가고 싶어도 돌아갈 수가 없어. 너처럼 '발전' 과 '안락' 을 위하는 보통사람들의 세상이니까 말이야. 게다가 이 집마저

노리는 지도자라는 놈들은 속출하고.”

흥분한 사내는 말을 이어갔다. 연지는 다시 한 번 집을 둘러보고 있었다. 남자 혼자 살기 과분한 집에서 남부러울 것 없이 사는 이 남자가 움막 생활을 했다는 게 믿어지지 않았다.

연지는 머릿속이 복잡해져 왔다. 얼마 남지 않은 시간이어서 그랬던 것일까, 갑자기 몸에 피곤함이 느껴져 왔다.

“나, 목욕 좀 해도 돼요?”

“얼마든지. 시간이야 계속 가니까, 너 알아서 할 일.”

욕실은 넓었다. 파란색 장미꽃잎이 욕조 안에 가득하게 둥둥 띄워져 있었고, 아름다운 보석들과 금장이 박혀 있었으며, 그녀가 좋아하는 클래식 음악이 흘러나왔다.

“왕비가 된 기분이야!”

자신도 모르게 말하며 웃었다. 정말 공중에 뜬 집이라지만 이곳은 환상의 공간이었다. 많은 여자들이 원하지만 이런 곳은 쉽게 얻지 못할 것이다. 연지는 걸친 가운을 벗고 욕조에 뛰어들었다. ‘풍덩’ 소리와 함께 파란색 장미꽃잎이 물 위로 떠 있었다.

“이대로 그냥 시간이 멈췄으면 좋겠어. 선택 따위 하고 싶지 않아.”

연지는 눈을 감았다. 처음 해보는 이 상쾌한 느낌의 목욕은 혼자, 아니 어느 누구와도 함께 하지 않았던 쾌청한 느낌이었다. 코를 찌르는 꽃향기는 세상 모든 향수가 무릎을 꿇을 만한 향이었다. 이런 곳에서 목욕을 한다는 것은 정말 큰 행운일 것이다. 연지는 순간 자신의 손을 들어 보였다. 새하얀 피부가 몸 전체에 뻗어 있었다.

이런 아름다움이 계속 유지된다는 것이 연지, 아니 그녀가 아닌 이 세상 누구라도 바라는 일이다. 늙지 않는 것은 최고의 보물이 될 수 있다. 많은 사람들은 미모를 유지하기 위해 여러 방법을 썼다. 엘리자베스 버틀리는 미모를 유지하고자 수많은 처녀를 사로잡아 그 피로 목욕을 하여 아름다움을 유지했다고 전한다.

연지는 '시간이 남지 않았다'라고 거듭 말하는 사내의 의중이 궁금했다. 만약 자신이 죽었다면 왜 굳이 그렇게 조급하게 가야만 한다는 것일까. 이렇게 호사스러운 집이라면 사는 것도 그렇게 나쁘진 않게 느껴졌다. 죽었다면 차라리 이대로 계속 미모를 유지하고 싶었다. 버틀리도 백작부인이라는 칭호에 걸맞게 아름다움을 위한 살인을 계속 저질렀다. 인간이 인간을 해치는 것은 좋진 않았지만, 만약 자신이 이 조그만 공간에서라도 여제女帝라면 한 번쯤은 그 작업을 통해 젊음을 유지해보고 싶다는 사악한 생각이 들었다.

그 때, 연지는 뭔가 입속으로 들어오는 짭조름한 느낌에 주변을 둘러보았다. 모든 것이 하얀색 타일로 이루어진 욕실은 단일한 색상을 지니지 않고 있었다. 회색빛 벽돌로 이루어진 벽과 굳게 닫힌 철문, 그리고 욕조에 담긴 것은 물이 아닌 붉은 피였다. 그것은 천장에 매달린 여러 구의 찢긴 시체에서 뚝뚝 떨어지고 있었다. 차가운 회색빛 벽에도 군데군데 피가 가득하게 묻어 있었다.

"꺄아아악!"

문이 열리며 놀란 표정의 사내가 연지의 앞에 들어와 서 있었다.

"피가 욕조 속에 가득해요!"

"사람 놀라게 하는 건 선수로군. 나야 좋은 구경 했으니까 나쁠 것은 없는데 말이지."

사내의 말에 연지는 감았던 눈을 떴다. 처음 들어올 때 그 욕실의 모습이 그대로 있었다. 연지는 움츠리며 손으로 몸을 가렸다. 사내의 시선은 그녀에게 꽂혀 있었다. 이 상황에서 뭐가 튀어나올지도 모르는 상황이었기에 더욱 불안한 마음이 그녀의 머리를 찌르고 있었다. 타월로 물기에 젖은 몸을 닦는 둥 마는 둥 하다가 겨우 옷을 챙겨 입었다. 밖에 나가자 사내는 정좌正座를 하고 있었다.

“앞으로 10분 남았어. 빨리 선택하는 게 좋을 거야.”

사내의 말에 연지는 입을 열었다.

“한 가지만 묻겠어요. 어떻게 욕실 모양이 저렇게 바뀐 거죠?”

“바꾼 사람이 더 잘 알 거 아냐?”

연지는 이상한 기분이 들었다. 자신이 생각한 것에 따라 모든 것이 변한다는 것에 더더욱 놀랄 수 밖에 없었다. 그녀에게 기묘한 힘이 부여된 것일 수도 있다.

“어때, 이제 결정했겠지?”

“차 한 잔 마실 기회는 주시겠어요?”

사내의 말에 오히려 연지가 물었다.

“차? 나는 술을 가져다주게. 냉장고에 보드카가 있으니 가져와.”

연지는 고개를 끄덕이며 부엌으로 향했다. 거실에서 고작 몇 미터 되지 않는 거리를 걸으면서도 그녀의 머리에 여러 생각이 교차했다.

‘내가 저 남자 대신 집을 차지한다면 세상은 어떻게 될까?’

‘내가 주인이 된다면 이 집뿐만 아니라 모든 것은 내 뜻대로 바뀌는 것일까?’

그녀는 부엌에서 보드카를 잔에 따르고 있었지만, 머릿속에는 고민이 가득했다.

'내가 저 남자에게 함께 살자고 한다면? 아니야. 나 같은 여자를 받아줄 리 없지.'

얼굴을 찡그린 연지는 눈을 감았다가 조용하게 떴다. 양주잔을 가지고 가기 전, 찬장 아래 서랍을 열었다. 그 속에 있었던 차디찬 빛을 띤 날카로운 것을 꺼내고 그것을 등 뒤에 몰래 숨겼다. 곧이어 양주잔을 쟁반에 받쳐 들고 가는 그녀는 입술을 굳게 다물었다. 사내는 손으로 양주잔을 쥐며 고맙다고 말하려 하자, 연지는 식칼로 사내의 심장을 노려 깊게 찔렀다. 그의 가슴팍에서 피가 줄줄 흘러내렸다. 사내는 쓰러지며 그녀에게 외쳤다.

"결국, 그런 것이었나."

연지는 눈을 감았다가 떴다. 하지만, 집 내부는 아무것도 달라지지 않고 그대로 유지되어 있었다. 그 때, 익숙한 음성이 들려왔다.

"이겼다고 생각해?"

사내는 가슴팍에서 흐르는 피를 막기 위해 손으로 감싸 쥐고 있었지만 피는 계속해서 흘러내렸다. 연지는 겁을 먹었다. 사내가 쓰러진다면 집으로 돌아가는 길이 생길 수 있기에 기대감이 들었지만, 그의 사후死後를 본 사람이 아무도 없었기에 자신에게 재앙으로 다가올 수 있다는 것이 그녀에게 있어 자신의 선택을 좌우하는 것이기 때문이다.

"누구도 내 목숨은 빼앗을 수 없어. 내가 누군지는 잘 알잖아?"

사내는 가슴팍의 상처를 손으로 매만졌다. 흐르던 피가 언제 그랬냐는 듯 멈추며 한 방울도 남아 있지 않았다, 찔렸던 상처도 사라져 버렸다. 놀란 연지가 그를 향해 칼을 들고 돌진했지만 사내는 가볍게 칼을 빼앗고 그녀의 오른손을 순식간에 잡아 꺾어버렸다.

"너에게 영점 일 초는 공기 중에 떠 있는 입자들에 있어선 무한의 시간일 수도 있어. 인간이라는 존재는 말이지, 너무 많은 것들에 대해 우월감을 느끼고, 소중하게 생각해야 할 것들마저도 지키지 않고 그냥 편의에 의해 규정지어 버리지. 너처럼 말이야."

사내는 하얀 이를 드러내며 씨익 웃더니 연지에게 속삭였다.

"미안하지만, 시간은 이미 3분이나 지나버렸네?"

벽에 걸린 시계의 분침 바늘이 오른쪽으로 기울어져 있었다. 그가 말한 제한시간은 자정이었다, 이제 더 이상 방법은 없는 것일까. 그녀에게 순간 불안이 엄습해 왔다.

"안녕, 간만에 심심하던 나를 즐겁게 해줘서 고마웠어."

사내의 양쪽 눈 초리가 가늘게 지면서 왼쪽 입술 끝이 약간 올라갔다. 그의 어금니가 약간 보이는 듯했다. 그것은 하얀색이다. 손바닥으로 그녀의 머리를 '탁!' 치자 연지의 눈에 비친 모든 것은 새하얗게 물들고 있었다. 연지는 바닥에 대(大)자로 쓰러졌다. 그녀의 몸은 조금씩 녹아내려 가고 있었다. 하나하나 마치 젤리처럼 녹아내려 가는 육체는 더는 인간의 자취가 아닌 흐물흐물한 덩어리에 불과했던 것이다. 그것마저도 점차 사라져 가고 있었다. 하지만, 방의 모습은 아무런 변화도 없었다. 사내는 가만히 서서 보고 있을 뿐, 미동도 하지 않았다.

다음날

-9시 MDS Raw 뉴스-

　"어제, 강남의 폐건물에서 젊은 여성 한 명이 숨진 채 발견되었습니다. 경찰은 이 여성의 사인을 질식사로 추정하고 있습니다. 그리고 왜 이 건물에 들어갔는지에 대해….”

　'픗' 소리와 함께 티비가 꺼졌다. 리모컨을 들었다가 소파 위로 던지며 사내는 웃었다.

　"후우, 정말 내 마음에 드는 놈은 없다니까. 다들 뺏으려고만 해, 쳇! 또 기다려야겠어.”

　담배연기를 내뿜은 사내는 베란다로 나갔다. 투명한 유리창 밖으로 아름다운 작은 불빛들이 어두운 지역을 비추며 하늘에 자수바늘로 촘촘히 꿰매어 박아놓은 별처럼 검은 배경 속에 아름답게 솟아가고 있다. 마천루 아래로는 회색빛으로 물들여진 수많은 건물이 미니어처 마냥 길게 운집하고 있었다.

나는 너였다

-첫 날

　사람들로 북적이는 카페는 은은하게 피워 오르는 담배 연기, 속삭이는 연인들의 작은 목소리가 하모니를 맞춰가고 있지요. 취재 대상자인 당신은 정면으로 저를 응시하고 있습니다. 눈빛의 초점은 다른 것도 아닌 저 자신입니다. 오른손으로 오른쪽 뺨을 받치는 당신은 말 한마디 하지 않습니다. 당신의 옷차림은 정말 시원시원하군요. 가슴 사이가 드러나는 붉은색 자켓과 검은색 미니스커트, 긴 가죽 부츠는 보는 이의 시선을 자극합니다. 반면, 제 옷은 당신의 옷과는 다르게 단추 하나도 안 풀려 있고, 와이셔츠도 목 위까지 깊숙하게 채워져 파란색 넥타이가 굳게 매어져 있었죠.

　왜 하필 저에요? 다른 사람들도 많을 텐데요. 전 별로 유명하지도 않고 그냥 하루하루를 사는 평범한 인간일 뿐. 더 괜찮은 사람을 찾아보시죠. 당신은 그렇게 거절하고 있습니다. 예상했던 대로군요, 다른 선택기를 뽑아내서 물어봐야겠네요.

[실제 상황]이라는 영화 아세요? 라고 물었을 때도 당신은 표정 하나 바뀌지 않았습니다. 하지만, 이 선택기가 먹혔다는 생각이 들었기에 말을 계속 이어나가기로 했습니다.

영화의 주인공은 항상 일상적이면서 답답한 삶을 살고 있지요, 그런데 그는 갑자기 일상 속의 모든 것을 분노로 파괴하게 되고, 누군가 카메라를 들고 계속 그를 따라다니게 돼요. 그의 행동 하나하나를 담기 위해서죠. 카메라가 없어도 진행되지만요. 그것은 영화지만, 전 인물의 모든 것을 담고 싶어요. 그래서 선생님 같은 분이 필요해요. 모두 일상화된 삶을 살고 있는데, 선생님은 그렇지 않다고 들었거든요. 라고 말했을 때 당신의 표정은 하나도 바뀌지 않았습니다. 다른 사람들 같았으면 나에 대해 어디서 뭘 들었냐고 물었을 만도 한데 말이죠. 오른손을 탁자에 올려놓은 당신은 집게손가락을 약간 띄워놓고 있습니다. 영화 속의 악당처럼 집무실 책상에 부착된 단추 하나를 누르면 바닥이 꺼지도록 할 것 같지만, 당신은 단추 따윈 누르지 않고 대신 저에게 욕을 하거나 혹은 거절할 거라고 생각해요. 저의 말을 들은 당신은 고개를 끄덕였죠.

좋습니다. 대신, 조건이 있어요. 날 따라다니는 것은 당신의 업무니까 얼마든지 따라다니세요. 하지만, 당신은 내가 행동하고 사는 것에 있어서 어떠한 간섭도 하면 안돼요. 식사 때든 잠잘 때든 말이죠. 그냥 내 행동을 보기만 한다면 상관 않겠어요.

당신은 저의 이 무모한 계획을 허락했습니다. 어쩌면 사람에 따라 욕을 먹을 수도 있는 상황인데도 말이지요.

"수많은 시간을 돌아 소리쳐 봐도 너무 쉽게 날 잊고 굳게 입을 다
문 너와 마주했네 난 아무것도 그래 난 아무것도 버리지 못했네"

카페의 스피커에서 '체리필터'의 '내 안의 폐허에 닿아' 가 흘러나
옵니다. 노래가 끝나자 에스프레소 한 잔을 다 마신 당신은 곧바로 계
산을 하더군요. '더치' 라고 말하곤 나갔어요, 저도 캐러멜 마끼아토
한 잔의 가격을 치르고 나갔지요.

지금부터 시작할까요? 당신에게 물으니 고개를 끄덕이는군요. 당신
의 옆을 보며 걷자 당신은 발걸음을 멈추고 고개를 돌리며 말합니다.

좀 떨어져서 오면 안 되겠어요? 당신이 옆에 있으면 나는 혼자가 아
니니까 말이죠. 당신의 말에 잠깐 멈춰 섰습니다. 당신은 고개를 끄덕
이더니 한 발 한 발 앞으로 걸어나가는군요. 저는 뒤 따라갔지요, 당신
에게 방해 되지 않게 간격을 두면서 말입니다.

잡지사까지 가는 길은 대학가라기보다 오피스텔 같은 건물이나 동
네의 마켓이 자리하고 있었고, 홍대 근처였지만 오히려 지방이라는 기
분도 듭니다.

유일 빌딩이라고 쓰인 오피스텔로 발걸음을 옮기는 당신을 따라 건
물의 계단을 오르자 중간층마다 책들과 팸플릿이 즐비해 있네요. 사무
실로 들어서자 파티션들이 하나하나 막혀 있었고 컴퓨터 스피커에서
조그만 소리가 흘러나오고 있었는데, 각 자리의 주인들은 서로를 신경
쓰지 않고 게임기 패드나 키보드를 잡고 있었습니다.

당신의 자리에는 업무용 컴퓨터, 플레이스테이션3, 자필 원고, 당신
이 분석하는 게임의 DVD 디스크가 가지런하게 정리되어 있었는데,
다른 사람들에 비해 당신의 자리는 정말이지 평범하고 깔끔했어요. 다

른 사람들의 자리에는 너저분한 서류 더미와 캐릭터 상품인 피규어, 머그컵, 일러스트 같은 것이 있었는데 당신은 아무것도 없었으니까요.

당신은 플레이스테이션3를 켜더니 모니터를 이중화면으로 한 뒤에 조종기 패드를 놀려대기 시작했는데, 로딩이 끝나자 화면에는 당신의 분신이 적으로 보이는 좀비들을 두들겨 패고 목을 날리더군요. 피가 튀는 화면은 정말이지, 얼굴이 찌푸려질 정도입니다. 저는 폭력적인 것 혹은 유혈적인 것이 나오는 호러를 정말 싫어합니다만, 당신은 정 반대인 것 같습니다.

모든 것에 무심한 당신에게 게임은 대체 무슨 의미일까요? 정말 묻고 싶었습니다. 당신이 일하고 있으니까, 주위 사람들을 취재하기로 했어요. 가까이 있는 당신의 동료에게 인사를 건넸죠, 약간 통통하고 서글서글한 미소를 띤 호빵맨 같이 생긴 박 기자라는 동료에게 내가 당신에 대해 묻자 차분하고 현실적이며, 폭탄이 떨어지고 총알이 날아 다녀도 마감을 끝낼 사람이라고 하더군요. 당신처럼 내게 눈길 하나 주지 않는 사람을 보다가 그래도 사람 냄새가 나는 박 기자를 보고 난 없던 미소도 지을 정도로 편해졌지요. 물론, 당신은 그런 내 쪽으로 고개 하나 안 돌리고 일을 계속 하고 있었구요.

그 때, 자리에서 전화벨이 울렸어요. 수화기를 든 당신은 굳은 표정을 지으며 심각하게 말했어요.

여보세요, 네, 뭐라고요? 절대 그렇게는 못하겠는데요. 우리 잡지사에서는 독자에게 편한 진행을 도와주는 게임 분석을 하고 있는데 왜 그게 유해하다는 건지 알 수가 없네요. 모든 연령대의 독자들을 고려하지 않은 분석이라니, 그렇다면 당신들은 왜 그 게임에 등급제를 표시한 건가요? 독자들이 그렇게 바보인지 아세요? 이봐요, 언제까지 그렇게 꽉 막힌 사고방식으로 검열 하려고 하는 거죠? 게임은 만들어진 가상의 공간인데 현실까지 연결해서 즐거움을 선사하는 창작자들인 게임회사와 잡지사를 죽여야겠습니까? 절대 이행할 수 없으니까, 그렇게 아시죠! 라고 당신은 화를 크게 내더니 전화를 끊었습니다.

　분을 삭이지 못한 당신은 게임기를 다시 켜더니 아까보다도 더 빠른 속도로 게임을 플레이했는데, 화면 속에서는 더욱 잔인한 효과가 터지고 있었어요. 옆에 있던 박 기자가 내게 속삭이더군요. 당신이 맡는 게임은 무겁고 잔혹한 게임들인데 분석하면서 원고에 넣는 표현 방식이 윗사람들이나 일부 단체에게 거슬릴만한 비속어가 많이 들어간다고 말이죠, 전화가 걸려 와도 계속 분석을 이행하는 당신만 한 프로가 없다고 조용히 극찬하더군요.

　당신은 여전히 게임을 하고 있었고, 가끔 게임화면을 정지시키고 워드를 치면서 게임의 분석 내용을 옮겨 적으며 표정 하나 달라지지 않았지요. 저는 그것을 옆에서 조용히 지켜보고 있으면서 가끔 날아오는 문자 메시지에 답을 하거나 이곳 잡지사에서 나온 책을 봤지요. 제가 이쪽 방면에 문외한이라서 게임 내용이나 관련 정보에 대해선 이해할 수 없지만, 당신이 쓴 분석 기사나 칼럼에 눈길이 가더군요.

　‘세상에게 수십 발의 총을 가슴에 깊숙이 맞더라도, 그것은 잠시 스쳐가는 먼지일 뿐.’ 책에 실린 당신의 이 말을 구독자들이 인용해서 독자란에 쓰고 있다는 것이 어쩌면, 당신은 가슴 속의 언어가 등을 긁어주는 용도로 적재적소에 사용하는 쿨한 느낌의 여자라는 생각이 듭니다. 이런 제 생각을 듣는다면 당신은 코웃음을 칠지도 모릅니다.

어둑해지자, 회사 사람들이 하나 둘씩 빠져나가고. 당신도 컴퓨터를 끄고 자리에서 일어납니다. 마치 자동차 공장에서 기계들이 조립하다가 셧다운 되는 기분이네요. 파티션이 자리마다 일일이 나뉜 잡지사의 기계와도 같은 당신과 동료들은 시스템을 종료시키는군요.

어느덧, 어둠이 깔린 망원동을 뒤로하고 당신은 지하철 2호선 라인을 따라갑니다. 지하철 속에서 본 당신은, 사내들을 자극하는 매력 그 자체입니다. 서 있는 당신에게 많은 사내들은 시선을 보내고 있습니다. 그들은 무슨 상상을 할까요, 당신을 일 초 만에 벗기고 온갖 체위와 벗은 몸을 연상하거나 아니면 작업의 정석을 경전처럼 읽겠지요.

망원역, 망원역입니다. 지하철 안내 방송이 끝나고 문이 열리자, 당신은 조용히 발걸음을 옮깁니다. 어둠이 짙게 깔린 아파트가 보이는군요. 엘리베이터를 타고 쭈욱, 쭉 올라가는 당신은 여전히 아무 말도 하고 있지 않습니다. 그렇게 계약을 철저히 지키고 싶으신 건가요. 키를 찾는 것을 보니, 당신은 혼자 살고 있었습니다. 문을 열고 들어가니 항상 커튼을 치고 사는지 꽁장히 어둡군요. 당신은 익숙하게 스위치를 찾아서 불을 켭니다. 거실이 환해집니다. 집의 내부는 거실과 주방이 하나로 되어 있었고. 방, 욕실로 이루어져 있군요, 어림잡아 대략 아파트는 한 이십 삼 평 정도 되겠네요. 거실에는 조그마한 탁자. 110 ℓ 짜리 두 개의 문이 달린 냉장고, 미니전자레인지, 전기밥솥, 옷장이 있었고. 주방의 찬장에는 크고 작은 접시들과 머그컵이 놓여 있었는데, 이상한 점이라면 숟가락과 젓가락 세트는 고작 세 개가 전부였고. 싱크대도 살펴보았는데, 아주 깔끔했어요, 가스레인지에도 조그마한 국물 자국하나 없더군요. 베란다 쪽 창문을 둘러봤는데, 보라색 벨벳 커튼

이 밖을 가리고 있었죠. 저의 눈길을 깊게 끈 것이 있었다면 수조에 담긴 전갈 두 마리였습니다. 애완동물이 다른 것도 아니고 전갈이라니! 그 때, 당신의 목소리가 들렸습니다.

샤워하는 곳까지 들어올 셈인가요? 갑작스럽게 물어온 당신의 말에 순간 망설여지더군요, 계약 조건에 합당하기도 하지만, 개인적인 프라이버시를 침해할 수도 있는 거니까요.

내가 고개를 저으며 거부하니까 당신은 훌훌 옷을 벗어 던지고 들어가더군요. 재미있는 건, 내 앞에서 팬티 한 장까지도 알아서 벗어 던지고 말이죠. 당신은 정말이지, 평소 행동 하나하나가 꽹장히 궁금해지는 결정체 그 자체에요. 당신은 욕실에 들어가 문을 잠갔고 십 초쯤 지나자 샤워기에서 물이 흘러나오는 소리가 들려왔어요.

머리가 어지러웠지요. 당신이 하루의 묵은 때와 먼지, 티끌을 씻어내는 현장의 소리를 잡아낼지 아니면 시원한 작업을 끝마친 당신이 나오는 걸 기다려야 할지 말예요. 비밀 취재, 그것도 재미있겠다. 라는 생각에 욕실의 문에 조용히 걸터앉아 귀를 기울였는데, 그 속에서 나오는 소리는 물소리뿐만이 아니었죠. 뭔가 흥얼거리는 소리가 났어요.

제길, 내일 하루도 지겹게 흘러가겠네. 덧없이 긴 인생, 원치 않게 빠른 시간 속에 나는 죽어가는 게 현실이니까. 더 이상 나빠질 것은 없으니까 말이야.

당신의 입에서 흘러나오는 건 노랫가사도 아닌 혼잣말이었는데, 원래 이런 사람인지 아니면 내가 있으니까 일부러 들으라는 것인지 궁금합니다, 정말 묻고 싶네요. 하지만, 어쩌겠습니까. 첫 날인데 좀 더 지켜보고 판단해야겠지요.

혼잣말이 끊기고 당신은 수건 한 장을 걸치고 욕실에서 나오더니 트레이닝 복을 입은 뒤 방문을 열고 들어갔어요. 쫓아 들어가니 방의 정면에 놓인 더블 사이즈의 침대 위에는 검은색 'R' 자가 크게 그려진 이불과 베개가 깔끔하게 정리되어 있었고, 그 옆에 있는 커다란 책장에는 책이 빼곡하게 꽂혀 있었죠. 책의 종류는 자세하게 살피진 않았지만, 당신은 독서량이 많으신 것 같군요. 요즘 세상에 직업에 관련되지 않고 책을 읽는 사람이 몇이나 될까, 저도 책을 읽지 않으니까요.

컴퓨터와 짝을 이룬 LCD 모니터와 컬러 프린터, 스캐너, 스피커, DVD 디스크를 담은 플라스틱 원통 여러 개가 컴퓨터 책상에 질서정연하게 가지런히 놓여 있었고, 쇼핑몰의 가전제품 진열대처럼 놓여 있었어요. 여기에 가격표만 붙여놓으면 대놓고 팔아도 될 정도로 깔끔했지요. 책상 옆에는 티비와 검은색 참치 한 토막을 연상시키는 플레이스테이션3과 대조를 이루는 하얀색 엑스박스 360가 있었어요. 당신의 티비에 위성 혹은 케이블 수신기가 달려있지 않았지요. 이건 왜 그런지 정말 물어보고 싶네요.

한국 방송은 안 나와요, 이건 외국 방송 접시를 달아놓은 거라서 말이죠. 국내 방송을 볼 거면 엔에이치케이 혹은 씨엔엔 나올 때 아시아 소식 나올 때 잠깐 보는 것밖에 방법이 없어요. 물론, 우리나라에 전혀 관심 없으니까 상관없지만.

제가 티비를 물끄러미 보고 있다는 걸 감지했는지 물어보지도 않았는데 설명을 해주시네요. 티비 보러 온 건 아니니까 상관없지만.

당신은 컴퓨터를 켭니다. 부팅이 끝난 컴퓨터의 벽지화면을 보고 저는 소스라치게 놀랐습니다. 화면 속에서 머리는 크고 눈은 왕방울만한

데, 균형 잡힌 몸매의 만화에 나오는 여성 캐릭터가 다리를 벌린 체 민망한 포즈를 취하고 있었으니까요.

당신은 그런 화면을 보고도 아무런 반응이 없습니다. 오히려, 내 쪽을 돌아보더니 한숨을 내쉬고 다른 화면으로 바꿔 놓습니다. 새로운 화면에는 물기를 머금은 장미꽃 한 송이가 빛나고 있습니다. 당신은 곧바로 메신저를 작동시킵니다. 사람들과 별다른 이야기는 없군요. 수십 건의 쪽지가 날아옵니다. 일일이 답변을 해주기도 하지만 몇 개는 읽지도 않는군요. 당신은 음악재생프로그램을 작동시킵니다. 미리 셋팅 되어 있는 MP3 파일 노래들은 전혀 알 수 없는 가사 투성 입니다. 외국어 공부를 해뒀다면 당신의 취향을 조금이라도 알 수 있을 텐데, 아깝군요. 아직은 탐색전에 가까운 첫 날이지만, 정말 당신이라는 사람은 겉과 속을 알 수 없다는 생각이 드네요.

그래요, 세상에는 겉과 속을 알 수 없는 사람들이 많죠. 나 자신조차도 믿을 수 없으니까요. 그 점에서 당신은 나처럼 단순한 사람은 이해하기 어렵지만 한 편으론 보면 볼수록 기묘한 매력의 사람이에요. 정말로 약속을 철통같이 지키다니, 자기 자신을 감추고 싶은 건가요? 아니면 실험체가 되는 게 즐거운 건가요?

이쯤에서 인터뷰를 요청합니다. 의자에 몸을 완전히 뉘어 놓고 눈을 감는 당신을 방해하기에는 계약 위반이 될 수도 있지만, 내가 묻지 않고는 못 배기는데 어쩌겠습니까.

원래 항상 이런 식의 생활이신가요? 라고 물어보자마자 당신은 붉게 물든 입술을 엽니다.

주변정리와 영상매체 보기, 밥 먹고, 싸고, 자는 거 말고는 없어요.

당신은 정말 질문만큼이나 무성의한 답변이 딱 부러지네요, 감사합니다. 당신을 깨우려면 확실한 심층취재를 해야겠어요. 각자 사정이 있다 해도, 당신이 왜 이렇게 무미건조한지 강조하려면 말이죠.

왜 게임 잡지 필자가 되신 거죠? 특별한 계기라도 있나요? 이것도 평범한 질문이지만, 일단 기사를 쓰려면 기초적인 것부터 필요하니까. 양해해 주세요. 라고 물었습니다.

간단해요, 처음에는 우주정복이라는 기치를 내걸었죠. 나는 학교 다니면서 생활을 재미있게 했던 것이 게임뿐이었고, 세상과 접하면 접할수록 모든 것을 리셋하고 싶은 욕망이 계속 드는 거예요. 하지만, 이런 걸 썼다간 정신 나갔다고 욕먹을 것이 뻔하니까. 지금 일하는 잡지사에 그림과 함께 [우주정복이 꿈이다!]이라는 타이틀을 달고 사연을 보냈어요. 그런데, 얄궂게도 거기 편집장이 내게 필자로 일해 볼 생각 없냐고 연락하더군요. 그래서 여기까지 오게 되었죠. 근데, 편집장이라는 남자. 지금 생각해 봐도 이상해요, 왜 하필 나에게 필자를 맡겨서 미디어 뭐시기 같은 잡것들과 계속 구역질나는 싸움을 하게 하는지.

당신은 정말 세상과는 별 인연이 없군요. 그런데 당신의 입에서 전혀 알아들 수 없는 말이 나왔습니다. 게임 안 하죠? [역전재판]이라는 게임이 있어요. 거기에서는 '사이코 록(Psycho Lock)이라는 시스템이 나와요 진행을 하다 보면 비밀이 쌓인 인간에게 보이는 자물쇠 같은 것이 있는데 그것을 풀려면 여러 가지 증거와 이야기가 필요해요. 당신도 내 마음속의 비밀을 알고 싶고, 그것을 쓰려는 기사에 첨부시키는 게 효과적이겠지만 아마 힘들 거에요. 진짜 자물쇠를 열긴 어려울거니까요. 열쇠는 이미 다 부숴 버렸거든, 후훗.

당신의 무미건조한 말은 내 어깨에서 힘이 빠지게 합니다. 꼭 그런 식으로 생각하는 건가요, 어떻게 해야 알 수 있다는 거죠? 정말 알 수가 없습니다. 더 물어보고 싶은 것들이 있었지만, 게임 삼매경에 빠진 당신에게 뭐라 할 말이 없습니다. 저는 거실 바닥에서 조용히 눈을 붙이고 잠들었습니다.

- 둘째 날

일어났는데, 당신은 보이지 않았죠. 이미 출근했는지 어제 처음 들어올 때 그대로였어요. 단지, 혼자만 남았다는 게 조금 화가 났어요. 깨워주면 어디 덧나나요. 게다가 물 한 잔, 빵 한 조각도 있지 않은 식탁은 정말 당신이라는 사람은 자기밖에 모르는 사람인가요.

일단, 취재니까 당신에게 가봐야겠지요. 집을 나서서 당신의 회사가 있는 망원동으로 향합니다. 사람은 지극히 적은 편으로 한산하게 느껴지는 전철입니다.

당신, 언제 옷을 갈아입은 건지, 어제 그 육감적인 옷차림을 능가하는 붉은색 반소매셔츠의 단추가 두 개 정도로 열려 어제 본 가슴의 일부를 가리고 있었고. 팔에는 검은색 암워머, 양쪽 무릎에 묶인 검은색 줄이 도드라진 하얀색 본디지 바지가 부츠와 함께 기묘한 조화를 이루고 있네요. 정말 알 수 없는 사람이군요.

내게 눈길 하나 주지 않는 당신의 일과는 어제와 같았습니다. 다른 것이 있다면 당신의 손놀림은 어제처럼 격하진 않았다는 거에요. 캔 커피를 마셔가며 포스트잇에 메모를 하기도 하고, 인쇄한 원고의 교정을 봅니다. 시간이 갈수록 당신은 어제보다도 더 일에 열중합니다. 당신은 바쁘게 키보드를 두들기며 화면에서 눈을 떼지 못합니다.

얼마나 시간이 지났는지 모릅니다만, 당신은 일어섰습니다, 동료들에게 이틀 뒤에 보자는 말을 남기면서 말이죠. 마감이 끝났으니까 오늘은 좀 쉬어야 하지 않겠어요? 나만의 시간도 가지고 싶으니까. 그때, 전화벨이 울립니다. 당신은 전화를 받습니다.

언니 오랜만이야. 응? 정말이야? 형부가 진짜 좋아하겠다. 요리 잘하는 형부가 이유식만 만드는 거 아닌지 모르겠네. 근데 언니는 이제 보양식 먹어야 하는 거 아니야? 형부는 글도 잘 쓰고, 요리도 잘하니까 상관없지만. 참! 태교 할 때는 형부가 쓴 글은 보지마. 아기한테 안 좋아. 아깝네, 아무튼 이따가 형부하고 같이 나와요. 내가 쏠게. 그럼 이만.

당신은 즐겁게 전화를 하고 있습니다. 전화를 끊고 수화기를 손가락으로 가리키며 출판사에서 친해진 언니에요, 편집의 달인이고 무려 박사님이라구요. 오랜만에 만나기로 했어요.

가는 곳은 또 다시 집인가요? 당신은 마을버스를 타고 홍대 쪽으로 갑니다. 저녁 시간의 홍대는 각양각색의 수많은 사람들로 북적입니다. 여기저기에는 팔짱을 끼고 걷는 연인들, 술에 취해 쓰러지는 사람들이 거리에 복잡하게 어우러져 각양각색의 불빛으로 어지러운 네온사인처럼 홍수를 이루고 있습니다.

버스에서 창밖을 보는 당신은 아무 말도 하지 않고 한숨을 내쉬며 머리를 뒤로 젖힙니다. 알고 있습니까? 버스에 탄 사내들은 당신을 보

며 힐끔거리고 있다는 것 – 물론 당신은 그것에 상관하지 않고 하얀
목덜미를 내보이며 눈을 감습니다.

　정류장에서 내려 당신은 영화관으로 들어갑니다. 휴일이 아닌데도
불구하고 사람이 많군요. 팔짱을 낀 연인들과 밝게 웃는 남녀들은 멀
티플렉스 영화관에서 오히려 혼자 있는 사람보다도 수가 많아 보입니
다. 당신은 공포영화 [蟻], SF영화 [The Choice]의 팸플릿을 들고 고
민하고 있습니다. 둘 다 내가 좋아하지 않는 영화군요. 사실, 당신이
고른 영화에는 별 관심이 없습니다. 단지, 당신이 거기에 푹 빠졌다는
게 내게 있어 중요한 것이죠. 저는 팸플릿 중에서 [고독과 고독 사이]
을 꺼내 듭니다. 이 영화는 애틋한 사랑이야기인데, 이것에 관심이 없
는 당신 팸플릿을 읽는 저는 반대의 취향입니다. 당신은 표를 사러 가
더니 사십 초 후 손에 [고독과 고독 사이] 예매권 두 개를 집어 듭니다.

　영화는 뭐 약간의 눈물샘을 자극하는 영화였지만 당신에게는 별다
른 영향이 없나 봅니다. 영화를 보고 난 당신은 발걸음을 옮깁니다. 젊
음의 거리가 아닌 주택가로 발걸음을 옮기는 당신을 열심히 쫓아갑니
다. 홍대 주변은 옹기종기 빌라 혹은 개인주택이 모여 있습니다. 시끌
벅적 한 밤 분위기에도 이곳은 한산하군요. 몇몇 상점이 보이지만 대
학가와는 무관해 보이는 일반 슈퍼나 옷가게입니다.

　얼마나 걸었을까요, 간판 대신 파란 천이 씌워진 옷가게 옆에 노란
자전거가 보입니다. 누가 세워 놓은 것인지는 모르지만, 주택가에 있
는 카페와 의외로 잘 어울린다는 점이 시선을 끌고 있습니다. 나도 모
르게 카메라를 꺼내 그것을 찍습니다. 당신은 노란 자전거가 밖에 세
워진 간판조차 없는 건물 안으로 들어갑니다. 그곳은 다름 아닌 카페

였는데 저는 그냥 지나쳤던 것일까요. 당신과 저는 하나 남아 있는 2인용 테이블에 앉습니다.

당신은 클래식 와플과 아보가또를 시키고, 저는 심플 팬케이크와 다르질링 차를 시켰지요.

잠깐 당분섭취를 하면서 쉴 수 있는 곳이니까요. 당신은 미소를 짓더니 자리에서 일어나 뒤편에 있는 책장에서 책을 한 권 뽑아들어 읽습니다. 이곳의 주위를 둘러보니 책장에 눈이 꽂히네요. 첫째 칸에는 의미를 알 수 없는 조그마한 조형물이 있었고 둘째 칸에는 손바닥 두 배 크기의 액자에는 모노크롬 사진과 풍경화가 있었고 셋째 칸에 70년대식 라디오, 5.1 채널 오디오 플레이어 한 대와 시디들이 줄지어 놓여 있었습니다. 아래 칸에는 미니 수납장과 네모난 빨간색 박스가 세 개 있네요.

반면, 우리가 앉아 있는 테이블은 굉장히 좁습니다. 레이저 프린터기보다 약간 크고 코스트코 몰의 피자의 넓이에 비해 부족한 느낌마저 들 정도지요. 게다가 철제 의자라니!

소금, 설탕이 담겨 옹기종기 모여 있는 조그만 병들은 아담한 사이즈의 테이블에 적절하게 배치가 되어 있네요. 깔끔한 벽면 한쪽에는 폴라로이드 카메라로 찍은 손님들이 활짝 웃는 사진들이 보입니다. 하지만, 당신은 없군요. 역시 마이 페이스답게 혼자 왔던 걸까요.

음식이 오자 당신은 익숙한 솜씨로 클래식 와플을 사 분의 일 분량 정도로 컷팅하여 먹습니다. 그리곤 에스프레소 속에 아이스크림을 한 스푼 떠서 넣었습니다.

아보가또는 이렇게 먹는 거에요. 서로 조화를 이루는 거죠. 라며 와플과 함께 입에 넣고 있었습니다. 저는 핫케익을 잘게 잘라 먹으면서 다르질링을 한 잔 마셨습니다.

처음 사귀었던 남자와 왔던 곳이에요, 내가 아는 것이라곤 맥도날드 햄버거와 피자뿐이었는데 그가 날 데리고 여기 와줬죠. 나는 그 때도 아보가또를 마셨어요, 에스프레소가 아이스크림과 섞이면 달콤하다는 것을 그 때 알았으니까. 물론 그는 에스프레소만 마셔댔지만 표정이 찡그린다거나 그런 것은 없었지요. 그에게 이런 곳을 어떻게 알았냐고 물었지만 '글 존나 잘 쓰는 친구놈이 케이크를 좋아해서 알게 되었어' 라고 말했죠.

당신은 아, 괜한 이야기를 해버렸네 – 라며 아보가또에 다시 아이스크림을 한 스푼 떠 넣어 젓더니 다시 책을 읽습니다. 더 이야기를 듣고 싶었지만, 계약은 계약이니까요.

한 시간 정도 지나, 당신은 말없이 책을 몇 권 읽고 접시를 비운 뒤 나갑니다. 저는 자리에서 일어나면서 의자 바닥에 흰색 바탕을 주로하고 여러 색의 꽃무늬가 있는 것을 보았습니다. 그냥 철제 의자인 줄 알았는데 조그만 곳까지 신경을 쓰고 있었다는 것을 몰랐습니다. 저는 아직도 예술적 감각이나 자유에 둔감 합니다.

친한 언니와 형부를 만나기로 했어요, 그냥 옆에서 보기만 할 거라면 따라와요. 저는 그녀를 따라갑니다. 홍대 거리는 사람들의 웅성거림 속에 환한 네온사인을 비추고 있습니다. 그 다양한 색깔 속에 여러 모습으로 돌출되는 사람들 속에서도 당신은 모두의 시선을 사로잡고 있습니다. 홍대 입구 역 맥도날드 근처에 다다르자 누군가 이쪽을 향해 손을 들고 있습니다. 비니를 쓰고 'Peace!' 라고 페인팅 된 흰색 티셔츠에 청바지를 입은 하얀 피부의 남자와 그 옆에는 포니테일 머리에 반짝이는 눈, 균형 잡힌 글래머 풍의 몸매를 지닌 하늘색 원피스 차림의 성숙한 외모를 지닌 여성이 당신을 향해 손을 들고 있네요.

당신은 그 여성과 포옹을 합니다, 약간 오버하는 몸짓으로 익살을 떨면서 즐거워하고 있군요. 옆에 있는 남자는 조용히 미소를 띠고 있군요. 외람되지만, 저 남자 분은 어디서 많이 본 것 같네요. 하지만, 저의 기억력은 여기까지가 한계이기에 어쩔 수 없군요.

우리는 사람들로 북적이는 공간을 피해 자리를 옮겼습니다. 그릭 조이(Greek Joy)라고 쓰인 그리스 음식 전문 식당에 들어가 당신은 아주 익숙하게 제가 처음 보는 음식을 주문합니다. 미리 예약을 해놓은 것인지 요리가 차례대로 나옵니다. 여전히 남자는 저에 대해 경계를 풀지 않습니다. 음식을 먹으면서 남자는 일상적인 이야기를 하고 있군요, 자기가 전업주부라도 되는지 음식 만드는 이야기만 하네요. 기자라는 단어 자체를 극도로 싫어하는 느낌이랄까, 저를 보는 눈빛이 별로 좋지 않네요.

여기, 형부는 베스트셀러 작가에요. 당신의 말에 남자는 제발 그런 얘기 하지 말아 달라고 곤란한 표정을 지으며 손을 젓고 있습니다. 뭔가 아픈 기억이라도 있는 것일까요.

재혁씨, 마음 약하게 굴지 말아요. 내가 있잖아? 라고 그녀가 말합니다. 그제서야 남자는 희미하게 미소를 짓고 있네요. 차갑게 생긴 남자답지 않게 마음이 약해 보이는군요.

저에게 서로 무슨 사이냐고 와인을 마시던 재혁씨가 물어보는군요, 아무 말도 못하는 나를 위해 당신이 끼어들어 친구라고 간단하게 그를 속여 줍니다만, 그는 당신의 말을 들어도 반응을 보이지 않고 미심쩍어하고 있습니다. 확실히 제가 의심스러운 존재로 보이는군요.

형부, 요즘에는 뭐 들어요? 태교하는데 음악을 형부 취향으로 가는 건 아니죠?

당신의 말에 재혁씨는 멋쩍은 웃음을 지으며 말합니다.

우리 미은씨가 선곡한 클래식만 듣느라 죽겠어. 부부가 함께 태교를 해야 한다나, 그래서 나도 요즘 '사카모토 류이치'의 영화 음악이나 '라흐마니노프'가 만든 클래식을 듣고 있지.

자기 취향 음악을 아예 안 듣는다니, 정말 심심하겠네요, 형부는 시끄러운 음악이 있어야 기분 잘 푸는데. 왜, 언니도 알잖아? 형부가 학부 때도 수업 안 듣고 가끔 클럽에서 날아다닌 거. 참, 언니는 학과가 다르니까 몰랐겠구나. 형부 혼자 클럽 다닌 건 아니죠?

당신의 너스레에 재혁씨가 미소를 짓습니다.

아주 절친한 동창 친구와 함께 다녔지. 두 달 뒤면 그 녀석 기일인데…벌써 일 년인가.

재혁씨의 말에 당신은 얼굴이 어두워집니다. 혹시, 당신과 깊게 관련된 사람인가요.

화제를 티비 프로그램 등으로 겨우 전환하고 식사를 끝냈습니다. 식당을 나오자 재혁씨가 내게 와서 심각한 표정으로 얘기하는군요.

기자 양반, 나와 아내에 대해 쓰지 말아줘. 그리고 주저넘은 부탁이지만 저 친구에게 뭔가를 얻어낼 생각이라면 그냥 포기하는 게 좋을 거야. 같은 업계끼리 꼭 그럴 필요 없잖아?

내가 기자인 것을 어떻게 알았냐고 묻자, 재혁씨는 미소를 짓더니 자신의 아내에게 갑니다. 두 사람은 다정하게 팔짱을 끼더니 당신에게 작별인사를 하고 사라지는군요. 저 두 사람도 보면 볼수록 기묘합니다, 전혀 안 어울리는 느낌인데도 부부라는 게 말이죠.

식당에서 나온 당신은 조금은 먼 거리인데도 불구하고 아파트까지 걷습니다. 시간이 갈수록 사람들의 모습은 희미해져 갑니다. 아파트 주변에 핀 흰색 코스모스가 가을을 알리고 있었습니다. 옹기종기 피어 있는 코스모스는 낡은 담벼락을 위로하는 것 같습니다.

검은 고양이 한 마리가 보입니다. 우리를 보고 눈을 번뜩입니다. 당신이 고양이를 부르자 언제 그랬냐는 듯 녀석은 당신의 품에 안겨버리는 군요, 평소에 길들인 건가요? 저는 고양이가 싫은데 당신은 간단하게 녀석을 포로로 만드는 군요.

고양이를 귀여워하다가 녀석이 어디론가 사라지자 손을 흔드는 당신은 정말 이해하기 어렵군요. 오늘은 반드시 당신의 '사이…' 뭔가 하는 그 록을 풀어버릴 겁니다.

집에 들어서자 당신은 냉장고로 가더니 조그마한 줄줄이 소시지를 잘라 수조에 넣으려다 흠칫하고 있군요. 수조 안에서는 약간 하얀 색을 띤 전갈이 이상한 행동을 취하고 있습니다.

두 마리는 서로 집게를 잡고 몸을 꿈틀거립니다, 싸우는 것이 아닌 두 손을 잡고 실랑이를 하듯이 말이죠. 당신은 그것을 그윽하게 바라봅니다. 서로 사랑하는 거에요, 아이를 가질 때가 된 거죠. 일을 치르고 나면 수놈은 암놈에게 죽지 않기 위해서 저렇게 거리를 두는 거죠. 저 전갈 숫놈은 처음 사귄 남자가 기르던 것인데. 떠나기 전에 내게 선물로 줬어요. 암놈은 저 녀석 혼자 있기에 내가 직접 사서 넣은 거구요. 이름은 '아이' 예요. 어느덧 서로 사랑의 결실을 보고 있네요.

저는 당신의 말과 행동을 하나하나 보며 빼곡하게 수첩에 적습니다. 〈우먼 톱 텐〉에 선정될만한 뭔가 나오길 기대하며 말이죠.

어제처럼 욕실에서 하루의 서울 먼지를 씻고 나온 당신은 책장에서 스케치 북을 꺼냅니다. 첫 장에는 서툰 그림체로 한 여자아이의 자화상이 그려져 있습니다. 굉장히 귀여운 그림체로 그려져 있기에 당신이냐고 묻자 고개를 젓습니다.

우리 언니에요, 내가 그림을 그리기 전에 이 스케치 북의 주인이었죠. 지금은 이 세상에 없어요, 중학교 때 학원 갔다 오다가 차 사고로 죽었거든요. 그런데 이상한 건 언니가 죽고 난 뒤부터 원래 나는 그림은커녕 만화에도 관심이 없었는데 스케치를 시작했어요. 그리곤, 언니가 생각하던 것들을 하나씩 내가 따라가고 있었죠.

전화벨이 울립니다. 겉에 찍힌 번호를 확인하곤 전화를 받습니다.

예, 아빠. 식사하셨어요? 네, 엄마도 잘 있죠? 걱정하지 마세요. 사는 게 다 그렇죠. 에에? 밥해줄 사람이요? 신경 쓰지 마세요, 바빠서 이만 끊을게요.

당신의 안부통화는 너무 짧습니다, 가족에게 별 애정이 없나요? 저의 의아한 표정이 당신의 눈에 꽂혀버렸나요. 부모님에게 걸려온 전화죠, 항상 같은 레퍼토리니까 - 라며 부엌으로 가더니 냉장고에서 캔맥주를 꺼내려 합니다. 그냥 이대로 넘기긴 어려운 기회인 거 같네요. 인터뷰를 하고 싶은데요. 라고 말하자 당신은 순간 멈칫 했습니다.

당신은 캔 맥주 하나를 더 꺼내놓았습니다. 그런데 내 앞에 놓았다는 것이 의외랄까요.

부모님에 대해 알고 싶어요? 별다른 건 없어요. 그냥 평범하신 분들이죠. 나 때문에 고생 많이 하시는 분들이고, 아직 철이 덜 들어서 걱정이 태산이죠. 나라는 년은 철도 덜 들었고, 여기까지 온 것도 나도 모르게 온 건데, 실은 막가는 인생 자체였으니 말이에요.

막가는 인생이라, 혹시 거기에 누군가 끼어들기라도 했습니까? 질문을 던진 순간 당신의 얼굴이 정지됨을 느낍니다. 당신 주변의 모든 것이 모노크롬 화 되고 있습니다.

그래요, 나한테 남자 두 사람이 끼어들었어요. 가슴 속에 박힌 칼과 심장을 가져간 사람들이죠. 첫 남자는 나의 모든 것을 가져가 버렸죠. 정말이지, 무서운 악마예요.

당신의 입에서 한숨이 토해져 나옵니다. 마음을 잠그어 둔 ‘자물쇠’가 풀어지는 건가요.

그 남자는 자신의 몸에는 상처가 많으면서 내 몸에 상처를 남기길 거부했어요. 모든 면에서 최고였던 사람이에요. 자유면 자유, 지식이면 지식, 집안이면 집안. 모든 면에서 ‘엄친아’ 였는데, 정작 그 자신은 어떠한 즐거움도 느끼지 못했거든요. 함께 있기만 해도 그 남자는 좋았어요, 직설적인 성격과는 다르게 저에 대한 애정은 마치 고양이를 기르듯이 다정했으니까요. 서로 상처를 핥아 주는 느낌이었다고 해야 할까. 그 남자, 내가 죽였어요. 물론 나는 원하지 않았지만. 그는 내 손에 죽는 걸 원했으니까요. 나는 그 남자의 손을 잡고 함께 싶었지만, 그는 내 팔목에 선물을 남기고 자기 혼자 멀리 가버렸죠. 그래요, 나는 참 나쁜 년이에요. 여름에 상관도 없는 남자를 하나 더 죽일 뻔 했으니까. 하지만 그 남자가 먼저 원해서 더 이상 사람을 잃고싶진 않아서 그를 죽이지 않았어요.

새하얀 피부에 유일하게 왼쪽 손목에 상처 자국이 선명한 당신은 사람을 죽였다고 말합니다. 보통 사람이 들으면 놀라겠지만, 좀 더 들어 보기로 했습니다.

여름이었어요. 거제도에서 두 번째 남자를 만났어요. 첫 남자의 손길을 느끼려고 손목에 붕대를 감고 바다를 보고 있었는데, 옆에 다가온 그 남자는 놀러 온 사람치곤 너무 이상했죠. 옷차림은 대나무가 그려진 하얀 반소매 티셔츠에 반바지 차림이었지만 얼굴에는 그림자가 가득했고 뭔가 그를 붙잡는 것처럼 보였어요. 다음 날에도 그가 일행들과 놀고 있을 때도 그 그림자는 떨어져 있지 않았죠. 정말 도망치고 싶었지만 그렇게 하지 못했어요.

그녀는 맥주를 한 모금 들이키더니 이야기를 계속 했습니다, 반면 저는 한 모금도 마시지 않고 이야기를 듣고 있었습니다.

다음 날, 그가 탄 버스 안에서 저도 모르게 첫 번째 남자가 있는 곳으로 그를 보내려고 했어요. 하지만, 그가 먼저 원했기에 차마 그런 일을 할 수 없었고, 더 무서웠던 것은 내 눈에 비쳤던 것은 첫 번째 남자가 그 옆에 있었기에 두려워 도망칠 수밖에 없었어요.

당신은 맥주를 깊게 들이켭니다. 저는 뭐라 말을 하려 했지만 목구멍이 닫혀 버립니다.

내가 두 사람을 떠나보낸 것은 내가 나 자신이 아니라서 그런지 몰라요. 지금의 나도 내가 아닌 다른 사람의 인생을 살고 있다고 해야 할까. 언니가 죽고 난 직후에 나는 한동안 거식증에 걸렸었어요. 십사 년을 함께 살았던 언니는 나와는 다르게 그림도 잘 그리고, 책도 많이 읽으면서 몰두하는 사람이었거든요. 성적도 저보다 훨씬 나았죠. 여러모로 질투를 많이 하기도 했어요. 그런데 어느 날 갑자기 언니가 죽고 나서부터는 밖에 나가서 군것질을 하지 않게 되었어요. 수다 떨던 것도 멈추고 언니의 스케치 북에 조금씩 그림이나 만화를 그렸죠. 언니가 보던 게임잡지, 만화는 내게 스며 들어왔고. 원래 교사가 꿈이었던 나는 홍대에서 복학과 휴학을 반복하면서 그림을 그리고 있으니까요.

당신은 맥주캔 하나를 금세 다 비워버립니다, 한숨을 내쉬더니 말을 이어 나갑니다.

지금도 이해가 안 되는 것이 있다면, 나는 첫 섹스 때도 언니의 대용품이 된 기분이었어요. 나의 첫 남자는 사고로 여자를 잃었던 기억이 있어서 그녀를 떠올리느라 일부러 자신에게 상처를 내는 의식 같은 것을 했었는데 다른 여자들은 전혀 그것에 대해 용납하지 않았죠. 하지만, 나는 그것을 허용했어요. 사랑하는 사람의 고통을 잊게 하려면 뭐든지 해줄 수 있는 것도 어쩌면 그 사람에게 나를 각인시키고 싶다는 마음에서 말이죠. 사실, 그에게 다가간 첫 섹스 때 기분이 정말 이상했어요. 그 남자를 위해 나는 그 의식마저도 동의했는데 남자는 울고 있었죠, 그는 마치 봐선 안 될 것을 본 것처럼 말이에요. 서로 몸과 몸이 뱀처럼 엉켜 있지만, 눈물만 계속 나왔죠. 차라리 처음부터 서로 엮이지 않았으면 좋았을 거라는 생각이 들 정도로 말이에요.

맥주의 절반을 들이킨 저는 첫 남자 분이 각별했나 보군요라고 물었습니다. 당신은 크게 한숨을 내쉬며 말을 이어갑니다.

그 남자는 작년 겨울에 지하철에 뛰어들어 자살했어요. 그날 집에서 스케치 북에 그를 그리고 있었는데 갑자기 연락이 와서 저를 만나자고 하더군요. 그래서 만났는데, 자기를 잊어 달라고 해서 전 거절하고 붙잡았는데…… 이렇게 상처만 남기고 그렇게 나에게 떠나갔죠.

당신의 팔은 칼로 그은 굳은 흉터가 남아 있습니다. 그것은 선명하게 붉은 줄이 나타나 있습니다. 당신이 말합니다. 저에게서 빨리 떠나 주세요. 나라는 여자, 취재거리로는 적당할지 모르겠지만, 언제 사람을 저도 모르는 마력魔力으로 죽일지도 모르니까 말이죠.

당신의 이야기가 끝나고, 저는 어제와 마찬가지로 바닥에 드러눕습니다. 당신이 오늘 한 이야기는 어쩌면 거짓일 수도 있습니다. 하지만, 그 이야기를 그냥 흥밋거리로 놔두기에는 어깨와 심장이 무겁습니다. 이것을 취재해야 할지도 고민입니다.

눈을 감고, 꿈에 빠져듭니다. 당신은 꿈속에서 웅크리고 있습니다. 자궁 속 태아처럼 말이죠. 당신에게 다가가자 형체도 없이 사라져 가고 사람 하나 없는 공간에서 고양이 울음소리가 들려와 그 소리를 따라가 봅니다. 점점 소리는 크게 들려오고, 검은 공간에서 파란색 점 두 개가 빛을 발하며 나를 잡아끕니다. 파란색 점 두 개의 정체는, 검은 고양이의 눈이었지요. 야옹, 야옹 애처롭게 우는 고양이를 껴안자 주위가 환해져 옵니다. 온통 하얀 밝은 빛의 세상입니다. 고양이의 눈에서 눈물이 흐릅니다. 그러더니 입에서 피를 토해 내며 울어댑니다. 자세히 보니 고양이의 몸은 상처투성이입니다. 어떤 맹수와 싸웠기에 이렇게 상처를 입은 걸까요. 내가 입은 하얀 정장은 이미 고양이가 흘린 피로 붉게 물들어져 있었죠. 옷은 중요하지 않습니다, 고양이가 무사하길 바랄 뿐이었으니까요.

어둠 속에서 당신의 숨소리가 아기처럼 쌔근쌔근 들립니다.

언니, 언니, 제발 그만둬. 날 떠나란 말이야.

-셋째 날

좋은 아침, 잘 때 베개를 껴안는 버릇이 있네요. 의외로 귀엽다. 당신은 구운 바게트 빵을 브래드 나이프로 자르면서 멋쩍은 웃음을 지으며 말하고 있네요. 당신이 어째서 지금 이 시간에? 라는 생각에 시계를 봤습니다. 이미 오전 11시를 가리키고 있습니다. 당신에게 묻습니다. 출근 안 하냐고 말이죠. 휴가인 걸 잊었나요? 라는 당신의 말에 손바닥으로 이마를 쳤습니다. 바게트 빵에는 치즈와 슬라이스 햄이 끼워져 있습니다. 당신은 우유 한 잔을 마시며 그것을 먹습니다. 당신의 기사는 연재, 안 하기로 했어요. 라고 말하니 당신은 고개를 갸웃거리는군요. 저는 말을 이어 나갔습니다.

당신에게 있었던 일들은 극복하면서 살아나가는 것인데, 이것이 가십거리가 되는 것은 또 한 번 당신과 사랑하는 사람을 두 번 죽이는 것 같아서요.

당신은 희미하게 미소를 짓습니다. 우유를 한 모금 들이키더니 말합니다. 처음으로 목소리가 잠겨있는 것 같네요.

사실은 소설보다 더 재미있는 법이죠. 생생하지 못해서 미안하네요.

그 말만을 남기고 당신은 무릎을 덮은 긴 티셔츠 한 장만 입고 빵을 입에 물었습니다.

당신의 집에서 나왔습니다, 회사에 문자를 보냈습니다.

정하미 씨 취재는 조사 불충분으로 폐기합니다. – 오동수 기자

소외와 불안에서 던지는 소설의 질문

최 학

(소설가, 우송대 교수)

소설, 무엇을 어떻게 이야기 하나?

눈으로 보고 손으로 만지고 귀로 듣는 세상만이 우리가 살고 있는 세상이 아님은 분명해 보인다. 나와 네가 살아가고 있는 이 세상은 그런 오감으로 인지되는 것보다 훨씬 여러 겹으로 짜여 있고 깊고 복잡하게 변동하고 있기 때문이다. 이 세상은 나로 인해 존재함에도 불구하고 끊임없이 나에게 도발하고 나를 공격하면서 마침내 나를 무화無化시키려 드는 데서 나와 세상의 불화가 시작되고 싸움이 전개된다. 나와 세상의 화해, 나와 세상의 안온한 공존은 가능하기나 한가.

도대체 세상은 어떻게 생겼고 어떻게 작동되는가. 나를 무찌르고 부숴버리겠다고 덤벼드는 세상에 대해 나는 어떻게 대응하는가. 과연 나와 세상의 관계에는 희망이 있는가? - 탐색, 대응, 전망, 이것이 곧 눈과 귀가 열려 있고 배우고 익힌 것까지 모두 동원하여 '생각'할 수 있는 내가 이 세상을 대하는 구체적 양상이다. 삶 그 자체다.

소설은 이러한 삶의 모양을 생각과 말보다 더 생생하고 분명하게 드러내 보이면서 다시금 나를 성찰케 하고 나를 굳건히 하며 동시에 타자들의 분발, 변화까지 도모하는 특별한 언어 도구다.

그런데 모든 도구가 다 쓸모가 있고 제대로 기능을 하는 것이 아닌 것처럼 소설도 마찬가지다. 따라서 도구의 재질 성능을 따지는 것이 중요하듯이 소설 담론은 여전히 유효하다.

소설은 분명 이야기 그 자체이지만 또한 이야기만은 아니다. 기본적으로 이야기는 서사 내용에 관한 것이고 문법은 서사 형식에 관한 것이다. '이야기'에서 가장 먼저 제기되는 것은, '왜 그 이야기를 하느냐' 하는 것인데. '무슨 이야기냐?' 보다 훨씬 강력한 질문이 '왜?' 다. '나 나름으로 이 이야기는 중요하고 재미있다고 여긴다.' 는 작가의 주장은 자칫 위험한 일방적 견해가 될 수 있다. 독자라는 통로를 거치지 아니하는 소설은 소설이 아니라는 명제를 염두에 둔다면 마땅히 소설의 이야기는 독자의 동조 나아가 감흥을 이끌어 낼 수 있을 만큼 우리 삶에 핍진한 것이라야 한다.

오늘날 우리 문단의 대세를 이루는 비판적 리얼리즘 소설의 궁극적 작업 목표는 자본주의 사회의 모순을 구체적으로 드러냄으로 해서 우회적으로나마 우리네 삶의 질을 향상시키는데 기여한다는 데 두고 있다. 그런데 목적의 행방이 모호한 소설, '그 나물에 그 밥' 식의 몰개성적 소설이 횡행하면서 소설과 독자의 거리를 더욱 멀게 하는 경향도 없지 않다.

둘째로 소설문법은 결국 '어떻게' 이야기를 '풀고' 있느냐에 관한 것이다. 문장을 바르게 쓰고 있느냐, 사용하는 말은 정확한 것이냐 하는 점은 기본이요 구성, 대화처리, 요약서술과 장면묘사의 균배, 소도구 사용 등등 소설기술론적 요소들이 모두 이와 관련된 것들이다. 신선한 식재료와 갖은 양념을 갖고도 먹기 힘든 음식을 만들어내는 이들이 얼마나 많은가. 그와 달리 수수하기 짝이 없는 몇 안 되는 식재료를 가지고도 맛깔스런 먹을거리를 제공하는 탁월한 조리사들은 또 얼마나 많은가 이는 곧 조리술, 소설기술의 차이에서 비롯된다.

거듭 말하거니와 이야기와 문법에 대한 올바른 이해는 소설쓰기의 기본 학습이며 아울러 소설읽기의 가장 확실한 잣대가 된다.

소외와 불안 그리고 소통의 가능성

최창수 소설의 이야기는 대체로 소외와 불안에 관한 것이다. 소설 〈그와 그 사이〉는 친구들에게까지 허장성세를 부리며 자신의 본 모습을 감추는 한 사회부적응자와 그를 둘러싼 친구들의 대응태도를 그려 보이면서 인간관계에 있어서의 소통과 소외의 문제를 다루고 있는 작품이다. '황'은 친구들 앞에서 스스로 살인의 경험을 고백하는가 하면 특전사에서 복무 했으며 조직 폭력단의 일원이기도 하다는 말도 서슴지 않는다. 술을 대접하겠다, 여자를 소개 해주겠다고 큰소리를 치기도 하지만 실제로 이루어지는 경우는 없다. 알고 보면 그 모두가 자기 과시를 위한 거짓말에 지나지 않는 것이었다. 공무원인 '정'과 박사가 되기 위해 대학원을 다니고 있는 '사내'가 그에게 놀아난 셈인데 사내는 끝내 화를 이기지 못해 황에게 폭력을 구사하며 정은 자신의 신분을 이용해 그를 사기 공갈 혐의로 구속 수감해 버린다. "친구 된 입장에선 사회의 피해자 맞다. 그렇다고 사회의 가해자로 살아가는 건 묵과할 없는 일 아니겠나? 아무리 불쌍해도 죗값은 치러야 하지 않겠나?" 주유소에서 비정규적으로 일 하던 아내가 해고를 당한 후 아이를 데리고 가출해 버린 뒤 쪽방을 전전하게 된 '황'의 처지를 이해할 수 있지 않느냐는 다른 친구들의 태도에 대한 '정'의 반응이다. 소설이 마침내 독자에게 환기시키는 것은 누가 피해자이고 누가 가해자인가 하는 점이다. "사는 게 쉽지가 않네…. 돈 좀 벌어서 내 마음대로 한번 써보고 싶다."고 토로하는 공무원 '정', 집안의 경사인 '박사' 되기를 목전에 두고 있는 '사내'는 '황'과의 얼마만한 거리에서 그를 계도하고 징치할 수 있는가. 황의 말을 반신반의 하면서도 술집으로 모텔로 따라 다니는 그들은 진정 피해자이기만 한가. 거짓과 의심, 편견과 몰이해를 앞세우면서도 '친구'로 엮이는 그 관계는 무엇인가? 소설이 우리에게 질문한다. 해답이 아닌 질문의 제기가 비판적 리얼리즘 소설의 본령이라고 할 때 이 소설은 그 전형적 자세를 보여주는 작품이 된다.

소설 〈그림자〉와 〈길동무〉 〈나는 너였다〉 등의 작품도 위에서 언급한 소설의 연장선상에 있다. 굳이 비교한다면 〈그림자〉는 훨씬 개인의 내면에 치우쳐 있고 소외의 양상이 격하다는 점이다. 중학교 시절 학원에서 만나 사랑하게 된 정하영은 어느 날 교통사고로 내 곁을 떠나 버렸다. 그 후 나는 습관적으로 카터 칼로 팔목을 긋는 자해를 하게 되며 옥상에서 학우와 싸우다가 그를 떨어져 죽게도 한다. 대학생이 되어 미팅에서 하미를 만나고부터는 그동안 살아 있다는 것을 확인하는 행위였던 '리스트 컷'을 중단하였으며 전갈도 키우지 않게 되었다. 하영의 기일 전날, 납골당을 다녀왔을 때 하미는 자신이 그리던 모든 그림에 엑스 자를 쳐 놓고 울고 있었다. 누구의 대용품도 아니라는 그녀를 안은 채 나는 그 동안 고통을 잊기 위해 해왔던 리스트 컷에 대해 말했으며 그녀와 정사를 벌이는 가운데 그녀의 손목을 커터 칼로 긋는다. 그로써 내가 진심으로 사랑했던 하영을 잊으려 했지만 그것은 불가능했다. 나는 나 자신을 구원하기 위해 '빌어먹을' 계획을 실천에 옮겼는데 그것은 하영을 죽인 그 운전자를 내 손으로 처치하는 것이었다. 교회에서 돌아오는 그를 쓰러뜨려 자동차 트렁크에 실었다. 사람이 없는 곳으로 간 나는 그 자를 철로에 묶었다. 기차가 지나갔다. 경찰에 나의 살인 사실을 알린 뒤 하미를 불러냈다. "날 잊어줘, 그리고 나를 죽게 만들어줘." 하미의 손목을 칼로 그은 뒤, 승강장으로 들어오는 열차에 몸을 날린다... 줄거리에서 짚어본 것처럼 소설에 점철되는 것은 자기 소외에 의한 학대와 폭력, 살인이며 그 귀결은 자기 소멸이다. 극단적 행위의 인과관계는 차라리 성긴 채 놔두고 행위 자체를 부각시키는 점이 이 소설의 특징인데 이는 현대 젊은이들의 단속적인 사고 체계를 사실적으로 옮겨 본다는 의도로 이해할 수도 있다.

〈길동무〉에도 현재의 내 발목을 붙잡고 있는 '과거의 어둠'이 있다. 학창 때부터 온몸이 상처투성이인 그는 그의 행동으로 인해 급우가 죽은 이후 '저승사자'로 불리기까지 했다. 대학에 진학한 후 큰 변화를 보이긴 했으나 전신에 체인으로 된 장식을 붙이고 다니는 일이며 팔목에 상처가 나는 일은 더 늘어났다. 나와는 반대의 세계에 살았던 그는 "내 소원을 들어주는 사람이 있다면 정말 좋을 텐데"라는 말을 남기고 스스로 목숨을 끊었다. 세월이 많이 흘렀지만 그는 여전히 내 일상을 지배하는 그림자다. 친구들과 거제도로 여행을 갔을 때였다. 소나기가 내리는 해변 길을 걷고 있는 묘령의 여인을 보았는데 숙소에 돌아와서도 그녀의 눈빛을 잊을 수 없었다. 다시 만난 그녀의 흰 손목에는, 사랑하는 사람이 남긴 보물이라고 하는 금단의 핏줄이 있었다. 칼로 그은 자국. 그녀와 육체를 섞고 있는 때에도 놈의 목소리가 들려왔다. "그래, 그거야. 잘하고 있어." 친구와 다시 해수욕장에 나갔을 때도 그녀는 내 앞에 나타났으며 각기 자신의 일상으로 돌아가기 위해 터미널에 갔을 때도 그녀는 내게로 다가왔다. 그녀는 정확하게 나의 복부를 향해 칼로 찌르려 하다가 그것을 포기하고 버스를 빠져 나갔다. "나에게 보내, 길동무가 필요했는데 고마워. 외롭지는 않겠어." 놈의 모습은 점차 희미해져 가며 속삭였다. 현실과 몽환이 뒤섞이는 이 소설의 공간을 지배하고 있는 분위기도 불안이다. 자기 학대와 자기 파괴를 부르는 절망은 개체의 소멸 이후에도 타자에게 전이되어 타자의 일상을 휘어잡는 어둠이 되는 강인성을 보여 주는 것이다. 불안에서 도피하려다 불안의 실체와 마주치고 그에서 불안의 짐을 벗을 수 있는 희망을 발견하는 이 소설의 양상은 또 다른 작품 〈나는 너였다〉에서 반복되면서 새로운 의미들을 덧붙인다. 잡지사 기자인 내가 밀착 취재해야 할 대상은 '우먼 톱 텐'에 드는 전문직 여성이다. 완벽한 일처리 능력에 겉으로 평범해 보이는 일상을 가진 그녀이지만 그녀에게도 벗어나지 못할 과거의 어둠이 있다. 벌써 죽어 없어진 남자와 언니가 그들이다. 마치 고양이를 기르듯이 깊은 애정을 준 남자는 여자의 손목에 칼자국을 선물처럼 남기고 지하철에 뛰어들어 자살했으며 십사 년 전에 죽은 언니는 현재의 그녀를 지배하고 있다. 언니가 그리던 그림을 그녀가 그리고 언니가 보던 책을 그녀가 보면서 언니의 대용이 돼 갔던 것이다. 그 과거를 떨쳐내려는 여자의 집요한 노력은 타인을 감복시키기까지 한다. 〈길동무〉에서 나 자신이 그 짐을 벗는 희망을 보았는가 하면 이 작품에서는 실천적 노력에 의해 그 희망이 한층 성숙해진다. 마침내 기자가 자신의 취재거리를 폐기하는 것으로 결말짓는 것은 나와 타자의 일정한 소통이 가능해졌다는 것을 의미한다.

방과 방 사이, 그 너머의 낯선 거리

여전히 현대인의 소외와 불안의 문제에 천착하고 있으면서도 앞 소설들과는 다른 장치를 통해 이야기를 전개시키는 작품이 〈706 707〉과 〈21세기 보이 장례식〉이다. 우선 이들 소설에는 현재의 나를 옥죄는 '과거'의 시간과 대상이 없다. 어디까지나 문제는 현재에서 야기되며 현재에 의해 굴절된다.

방 706호에 사는 '나'와 707호에 사는 '나'는 벽 하나를 사이에 둔 이웃이지만 서로 소통이 없기 때문에 막연한 정보를 통해 서로를 탐색한다. 그 정보는 음향, 냄새, 흔적들에 의한 것이며 이는 편견과 오해를 불러 오기 딱 좋은 것들이다. 결국 '나'는 상대 '나'에 대한 불온한 상상만을 키워 상대를 경찰에 신고하지만 이내 내 무지와 오해에 의한 무고임이 드러난다. 소설의 결말― 옆집 남자가 나를 찾아 왔지만 어찌 할 바를 모른다. '문을 열어야 하는 것일까. 아니면 그냥 모른 척 하는 게 좋을까. 내 심장이 뛰고 있다.' ―문밖의 작은 통로 또한 이웃을 만나는 소통의 길이지만 '나'는 지금껏 그 길을 사용해 본 적이 없는 것이다. 낯선 길이다. 그렇지만 '나'는 〈21세기 보이 장례식〉를 통하여 좀 더 넓고 큰 거리로 그리고 광장에까지 나서 보려 한다. 지방 대학 출신인 '나'는 번번이 취업 경쟁에서 툇자를 맞았다. 학교에서도 있을 자리를 잃어버린 나 같은 인간은 다른 여자들에게는 '쓰레기 같아 보일' 것이 뻔했다. 가족과의 대화조차 거의 단절된 내가 찾아들 곳은 오프라인의 세계뿐이다. 인터넷만이 바깥 세계와 통하는 유일한 소통로였던 것이다. 또다시 면접시험을 치르고 거리로 나왔을 때 나는 뜻하지 않게 정부의 정책에 항의하는 시위대와 마주쳤으며 시위자의 한 사람으로 오인되어 폭행을 당하며 경찰 유치장에까지 끌려간다. 다행히 취업이 결정되어 회사 사람의 도움으로 경찰서를 나오게 되며 오프라인의 '백수' 동료들에게도 작별의 인사를 한다. 〈706 707〉 〈21세기…〉 이들 작품의 '나'는 고등교육을 받은 지식인이지만 하나 같이 사회에 뿌리를 내리지 못한 소외자들이다. 이웃은커녕 가족과도 단절된 이들은 오프라인을 통해 바깥세계를 소통하지만 이는 더 큰 소외를 대변하는 것에 지나지 않는다. 왜냐하면 오프라인의 공간에는 아파트 세계의 공간보다 더 많은 각 방들이 들앉아 있으며 이들 방과 방사이의 벽은 현실의 벽보다 더 두텁고 견고하기 때문이다. 결국 서툴게나마 거리로, 광장으로 나서보지만 이곳엔 당혹과 두려움밖에 없다. 거리와 광장을 잃어버린 현대인은 또다시 제 방으로 돌아가 인터넷을 켤 수밖에 없는 지도 모른다. 그리고 그곳엔 현실보다 더 공포스러운 가상의 세계가 있다.

가상공간을 지배하는 공포

　인간들이 인간을 거세시키고, 도살장에서처럼 사람이 사람의 살점을 도려내는 개미 세계와 같은 공간은 분명 현실의 공간이 아니다. '허공 속에 길게 세워진 곳의 방'에서 기억상실의 여자가 한 순간의 유혹으로 주인 남자를 찔러 죽이고 죽었던 남자가 되살아나는 이야기도 분명 현실의 이야기는 아니다. 마찬가지로 우리가 살고 있는 이 지구의 가운데가 텅 비어 있어서 그곳에 새로운 인류와 문명이 펼쳐지고 있다는 얘기도 사실 꾸며낸 이야기에 지나지 않는다. 그런데 왜 소설 〈蟻〉 〈여인, 그리고 주인 사내〉 〈선택〉 등은 그 가상의 공간을 이야기의 무대로 삼고 있는가? 해답은 의외로 간명하다. 현실의 단면에 대한 극단적인 해석을 위한 의도적 설정인 것이다. 상상의 부풀리기가 이런 가상공간을 만들어 낸다고 생각하면 무리가 없다.

　과연 우리의 현실 세계와 곤충의 세계가 다른 점이 무엇인가? 사람들은 저 마다 등 뒤에 벌레를 거느리고 있으며 그 벌레가 자기 자신임을 일깨워 주는 자리에 소설 〈蟻〉가 있다. 전체주의적 질서와 안녕을 위해 무자비하게 개인을 희생시키는 곤충의 공동사회는 곧 현대 자본주의 사회가 떨어뜨리는 그림자라는 세계 인식이 이런 이야기를 가능케 하는 것이다.

　〈여인, 그리고...〉는 모든 것을 빼앗아 가지려는 인간 탐욕의 실상을 그리면서 그 비극적 결말을 주목하는 소설이다. 마음을 먹으면 그렇게 변하는 세상, 이는 탐욕의 궁극적 양상에 대한 선망이다. 욕심에 사로잡힌 인간은 자연 혹은 절대자의 계도며 경고 따위에도 아랑곳 하지 않는다. 하여 목숨을 걸고 불빛에 다가드는 부나비처럼 현대의 인간은 무한 욕망으로 질주하다가 스스로 소멸한다.

　과학이 인류의 마지막 구원이 된다는 위험한 주창은 현실의 우리 주변에도 도사리고 있다. 집단 가치가 만든 공동의 번영과 안녕을 위해서는 질서가 최우선시 되며 이를 지키기 위해서는 개인의 신앙과 양심쯤은 마땅히 배척되어야 한다. 과학 신봉의 기계주의는 전체 인민의 행복과 평안을 담보하는 영약이기 때문에 이에 대한 여하한 회의도 저항도 있어서는 안 된다. 너는 이 안락에 몸을 맡길 것인가, 아니면 예전의 인간 혹은 지금의 몇몇 극단주의자들처럼 어둠 속에서 허우적거릴 것인가, 〈선택〉하라.

　최창수 소설 중에서도 이들 가상공간을 무대로 삼고 있는 작품들에 그려지는 세계상은 훨씬 극단적이며 그 지배적 분위기는 공포다. 이는 앞선 소설들에서 포착된 소외와 불안의 가장 적극적인 전개, 확산의 결과로 보인다.

기대와 전망

　소설가 최창수가 바라보는 세상은 어둡고 황량하다. 이곳에 사는 인간은 소외되고 불안에 젖은 자들이며 그 궁극에는 자해와 폭력, 살인과 자살이 있다. 작가는 자신의 고집스런 시선과 예민한 언어의 촉수를 통하여 이러한 세상의 비극적 실상을 정확히 조명하고자 한다. 근원의 탐색이며 치유의 방안 같은 것은 차라리 관심 밖이다. 소설은 철학도 정치도 아닌 문학 그 자체임을 잘 알고 있기 때문이다. 따라서 사상事象을 구체적으로 드러내 보일 뿐 해결하려 들지 않는다는 소설의 규범에 충실한 편이다. 소설을 가리켜 '우회적 통로' 라고 일컫는 바와 같이 문제의 제기에서 그치는 소설의 속성에는 사실 원인과 해결의 방안까지도 포함돼 있다. 따라서 중요한 것은 드러내고자 하는 문제가 얼마만큼 우리 삶에 핍진한 것인가, 또 그 드러난 양상이 여하히 독자와 동감대를 형성하는가 하는 점뿐이다. 여기에 이르러 해설자는 기대와 함께 일단의 불안을 가진다는 것이 솔직한 관견이다. 문학에 대한 그의 고집스러운 열정과 풍부한 감성, 디테일에 대한 명민한 감각 등이 그의 소설적 덕목이라고 한다면 아직은 생경한 구석이 많은 현상의 파악, 미숙함을 드러내 보이는 장르의 장악력 등은 그가 극복해야 할 과제들이다. 쉽게 현실에서 유리되는 이야기 설정이라든가 작위적인 구성, 부적절한 단어와 문장이 심심찮게 눈에 뜨이는 것도 이 때문이다.

그러나 소설가 최창수는 젊다. 나이가 들면서 소설도 변한다. 시간이 지나면서 그의 소설 세계도 더 풍부하고 더 세련되고 더 믿음직하게 변해 가리라는 믿음에는 변함이 없다. 따라서 이 소설집은 격정과 좌절의 젊음에서 던져지는 문학의 투사판인 동시에 더 성숙한 세계로 나아가기 위해 치르는 통과의례의 선언문이라고 해도 무방할 듯싶다.

정진과 함께 그의 문운을 빈다.

소설가 최창수와 함께

김완하

(시인, 한남대 문창과 교수)

1

2000년 3월은 내게 커다란 설레임으로 왔다. 한남대학교에 문예창작학과가 신설이 되어 나는 첫 번째의 교수로 3월 1일자로 발령을 받았다. 그리고 하루 뒤인 3월 2일에 신입생들 41명이 입학을 하면서 나는 비로소 그들과 만났다. 최창수도 그 가운데 한 명의 학생이었다. 사십대 초반의 교수 혼자서 1기로 입학한 학생 41명을 감당하기란 여간 벅찬 것이 아니었다. 거기에 조교와 조교실도 없었기에 학생들이 머물 곳은 복도의 서늘한 구석뿐이었는지도 모른다.

나는 학생들에게 문학적 열정을 일깨우고 북돋우기에 열중하였다. 나는 지금도 그러하거니와 문학을 하기 위해서는 무엇보다도 열정이 필요하다고 믿고 있다. 나와 모든 학생들은 학과의 모임에서는 늘 함께 하려는 의욕들로 넘쳤다. 우리에게는 서툰 만큼 아직 틀에 갇히지 않은 자유가 있었으며, 지금까지 쌓인 시간들이 없었기에 모든 일들이 곧 바로 학과의 역사로 기록되는 순간들이었다.

첫 번째로 길을 가는 데에는 어디든지 어려움이 있을 수밖에 없기에 힘이 든 순간도 많았다. 아직 학과의 방향이나 틀이 제대로 갖추어지지 않아서 모든 일들을 하나하나 새로 만들어야 하는 상황이었다. 때로는 의외의 일들이 발생하여 우리를 곤혹스럽게 하기도 하였다. 그렇지만 우리는 언제나 함께 일서서고 함께 달려 나갔다. 그러다 보니 처음에 갖는 희망과 용기가 예상 밖의 성과를 낳아 우리를 들뜨게 하기도 했다. 이제 와서 돌아다보니 그 당시에 넘치던 나의 의욕만큼 모든 학생들이 잘 따라와 주었기에 참으로 대견스럽게 여겨진다.

1학년의 첫 학기를 마치고 나서 여름방학 숙제를 냈던 일이 생각난다. 학생들에게 많은 책을 읽게 하였고 시 50편과 소설 5편씩을 창작해 오도록 했는데, 무려 15명의 학생들이 그 숙제를 해온 것이다. 그 수준과 내용의 깊이는 뒤로 하고라도 그 일은 나에게 놀라운 힘을 주기에 족했다. 사실 그 숙제를 냈던 의도는 작품의 완성도나 불후의 명작을 기대한 것이 전혀 아니라는 사실은 삼척동자도 다 아는 바일 것이다. 나는 그 만큼의 숙제를 하다보면 반드시 문학에 대해서 자연스레 터득이 되는 부분들이 있을 것이라는 사실을 믿었기 때문이다. 다시 말하면 양적 발전을 통한 질적 전이를 꾀하고자 했던 것이다. 많이 읽고 쓰다 보면 반드시 좋은 것을 쓰게 되기 때문이다.

학생들은 나의 연구실에서 함께 지내며 함께 뭉쳐 다녔다. 첫 입학생들을 맞아 강의시수가 적은 까닭에 주간의 교양과목을 맡아서 강의해야 했다. 그런 터라 오전부터 야간 마지막 시간까지 강의가 듬성듬성 널려 있었기에 아침부터 한밤중까지 연구실에 머물러야 했다. 힘은 들었으나 그래도 고된 줄을 전혀 몰랐다. 매일매일 문학에 눈떠 가는 학생들을 보는 일은 큰 즐거움이기도 했기 때문이다.

더욱이 즐거웠던 것은 학생들과 신설학과에서 문예창작을 함께 하면서 새로운 모습으로 학과를 만들어갈 수 있는 시간들이 주어졌기 때문이다. 그런 가운데 우리들은 너무도 많은 정이 들었다. 모두가 새롭게 성장하고 새로운 눈을 떠서 세상을 바라보는 것이었다. 중간에 방향을 바꾸어 다른 길을 모색하여 진로를 변경한 학생들도 있다. 그러나 나는 그들과도 아직까지 연락을 주고받고 있다.

2

2009년은 우리 학과가 생긴 지 이제 10년차가 되는 해이다. 그동안 대학원도 생겨서 석사과정과 박사과정에 많은 학생들이 입학하여 열심히 창작과 문학공부에 전념하고 있다. 그간 우리 학과가 이룬 문학적 성과도 대단히 크다고 할 수 있다. 그동안 졸업생 가운데는 유수한 문예지에 신인문학상 수상으로 등단하여 왕성하게 작품 활동을 하고 있는 경우도 여럿이 있다. 그 가운데서 최창수는 우리 학과에서 첫 번째 소설가로 등단한 경우이다. 그리고 대학원에서 박사과정을 이수하면서 첫 번째로 소설집을 내는 경우이기도 하다. 이렇게 보면 채 10년이 되지도 않는 과정 속에서 우리 학과가 이룬 성과는 아쉽지 않은 것이라 자부한다. 그것은 지금까지 십여 명에 이르러 배출된 문인의 숫자에 의한 것만은 아니다. 나는 우리 학과의 이후가 더 화려할 것이라는 사실을 전적으로 믿고 있기 때문이다.

　최창수의 첫 소설집이 완성도나 문학성에서 최상의 단계에 도달하고 있다고 나는 말하지 않으려 한다. 그것은 그와 나와의 사적인 관계로 인한 겸양의 미덕뿐 만은 아니다. 솔직히 그의 소설집에는 이제 20대 후반의 치기와 열정이 노출되어 있기도 하다. 또한 그의 작품들이 아직은 완벽히 성숙한 단계에 있기보다 새로운 가능성을 향해 더 넓게 열려 있기 때문이다. 그러나 나는 이번에 출간되는 최창수 소설가의 첫 작품집이 갖는 의미에 대해서는 누구보다도 확실히 알고 있다. 그는 이제 왕성한 의욕과 도전으로 한국 소설문단을 향해서 과감하게 뛰어들고자 하는 것이다. 그의 노력이 점차 새로운 탄력을 받게 되면 분명히 그의 문학은 앞으로 힘차게 달려 나가리라 믿고 있다. 그의 문학세계 10년 후를 생각해 보라. 나는 그가 반드시 우리 문단에 비중 있는 소설가로 자리할 것을 믿고 있다. 그것은 내가 최창수를 보아온 10여 년에 걸쳐 이루어진 분명한 신념이라 말할 수 있다.

3

　나는 지금 이 글을 캘리포니아의 UC 버클리에서 쓰고 있다. 2009년 8월 초부터 내년도 8월 초까지 1년 동안을 연구년으로 보내기 위해서 이곳에 와 있기 때문이다. 그러므로 최창수의 소설집이 출간되어 나왔을 때도 나는 이 젊고 새로운 작가와 간단한 축하와 축배의 기쁨도 함께 할 수가 없다. 그러기에 나는 어쩌면 샌프란시스코 만을 행해 이곳의 유명한 와인을 들어 홀로 축배를 외쳐야 할지도 모른다. 그러나 그것은 얼마든지 괜찮다. 이 젊은 작가와의 축배는 내년 8월 초에 돌아가서 함께 해도 늦지 않다. 그것보다도 나는 하루빨리 그의 소설집을 보고 싶은 것이다.

내가 최창수의 첫 소설집의 출간을 손꼽아 기다리는 것은 그만한 이유가 있다. 그것은 그와 내가 만난 10년차의 성과이며 또한 한남대학교 문예창작학과의 한 성과이기도 한 까닭이다. 이번에 내는 최창수의 소설집을 계기로 우리 학과 제자들의 창작집이 우후죽순처럼 쏟아져 나와서 우리 문단을 한결 풍요롭게 할 것이라는 사실을 나는 믿고 있다. 그것이 바로 한남대학교 문예창작학과가 우리 문학을 위해서 이바지해야 할 중요한 한 부분이라고 확신하기 때문이다. 앞으로도 최창수의 의욕만큼 새로운 창작 세계가 더 크게 열리기를 진심으로 빌면서, 독자 여러분들의 아낌없는 사랑과 채찍을 부탁드린다.

작가의 말

제게 있어서는 너무나도 소중한 첫 번째 창작집입니다. 굳이 소감을 말하자면, 문학이라는 이름의 남자와 첫날밤을 치르는 처녀의 심정인 듯합니다. 마구 떨리는 가슴을 부끄럽게 감추는 것이 힘들 정도입니다.

제가 좋아하는 단어 가운데 하나는 '카오스' 입니다. 사회는 엄청난 혼란을 겪으면서 많은 이들의 머릿속에 각인되고 삶에도 스며듭니다. 그 속에서 다양한 선들이 그어지기도 합니다. 사랑하는 연인 간의 선, 어쩔 수 없는 인간관계의 선 그리고 제도권의 선 등등. 그것이 윤리적으로나 사회적으로 서로를 가슴 아프게 하는 경우도 있습니다. 하지만, 어떠한 고통이 다가온다고 해도 저는 그것을 넘어서 더 좋은 글을 쓸 것입니다.

여기에 실린 작품들은 독자 여러분이 읽고 판단해주실 것이기에, 저는 굳이 입에 발린 말은 하지 않겠습니다. 여러분이 곧 이 작품의 주인이니까요.

저를 위해서 항상 고생하시는 부모님, 사랑하는 그대, 존경하는 스승님들, 날 믿어주는 친구들 모두 고맙습니다. 일본에서 투병 중이신 손창섭 선생님, 쾌차하시기 바랍니다. 그리고 작가출판사 여러분들께도 깊이 감사드립니다. 마지막으로 무엇보다 이 책을 읽는 당신에게 감사합니다.

2009년 10월 어느 새벽
최 창 수